DAMAGED

Deutsche Ausgabe

JEANNE ST. JAMES

Übersetzt von

TANJA KLEMENT / LITERARY QUEENS

Künstler des Covers (Deutsche Ausgabe): Golden Czermak at FuriousFotog
Übersetzer: Literary Queens

---

www.jeannestjames.com

Melde dich für meinen Newsletter an, um Insider-Infos, Neuigkeiten über die Autorin und aktuelle Neuerscheinungen zu erhalten:
www.jeannestjames.com/newslettersignup (auf Englisch)

Warnung: Dieses Buch enthält explizite Szenen, einige mögliche Trigger und eine Sprache für Erwachsene, die von einigen Lesern als anstößig empfunden werden könnte. Dieses Buch ist NUR für Erwachsene bestimmt, so wie es die Gesetze des Landes, in dem du es gekauft hast, vorschreiben. Bitte bewahre deine Dateien an einem Ort auf, der für Minderjährige unzugänglich ist.

Dies ist ein Werk der Fiktion. Jede Ähnlichkeit mit lebenden oder toten Personen oder tatsächlichen Ereignissen ist rein zufällig.

Behalte ihre Website unter http://www.jeannestjames.com/ im Auge oder melde dich für ihren Newsletter an, um über ihre nächsten Veröffentlichungen informiert zu werden: http://www.jeannestjames.com/newslettersignup (auf Englisch)

Autorenlinks: Instagram * Facebook * Goodreads Author Page * Newsletter * Jeanne's Review & Book Crew * BookBub * TikTok * YouTube

Kapitel Eins

ALS MACE WALKER den Schlüssel ins Schloss schob, überkam ihn sofort ein Gefühl der Erleichterung. Er war schon seit … *verdammt*, seit Ewigkeiten nicht mehr zu Hause gewesen. Obwohl ihm das Haus gehörte und er es als sein Zuhause betrachtete, fühlte er sich wie ein Fremder, als er die Haustür öffnete. Mit einem Seufzer warf er seine Schlüssel auf den Tisch neben der Tür. Er war erst seit dreißig Sekunden zu Hause und die Unruhe nagte bereits an ihm.

Im Haus war es still und er fragte sich, wo seine Schwester war. Wahrscheinlich schlief sie – *Dummkopf* –, denn es war – er schaute auf seine Uhr – bereits ein Uhr morgens. Die meisten normalen Menschen schliefen um diese Zeit. Aber er war ja auch nicht normal. Er konnte es nicht sein, wenn er seinen Job machen wollte.

Aber im Moment konnte er seinen Job trotzdem nicht machen. Er war gezwungen worden, nach Hause zu gehen, um zu heilen. Gegen seinen Willen.

Verfluchter Scheißdreck!

Der Eingangsbereich war dunkel, aber er brauchte kein Licht anzumachen. Er kannte das Haus noch gut genug. Er machte sich auf den Weg zur Treppe, wo er seine Seesäcke auf dem Boden abstellte und sich mit der Hand durch sein zu langes Haar fuhr.

Die beiden kleinen Säcke enthielten nur wenige Überreste seines Lebens in den letzten Jahren – nur einige Toilettenartikel und ein paar elementare Kleidungsstücke.

Als er sich zur Küche umdrehte, leuchtete der Eingangsbereich auf und blendete ihn für eine Sekunde. Er blinzelte gegen das grelle Licht an, und eine junge Stimme ertönte von der obersten Treppe. »Stehen bleiben! Nimm die Arme hoch und geh von der Treppe weg!«

Was zum Teufel?

Mace hatte erwartet, seine Schwester die Treppe seines zweistöckigen Kolonialhauses herunterhüpfen zu sehen. Aufgeregt, weil sie ihn seit zwei Jahren nicht mehr gesehen hatte. Eigentlich waren es eher ein Jahr, elf Monate und fünfzehn Tage. Nicht, dass er gezählt hätte.

Aber stattdessen starrte er in das tödliche Auge einer Glock-Pistole. Aus seiner Sicht sah sie aus wie ein Modell 27, Kaliber .40 – eine kompakte, aber immer noch anständig große Waffe in einer winzigen, sehr zittrigen Hand. Sofort stellten sich die Haare in seinem Nacken auf.

Verdammt!

Er hatte es mit Verbrecherbossen und ihren Lakaien zu tun gehabt – von Drogendealern bis zu Pornoringen – und hatte es geschafft, zu überleben. Und jetzt würde er von einem unbedeutenden Penner umgebracht werden, den er bei einem Einbruch in sein Haus überrascht hatte, als er zufällig nach Hause kam? Die grausame Ironie brachte ihn dazu, lachen zu wollen. Stattdessen tat er, wie ihm geheißen. Vorsichtig hob er die Hände über den Kopf, bevor er in die Mitte des Eingangsbereichs zurücktrat. Er vermied es, direkt unter dem Licht zu stehen und versuchte, einen besseren Blick auf den oberen Teil der Treppe zu bekommen. Aber er hatte nicht viel Erfolg –

der erste Stock und der obere Teil der Treppe waren im Schatten versunken.

Wenn er seine Karten richtig ausspielte, würde er diese kleine Situation im Handumdrehen unter Kontrolle haben. Er musste den Jungen nur besänftigen und ihn glauben lassen, dass er das Kommando hatte. Die Glock hatte keine übliche Sicherheitsvorrichtung. Alles, was der Junge tun musste, war, den Abzug zu drücken und ihn immer wieder zu betätigen, bis alle Patronen im Magazin in Mace' Körper verschwunden waren. Im spärlichen Licht konnte er sehen, dass die Finger des Jungen nervös zuckten.

Kein gutes Zeichen.

Woher hatte der junge Penner solch eine teure Pistole? Im Haus war sie bestimmt nicht gewesen. Und wenn doch, dann wäre sie im Waffensafe eingeschlossen gewesen.

Wenn er doch nur das Gesicht des Jungen sehen könnte. Er musste die Augen sehen. Ohne die konnte Mace nicht einmal ansatzweise vorhersagen, was der Junge tun würde.

»Wage es nicht, dich zu bewegen, oder ich puste dir das Gesicht weg!« Die Stimme des Jungen hob sich um eine Oktave und klang immer mehr wie eine … Frau.

Mace verkrampfte sich, als die Person die Treppe herunterkam. Zuerst konnte er nackte Zehen sehen, eine schlanke Wade, dann eine weitere. Sein Blick huschte zur Waffe, bevor er zu den wohlgeformten nackten Oberschenkeln zurückkehrte, die nicht zu einem Kind gehören konnten. Auf keinen Fall. Und schon gar nicht zu einem Jungen. Diese glatten Beine gehörten eindeutig zu einer Frau, und er konnte es kaum erwarten, den Rest von ihr zu sehen.

Bis jetzt war es der Anblick fast wert, mit einer Waffe bedroht zu werden. Fast.

Er fühlte sich seltsam enttäuscht, als ein übergroßes T-Shirt – *Scheiße, war das Sponge Bob darauf?* – seine Sicht auf die cremefarbene Haut verdeckte. Seine Arme waren müde, sein Bein pochte schmerzhaft, und sein Geduldsfaden war dünn. Trotzdem rührte er sich nicht, denn er hatte keine Ahnung, wer die Frau, die die Treppe herunterkam, war. Seine Neugierde stieg, als sie in das Licht trat, das ihr langes, gelocktes rotes Haar zur Geltung brachte und ihre großen, *starrenden* grünen Augen zum Funkeln und Glitzern brachte.

Ein Blitz schoss durch ihn hindurch und landete in seiner Leiste. Weder Angst noch Schmerz ließen ihn nach Luft schnappen. Nein, es waren ihre Brüste, die bei jedem ihrer Schritte unter dem Baumwollhemd wippten. Ihre Nippel stachen wie zwei Leuchttürme unter der abgenutzten Baumwolle hervor.

Heilige Muttergottes.

Er musste sich zweimal räuspern, bevor er sie fragen konnte: »Du raubst das Haus in diesem Aufzug aus?«

Ganz ehrlich, wenn die Waffe nicht genau auf ihn gerichtet gewesen wäre, hätte er das Ganze nicht ernst genommen.

Als sie auf halbem Weg die Treppe hinunter zögerte, ging ein unsicherer Blick über ihre Züge, der so schnell wieder verschwand, wie er gekommen war. Ihre Augen verengten sich und sie blickte ihn finster an. »Ob ich dieses Haus ausraube? Die Frage ist eher: Was du hier machst?«

Sein Bein fing wieder an zu pochen, so wie schon auf der langen Fahrt in die Stadt. Allerdings war ihm der Schmerz lieber als gar kein Gefühl. Er war froh, dass er sein Bein überhaupt noch hatte. Verdammt, er hatte Glück, dass er noch lebte.

Na ja, zumindest im Moment. Es würde nicht viel brauchen, um das zu ändern.

»Ich wohne hier.«

Sie runzelte die Stirn, ihre Augenbrauen zogen sich zusammen. Es war keine Überraschung, dass sie ihm nicht glaubte.

»Kann ich meine Arme jetzt runternehmen?« Seine Fäuste ballten sich über seinem Kopf und er kämpfte nicht nur gegen den Schmerz, sondern auch gegen den Drang, sie fallen zu lassen, um seinen Oberschenkel zu reiben.

»Nein! Keine Bewegung! Ich rufe die Cops. Geh zurück!« Sie ruckte die Waffe in seine Richtung.

Er bewegte sich nicht. Stattdessen stieß er einen langen, sehr lauten, ungeduldigen Seufzer aus.

»Zurück, habe ich gesagt! Oder ich werde dich erschießen.«

»Das ist schon mal passiert«, sagte er trocken.

Die Rothaarige schaute ihn überrascht an und stolperte auf der letzten Stufe. »Was?«

»Ich bin schon mal angeschossen worden. Also, nur zu. Anscheinend habe ich neun Leben.« Er versuchte, nicht zu grinsen. Es war nicht klug, eine Frau mit einer Waffe zu provozieren. Die Erfahrung – und davon hatte er reichlich – hatte ihn das gelehrt.

Als sie den Griff der Waffe nachjustierte, wurden ihre Fingerknöchel noch weißer. »Tja, deine Glückssträhne ist wohl zu Ende, Arschloch.«

Arschloch? Verdammt. Das war gemein. Er hatte noch nichts getan, um so beleidigt zu werden. »Was ist in deinem Magazin?« Sie warf nur einen kurzen Blick auf die Waffe, aber er bemerkte ihn. »Hast du schon mal jemanden erschossen? Schon mal *gesehen*, wie jemand erschossen wurde? Außer im Fernsehen oder in irgendeinem Film, natürlich. Das ist eine verdammt hässliche Angelegenheit.«

Der Arm, der die schwarze, leichte Pistole hielt, zitterte.

»Hast du schon mal von dem Spruch gehört: *Zieh sie nicht, wenn du sie nicht benutzen willst?* Wenn du dich entscheidest, sie zu benutzen, dann nimm beide Hände. Und stell sicher, dass du mich tötest, nicht verstümmelst.« Er klopfte mit der Handfläche auf seine Brust. »Zwei Schüsse. Genau hier. Mitten ins Schwarze. Wenn du es schon tust, dann mach es richtig.«

»Halt die Klappe!«

Das tat er.

Die Frau legte ihre freie Hand unter den Gewehrkolben, um ihn zu stützen. Wenigstens schien sie offen für Vorschläge zu sein. Aber sein Gerede hatte sie verunsichert, und er wollte nicht, dass sie aus Versehen den Abzug drückte. Egal, welche Art von Munition sie in dem Magazin hatte, alle Kugeln neigten dazu, wehzutun. Er verzog das Gesicht.

»Leg dich auf den Boden! Die Hände hinter den Kopf! Sofort!«

Verdammt, diese Bitch wurde langsam nervig. Aber im Moment war sie nah genug dran, um ihn zu töten, selbst mit einem schlechten Schuss. Für heute Abend hatte er genug von den Spielchen. Er war erschöpft und wollte nur noch in seinem eigenen Bett in seinem eigenen Haus schlafen.

Mace schätzte die Entfernung ab. »Kann ich nicht.« Er musste sie nur ein paar Schritte näher bringen. Sie fuchtelte rücksichtslos mit der Waffe herum, während sich ihr linker Fuß nach vorn bewegte. »Tu es!«

Noch ein Schritt …

»Ich kann mich nicht so leicht hinknien. Ich habe ein kaputtes Bein.« Das mit dem kaputten Bein stimmte, aber mit dem Hinknien übertrieb er es ein wenig. Er war bekannt dafür zu lügen, wenn eine Waffe auf ihn gerichtet war. Manchmal fielen ihm Lügen leichter als Wahrheiten. Auch darin hatte er schon eine Menge Übung.

»Von den vielen Schüssen, die auf dich abgefeuert wurden, was?«

»Tatsächlich, ja.«

»Runter auf den Boden, oder ich puste dein Hirn durch die ganze Eingangshalle.« Ihre langsamen Worte, die sie mit zusammengebissenen Zähnen vor sich hin brummte, ließen ihn glauben, dass sie es ernst meinen könnte. Ihr rechter Fuß bewegte sich, um das Gleichgewicht zu halten.

Jetzt war seine Chance.

Mace stürzte sich auf sie. Er schlug mit der Faust auf ihren ausgestreckten Arm, was ihr einen schrillen Schmerzensschrei entlockte. Die Waffe fiel, glitt über den Fliesenboden und sie griff nach ihrem verletzten Handgelenk. Er packte ihre fuchtelnden Arme an beiden Handgelenken und warf sie nach hinten. Als sie nach hinten auf die Treppe fiel, verließ die Luft zischend ihre Lunge, und ihr Kopf verfehlte die Kante einer Stufe nur um den Bruchteil eines Zentimeters. Er platzierte seine Knie an der Außenseite ihrer nackten Oberschenkel und drückte sie zusammen.

Mace starrte auf die Frau hinunter, die unter ihm eingezwängt war. Sein Gewicht drückte sie auf die mit Teppich ausgelegten Stufen. Aber das war ihm egal. Er hatte Schmerzen, warum also sollte sie nicht auch welche haben?

»O Gott, bitte. Tu das nicht …«, flüsterte sie, während ihre Stimme versagte. Mit weit aufgerissenen Augen bohrte sie ihre Zähne in ihre Unterlippe.

Er schaute sie stirnrunzelnd an. »Was nicht tun? Dir wehtun? Nachdem du mir gerade eine Waffe an den Kopf gehalten hast, willst du nicht, dass ich dir wehtue?«

Der Puls in ihrem zarten Hals pochte, als wolle er ausbrechen.

»Wenn … wenn du jetzt gehst, werde ich nicht die Polizei rufen. Ich werde einfach vergessen, dass das hier je passiert ist.«

Lügnerin. Wenn sie die Chance hätte, würde sie sich das nächste Telefon schnappen und den Notruf verständigen.

Mace hatte keinerlei Mitgefühl mit ihrem Unbehagen, denn er fühlte sich selbst ein wenig unwohl. Verdammt, nicht nur ein wenig, sondern sehr viel. Sein Beinmuskel brannte wie Hölle. »Wenn du die Polizei rufst, wirst du die einzige Person sein, die sie mitnehmen.«

Sie krümmte sich unter ihm und ließ ihn vor Schmerz zusammenzucken. Er biss die Zähne zusammen, um nicht laut aufzustöhnen. Dieses Stöhnen wäre nicht gerade lustvoll gewesen. Ganz und gar nicht. Und das war schade. Es war schon eine Weile her, dass er mit einer so schönen Frau wie der unter ihm zusammen gewesen war. Daran würde er bald etwas ändern müssen.

Aber im Moment hatte er ein Problem, mit dem er sich auseinandersetzen musste, und dieses Problem zappelte immer weiter. Er wollte nicht nachsichtig sein, aber er musste sie freilassen. Um seiner selbst willen.

Mace stand auf und hob sie mit sich hoch, wobei er darauf achtete, ihre Handgelenke nicht loszulassen. Er winkelte sie leicht an und achtete darauf, dass kein Knie oder Fuß seine lebenswichtigen Bereiche berührte. Er hatte schon genug Schmerzen.

»Wer bist du und was machst du hier?«

»Ich könnte dich das Gleiche fragen.« Sie atmete laut aus und gewann sichtlich die Kontrolle über sich selbst zurück.

Er schüttelte den Kopf und packte ihre Handgelenke fester – eine kleine Erinnerung an den Machtwechsel. »Nein. Ab jetzt habe ich hier das Sagen. Wenn du nicht willst, dass ich dich in Handschellen hier hinausschleppe, beantwortest du jetzt besser meine verdammten Fragen.«

»Ich werde dir, einem … einem *Kriminellen* bestimmt nicht sagen, wer ich bin.«

Wenn die Situation nicht so ernst wäre, würde er lachen. »Ich bin kein Krimineller.«

Sie beäugte ihn skeptisch durch die lange Mähne roten Haares, die ihr ins Gesicht fiel. »Okay, und wer bist du dann?«

Mace ließ einen weiteren ungeduldigen Seufzer los. Vielleicht sollte er die Augen schließen und bis zehn zählen … *Nö, scheiß drauf.* »Ich habe dir gesagt, dass ich hier wohne. Und hör auf, mich zu verarschen. Beantworte einfach meine Fragen.«

»Ich verarsche dich nicht. Nur zu, ruf die Polizei.« Sie

presste die Lippen aufeinander und neigte ihr Kinn Richtung Decke.

Heilige Scheiße, war die stur. Musste er es mit einer anderen Taktik versuchen, um sie zum Reden zu bringen? Er versuchte, vernünftig zu sein, aber seine Optionen waren begrenzt. Er wollte wirklich nicht, dass die örtliche Polizei involviert wurde. Jedenfalls nicht, wenn er es vermeiden konnte. Und das war auch nicht nötig. Wenn er mit einer dürren Frau nicht allein zurechtkam, sollte er seinen Job an den Nagel hängen.

Verdammt, das war nicht fair, sie war wahrscheinlich gar nicht dürr. Sie hatte wahrscheinlich einen schönen runden Hintern, der zu ihrer *sehr* schönen Vorderseite passte. Er würde sich den gern mal anschauen, nur um sicherzugehen. Er liebte Frauen, die schön ausbalanciert waren – Titten und Hintern.

»Wenn du mir nicht sagst, wer du bist und was du hier machst, ziehe ich dir dein dürftiges Shirt aus und alles, was du sonst noch trägst – was wahrscheinlich nicht viel ist.« Er warf einen weiteren Blick auf ihren langen, geschmeidigen, heißen Körper. *Fuck!* Es war schon zu lange her. Sein Schwanz stand schon auf halbmast, nur weil er sie sich nackt vorstellte.

Das war eine leere Drohung, aber das bisschen Farbe, das sie noch gehabt hatte, war aus ihrem Gesicht verschwunden.

Ihre Unterlippe zitterte, und ihre Augen weiteten sich. »Du hast also vor, mich zu vergewaltigen?«

Oh, fuck. Nein. Neinneinneinneinnein!

Zur Hölle, nein, das würde er nicht tun. Aber vielleicht ließ er die Drohung zwischen ihnen schweben, um sie zum Reden zu bringen. Allerdings fühlte er sich wie ein absolutes Stück Scheiße, weil er ihre falsche Annahme nicht aufklärte.

Und als er schwieg, schwieg sie auch.

Er konnte es nicht glauben, dass sie tatsächlich nicht

reden wollte. Er packte ihre Handgelenke mit einer Hand und fing mit der anderen an, den Saum ihres Nachthemdes langsam nach oben zu ziehen, sodass ihr rosa Höschen zum Vorschein kam. *Scheiße, ist das heiß!* Sein Schwanz stand jetzt in voller Aufmerksamkeit und befand sich leider in einer sehr unbequemen Position. Aber niemals würde er ihn jetzt zurechtrücken und damit beweisen, was für ein notgeiles Stück Scheiße er war.

Bevor er das weiche Baumwollhemd über ihren Bauch heben konnte – *verdammt, ihr Bauchnabel ging nach innen* – zuckte sie mit den Hüften von ihm weg und die Farbe kehrte mit aller Kraft in ihr Gesicht zurück.

»Okay, okay! Ich heiße Colby Parks.« Als ob sie besiegt wäre, schloss sie ihre Augen.

Mit einem Seufzer ließ Mace das Hemd widerwillig los, verdrängte das leichte Bedauern und beobachtete, wie der Stoff an ihrer Hüfte hängen blieb. Eine halbe Sekunde lang wünschte er sich, sie wäre sturer gewesen, da sie offensichtlich keinen BH trug. Er hätte gerne gesehen, was sich unter der albernen Comicfigur befand. Er schüttelte sich innerlich.

»Colby Parks? Ist das dein richtiger Name?«

»Ja«, flüsterte sie und schüttelte den Kopf, um sich das Haar aus dem Gesicht zu streifen.

Ein paar Sommersprossen zierten ihre Nase. Er wusste, dass er sich von so etwas Einfachem wie Sommersprossen nicht ablenken lassen sollte. Aber er konnte nicht anders, als sich zu fragen, wo sie sonst noch welche hatte. Okay, er musste sich konzentrieren. Diese Frau hatte eine Waffe auf ihn gerichtet. In seinem Beruf konnte er es sich nicht leisten, seine Konzentration zu verlieren. »Das muss er sein. Wer denkt sich schon so einen Namen aus? Was machst du denn hier?«

»Das Haus betreuen.«

»Ja, klar.« Mace lachte. »Und das machst du spitzenmäßig.« Sein Humor verschwand schnell in tödlichem Ernst. Er drückte sein Gesicht dicht an ihres. Sein Versuch, sie einzuschüchtern, scheiterte erneut, als ihr sanfter Atem, der schnell durch die vollen, geöffneten Lippen strömte, ihn aus dem Konzept brachte. Für eine Sekunde. Oder zwei. »Wer hat dich beauftragt?«

Colby Parks' grüne Augen bohrten sich wie Dolche in ihn. Jetzt wusste er, woher das Sprichwort »Wenn Blicke töten könnten« kam.

»Wenn du wirklich hier wohnst, solltest du das wissen!«

Er drückte ihre Handgelenke fester zusammen. Seine Augen verengten sich, als er murmelte: »Madam, ich bin nicht hier, um Spielchen zu spielen. Beantworte die verdammte Frage.«

Sie zögerte eine Sekunde, bevor Mace die Resignation in ihrem Gesicht sah. Verdammt, er war ein bisschen enttäuscht, dass sie so schnell aufgab. Er mochte ihr Feuer … mehr als nur mögen.

»Maxi … Maxine Walker.«

Ah, deshalb hatte ihn seine Schwester nicht begrüßt. Sie war nicht in der Stadt und hatte diese kleine, schießwütige Kratzbürste beauftragt, das Haus zu bewachen.

Mace ließ sie ohne Vorwarnung los und Colby stolperte zur Seite und rieb sich die Handgelenke, bevor sie sich umdrehte und in die Küche sprintete. Er folgte ihr direkt und achtete darauf, dass er zwischen ihr und der Waffe blieb. Natürlich tat sie genau das, was er erwartet hatte. Er drückte auf den Auflegen-Schalter des Telefons, während sie hektisch wählte. Während er ihn gedrückt hielt, schaute er sich kurz um, ob ein Handy in der Nähe war. Er bezweifelte, dass sie eines in ihrer Unterhose hatte.

»Mach dir nicht die Mühe, die Polizei anzurufen. Das könnte schlecht für dich ausgehen.«

Colby hielt sich den Hörer wie eine Rettungsleine vor die Brust. Sie starrte ihn mit weit aufgerissenen Augen an.

Das Drücken des Hörers gegen die dünne, abgenutzte Baumwolle betonte nur, was er nicht wahrnehmen und von dem er nicht zugeben wollte, dass er es überhaupt bemerkt hatte. Er wandte sich ab, hob die Waffe auf, steckte sie in seine Jackentasche und humpelte zum Küchentisch.

Mit einem Stöhnen ließ er sich langsam auf einen harten Holzstuhl sinken und fuhr sich mit einer Hand durch das Haar. »Ich bin Mace Walker. Maxis Bruder.« Er machte sich nicht die Mühe, sie anzuschauen. An diesem Punkt hoffte er einfach nur, dass sie die richtige Entscheidung treffen würde.

Der Hörer klapperte hinter ihm auf seinen Sockel. Ha, er hatte richtig gelegen. *Stell sich das mal einer vor!* Er massierte seinen rechten Oberschenkel und biss die Zähne gegen den Schmerz zusammen.

»Maxis Bruder.« Das Flüstern kam auch von hinten, aber innerhalb einer weiteren Sekunde stand sie vor ihm, die Hände in die Hüften gestemmt und die Augen verengt. »Sie hat keinen Bruder.«

Mace schaute auf den zusammengezogenen Baumwollstoff an ihrer Taille und versuchte zu ignorieren – was ihm jedoch nicht gelang –, dass der Saum des Shirts nun schief saß und beinahe das rosa Höschen hervorblitzen ließ. Wahrscheinlich duftete dieses Höschen so unglaublich süß. Er massierte seinen Oberschenkel fester.

»Wenn nicht, dann bin ich nur ein Hirngespinst von dir.«

Sie warf ihm einen ungläubigen Blick zu. »Ich kenne Maxi seit über einem Jahr und sie hat nie – kein einziges Mal – einen Bruder erwähnt. Und sie hat mir ganz sicher nicht gesagt, dass er zu Besuch kommen würde.«

Sie verharrte einen Moment lang wie versteinert und schien nicht zu wissen, wie sie weiter vorgehen sollte. Mit einem verärgerten Zischen zog sie den Stuhl gegenüber von ihm hervor. Mit einem Ruck am Saum ihres Nachthemdes ließ sie sich darauf nieder. Das Ziehen, ein trauriger Versuch, ihre langen Oberschenkel zu bedecken, verdeckte das süße kleine Paket, das in rosa Satin eingewickelt war.

Okay, konzentriere dich, verdammt noch mal.

»Sie erzählt niemandem, dass sie einen Bruder hat, damit niemand Fragen stellt.« Er stand auf und verließ die Küche. Wenige Augenblicke später kam er mit einer verschreibungspflichtigen Tablettenflasche zurück. Nachdem er sich vergewissert hatte, dass sie aufmerksam war, zog er die Pistole aus der Tasche, löste das volle Magazin und entlud die Patrone in der Kammer. Ein Schauer lief ihm über den Rücken, als das einsame Hohlspitzgeschoss über den Küchentisch rollte. *Sie hätte ihn wirklich erschießen können.* Er warf ihr die leere Waffe in den Schoß, woraufhin sie zusammenzuckte. Eine Frau konnte gefährlicher sein als die Mafia. *Fuck.*

»Ich hoffe, du hast einen Waffenschein dafür.« Mace steckte das Magazin in seine Jackentasche und ging zum Schrank, um ein Glas zu holen.

Erleichterung durchflutete ihn, als er die Gläser nach fast zwei Jahren im selben Schrank wiederfand. Er hatte schreckliche Visionen von seiner Schwester gehabt, die sein Haus übernahm und es komplett im Mädchenstil umdekorierte. Zum Glück hatte sie genug Vernunft, um die Dinge in Ruhe zu lassen.

Als er zum Waschbecken hinüberging, merkte er, dass er sich geirrt hatte. Maxi hatte etwas verändert. Er runzelte die Stirn über die kleine gelbe Keramikente mit einem blauen Band um den Hals, die einen Schwamm hielt. Das würde verschwinden müssen.

Nachdem er das Glas mit kaltem Leitungswasser gefüllt hatte, warf er eine Pille ein und nahm einen Schluck. Bei näherem Nachdenken warf er noch eine ein. Er ließ sich wieder gegenüber von Colby nieder und betrachtete sie, während er darauf wartete, dass die Schmerztabletten anschlugen. Ihr Mund war zu einem schmalen Strich verzogen – eine Schande für diese vollen Lippen – und er konnte sehen, wie sich in ihrem Kopf die Räder drehten.

»Warum sollte sie nicht wollen, dass jemand weiß, dass sie einen Bruder hat? Warst du im Knast?« Ihre Augenbrauen hoben sich. »Bist du ein entflohener Sträfling?«

Mace schüttelte den Kopf und konnte sich ein Lächeln nicht verkneifen. Sie musste Witze machen. »Ja, ich bin ein entflohener Sträfling, und du bist meine Geisel. Du musst tun, was ich sage. Zieh dich aus und leg dich auf den Tisch.«

Mace wartete auf eine Reaktion. Nichts. Er war dabei, seinen Charme zu verlieren.

Colby sah eiskalt aus, ohne auch nur den Anflug eines Lächelns. »Ich will Beweise dafür sehen, dass du der bist, für den du dich ausgibst.«

Madame, jemand muss dir ganz schön zugesetzt haben, dass du so misstrauisch bist, dass du den Bruder einer Freundin verhören musst. Oh, und eine Waffe trägst. Das durfte er nicht vergessen. Aber ehrlich gesagt konnte er es ihr nicht verübeln. Er wäre genauso vorsichtig und misstrauisch, wenn er in ihren Schuhen stecken würde – er blickte auf ihre nackten Füße hinunter – oder in diesen niedlichen, rosa lackierten Zehen.

»Was denn, zu wissen, wo die Trinkgläser aufbewahrt werden, ist nicht Beweis genug?«

»Spiel nicht mit mir! Ich will einen Ausweis sehen.«

Ihre Entschlossenheit faszinierte ihn. Genauso wie alles andere an ihr. Es kam nicht jeden Tag vor, dass er eine Frau wie sie traf – willensstark, keine Angst vor Waffen und verdammt heiß … eine rothaarige, grünäugige, sommersprossige Frau obendrein. Colby erinnerte ihn an eine strenge Lehrerin – eine, die nachts ihr Haar herunterließ und wild wurde.

Unter ihrem sturen Äußeren könnte sie ein Betthäschen sein. Sein Typ Frau. Mace grinste. Er dachte an ihr

Gespräch zurück und merkte, dass sie auf seine Antwort wartete. »Ausweis? Meinst du so was wie meinen Häftlingsausweis mit meinem Foto und meiner Nummer darauf?«

»Egal was für ein Ausweis.«

»Tut mir leid, den habe ich vergessen, als ich über die Mauer geklettert bin. Ich musste mit leichtem Gepäck reisen. Es war ein langer Weg von Alcatraz bis an Land.« Leider schien sie seinen trockenen Sinn für Humor nicht zu schätzen. Der Schmerz in seinem Bein ließ langsam nach, und er stieß einen erleichterten Seufzer aus. Doch seine Erleichterung war nur von kurzer Dauer, denn aus irgendeinem Grund hatte er jetzt Kopfschmerzen. Er warf einen Blick auf den Grund. »Wo ist eigentlich meine liebe Schwester?«

»Verreist.«

»Ja, danke für die Info. Mir ist klar, dass sie keinen Haussitter gebraucht hätte, wenn sie nur auf einem Date wäre.«

»Sie ist in den Flitterwochen.«

Mace richtete sich auf und seine Augen verengten sich. »Flitterwochen?« Er versuchte, ihren Gesichtsausdruck zu lesen, aber er war nicht vorhanden. Im Moment hatte sie ein Pokerface.

»Ja, du weißt schon, die Reise, die man nach der Hochzeit macht?«

Er ignorierte die Stichelei, weil er ihren Humor nicht besser fand als seinen. »Sie hat geheiratet? Wen? Wann? Wo ist sie hingefahren?«

Colby lehnte sich auf ihrem Stuhl zurück und verschränkte die Arme vor der Brust. Mace wollte am liebsten protestieren, weil er die harten Kieselchen ihrer Nippel jetzt nicht mehr durch ihr Shirt sehen konnte.

»Wenn du ihr Bruder bist, warum weißt du das dann nicht? Warum warst du nicht auf der Hochzeit? Habt ihr euch gestritten oder warst du wirklich im Gefängnis?«

»Weder noch. Wir wurden notgedrungen getrennt.« Die halbherzige Erklärung klang selbst in seinen Ohren lahm.

»Notgedrungen getrennt«, sagte sie langsam, und die Worte rollten ihr im Mund herum, als würde sie sie schmecken können. »Und wie lange dauerte diese sogenannte Trennung?«

»Ich weiß es nicht.« Natürlich wusste er es. Aber es laut auszusprechen, ließ es noch schlimmer wirken. »Zwei Jahre«, murmelte er.

»Zwei Jahre«, wiederholte sie mit einem Stirnrunzeln. »Dann musst du eben warten, bis sie zurückkommt. Ich denke nicht, dass ich dir ihre persönlichen Angelegenheiten anvertrauen sollte, wenn sie es dir nicht selbst gesagt hat.«

Mit einem müden Seufzer rieb sich Mace mit einer Hand über die Augen. Er war zu müde, um zu widersprechen, und fragte: »Und wann wird das sein?«

»In zwei Monaten.«

Mace fluchte leise. Zwei Monate? Wer fuhr schon für zwei Monate in die Flitterwochen? »Vielleicht bin ich gar nicht so lange hier.«

»Du wirst überhaupt nicht hier sein. Ich habe keine Anweisung bekommen, Besucher zuzulassen, während sie weg ist. Also wirst du dich wohl woanders verstecken müssen.«

Er zog überrascht eine Augenbraue hoch. *Am. Arsch.* »Es tut mir leid, dir das zu sagen, aber das Haus gehört mir.«

Er grinste, als Colby sich auf ihrem Stuhl versteifte und ihre Hände wieder in ihrem Schoß landeten.

COLBY RICHTETE SICH AUF, legte die Waffe auf den Tisch und betrachtete den Mann, der ihr gegenübersaß. Allein die Anwesenheit von Mace Walker hatte sie anfangs schon verunsichert, aber jetzt rissen widersprüchliche Gefühle sie in zwei verschiedene Richtungen. Er sagte, er sei Maxis

Bruder. Dass dieses Haus ihm gehörte, nicht ihr. Warum hatte Maxi ihr das nicht gesagt? Konnte sie ihm trauen? Er sah auf jeden Fall nicht vertrauenswürdig aus.

Seine dunklen, fast schwarzen Augen und sein unrasiertes Gesicht beunruhigten sie. Seine dunkle Kleidung wirkte verdächtig und seine überdimensionale, klobige Lederjacke war groß genug, um etwas zu verbergen. Dass er sich nach Einbruch der Dunkelheit ins Haus geschlichen hatte, machte ihn noch verdächtiger. Vielleicht sollte sie doch die Polizei rufen. Allerdings sah er Maxi ähnlich, nur auf eine kräftigere, männlichere Art.

»Ich will trotzdem einen Ausweis sehen«, wiederholte sie, dieses Mal etwas energischer.

Grummelnd holte er seine Brieftasche heraus und klappte sie auf. In der vorderen Tasche aus durchsichtigem Plastik steckte ein Ausweis mit Foto, aber er nahm ihn nicht heraus, und sie konnte ihn von ihrem Platz aus nicht sehen. Stattdessen wühlte er so lange darin herum, bis er etwas Bestimmtes fand.

Er reichte ihr einen alten, abgelaufenen Führerschein, auf dem er viel jünger aussah … und sein Gesichtsausdruck wirkte sorgenfrei. Der Mann, der sie von dem Foto ansah, hatte keine Stirnfalten, aber der Führerschein bewies, dass es sich um Macen Jeffrey Walker handelte, und die Adresse bezog sich auf dieses Haus.

»Hast du etwa keinen Führerschein mehr, seit du …« Colby warf einen Blick auf das Datum. »Achtzehn warst? Hast du so lange im Knast gesessen?« Sie rechnete schnell sein Alter aus. Sechsunddreißig. Auch wenn sie jetzt ernsthaft bezweifelte, dass er jemals im Gefängnis gesessen hatte, wollte sie sich dafür revanchieren, dass er sie vorhin erschreckt hatte. Das war nur fair.

»Nein, keinen, auf dem mein richtiger Name steht.«

»Ah. Also, was machst du denn so, Mr. Walker, dass du deine Schwester seit zwei Jahren nicht mehr gesehen oder auch nur gesprochen hast, keinen aktuellen Führerschein mit deinem eigenen Namen darauf hast und dich nachts in dein eigenes Haus schleichen musst?« Sie warf ihm den Führerschein wieder zu. Sie konnte es kaum erwarten, seine Erklärung zu hören. Und sie wollte unbedingt den aktuellen Ausweis sehen, bei dem er sich weigerte, ihn aus seiner Brieftasche zu ziehen. Was versteckte er?

Er fing den Führerschein in der Luft auf und steckte ihn in aller Ruhe zurück in seine Brieftasche, bevor er ihr antwortete. »Ach, so dies und das. Du weißt schon, viel auf Reisen.«

»Nein, ich weiß nicht.«

»Das ist zu schade, Colby.«

Sie war sich nicht sicher, was er meinte. Aber sie war sich sicher, dass ihr Name auf seinen Lippen sie aus mehr Gründen störte, als sie zugeben wollte. »Nicht wirklich. Dein Job hat doch nicht zufällig was damit zu tun, Gitterstäbe von innen zu betrachten, oder?«

»In gewisser Weise schon. Ich stelle die richtigen Leute dafür ein.« Er erhob sich steif vom Stuhl und strich sich mit langen Fingern durch sein kaffeefarbenes Haar, die Art von Kaffee, wie er ihn wahrscheinlich trank. Schwarz und stark. »Also, ich bin müde. Ich gehe nach oben ins Bett.«

»Warte …« Sie folgte ihm in den Eingangsbereich und sah zwei Taschen neben der Treppe stehen. Sie hatte sie vorhin in dem Durcheinander nicht bemerkt. »Ich denke immer noch nicht, dass das eine gute Idee ist.«

Als er sich bückte, um die Taschen aufzuheben, umklammerte seine Hand das Geländer so fest, dass es sie nicht wundern würde, wenn seine Finger Abdrücke im Holz hinterlassen würden.

»Ehrlich gesagt ist es mir ziemlich egal, was du denkst. Ich bin müde. Das hier ist mein Haus. Und ich werde jetzt in mein Bett gehen. Das sind die Fakten. Leb mit ihnen oder geh.«

Er hatte sichtlich Mühe, sein Gesicht nicht zu verziehen. Allein das Hinaufsteigen der Treppe verursachte weiße Ränder um seine zusammengepressten Lippen.

Aber er konnte nicht einfach weggehen und die Sache auf diese Weise stehen lassen. Sollte sie bleiben? Sollte sie gehen? Und wenn er wollte, dass sie ging, sollte sie jetzt gehen oder morgen früh? Colby folgte ihm die Treppe hinauf. Sie beschloss, ihn zu testen. »Wenn es okay ist, würde ich meine Sachen morgen früh packen.«

Mace blieb am oberen Ende der Treppe abrupt stehen und drehte sich um, sodass er über ihr thronte. Sie blieb stehen und hielt sich instinktiv am Geländer fest, um das Gleichgewicht zu halten.

»Du musst nicht gehen. Da Maxi dich engagiert hat, kannst du bleiben und deine Arbeit zu Ende bringen. Ich weiß sowieso nicht, wie lange ich in der Stadt sein werde. Und ich habe keine Lust, kurzfristig einen anderen Haussitter zu finden, wenn wir schon eine ausgezeichnete Person dafür haben.«

Colby wollte vor Erleichterung zusammenbrechen. Sie konnte nirgendwo anders hin; das Haus, das sie gerade renovierte, würde frühestens in zwei Monaten wieder bewohnbar sein. Deshalb war sie Maxi so dankbar gewesen, dass sie ihr Haus zur Verfügung gestellt hatte. Das Timing war perfekt gewesen … na ja, bis auf diesen kleinen Zwischenfall.

Klein war nicht das richtige Wort für ihn. Mit seinen Boots war er bestimmt einen Meter zweiundneunzig groß. Sie war sich sicher, dass seine Jacke ihn schwerer aussehen ließ, als er wirklich war. Aber seine Beine waren lang und schlank, besonders in diesen sündhaft engen, abgenutzten Bluejeans. Verdammt, aber sie wusste einen Mann mit einem knackigen Hintern in gut sitzenden Jeans zu schätzen.

Mace wandte sich abrupt ab und ging weiter den Flur entlang. Vielleicht mochte er es nicht, wenn Frauen ihn anstarrten. Aber das war nur fair, nachdem seine Augen vorhin ihre nackte Haut versengt hatten.

Sie folgte ihm bis zum Ende des Flurs und hielt Abstand, als er einen Schlüsselbund herauszog und einen in die erste Tür auf der linken Seite steckte. Sie hatte sich gewundert, warum das Zimmer gegenüber von ihrem abgeschlossen war, und sogar versucht, es zu öffnen, während sie staubsaugte. Maxis Zimmer war am Ende des Flurs, und Colby schlief in einem der Gästezimmer.

Jetzt ergab es Sinn ... das geheime Zimmer des geheimen Bruders.

Sie versuchte, um ihn herumzuspähen, als er die Tür aufschwang, aber sie sah nur den Staub, der hinter ihm aufstieg, als er das Licht anknipste. Sie wollte ihm hinein folgen, um das verschlossene Heiligtum zu sehen, aber er versperrte ihr die Sicht und den Weg, als er sich zu ihr umdrehte.

»Also, gute Nacht.«

Colby streckte eine Hand aus, um zu verhindern, dass die Tür vor ihr zuschlug. Sie zeigte ihm ihre leere Waffe. »Was ist mit meinem Magazin?«

Mace runzelte die Stirn. »Du bekommst es zurück, wenn du mir zeigst, dass du mit dem Ding richtig umgehen und auch sicher schießen kannst. Geh ins Bett!« Und mit diesen Worten schlug er die Tür zu.

Colby stand da, eine Faust in die Hüfte gestemmt, und starrte ein paar Minuten lang auf die geschlossene Tür. Sie lauschte auf das gedämpfte Rascheln und fragte sich, was er wohl gerade tat. *Wahrscheinlich macht er sich bettfertig, du Genie.*

Morgen hätte sie noch genug Zeit, um nach weiteren Informationen über ihn zu graben. Im Moment würde sie seinen Rat befolgen und ins Bett gehen.

Zurück in ihrem Zimmer legte sie die Waffe auf den Nachttisch, damit sie in Reichweite war. Er hätte ihr vielleicht eine leere Waffe zurückgegeben, aber ...

Sie lächelte, als sie die Nachttischschublade öffnete. Darin lag ein weiteres Magazin. Zusammen mit zwei weiteren Schachteln Munition.

MACE WARF seine Taschen auf das Bett und ließ sich daneben nieder. Er fuhr sich mit einer Hand durch sein bereits zerzaustes Haar und stieß einen langen, wohltuenden Seufzer aus. Er begutachtete das Hauptschlafzimmer. Eine Staubschicht bedeckte die Möbel. Es standen ein paar gerahmte Bilder seiner verstorbenen Eltern und seiner Schwester im Zimmer herum und ein Wecker, der nach dem letzten Stromausfall nie wieder gestellt worden war. Er blinkte unaufhörlich 12:00 Uhr. Er warf einen Blick auf die Uhr. Jetzt war es schon fast halb drei. Verdammt!

Aber er war zu Hause. *Wirklich zu Hause.* Nicht in einem fremden Motel in einer unbekannten Stadt, umgeben von Leuten, die man nicht als Menschen bezeichnen sollte.

Er hatte das Stadtleben satt – den Lärm, die Hektik und die ständige Unruhe. Die Anspannung in seinem Körper hatte sich in dem Moment aufgelöst, als er in Malvern einfuhr. Es war anders, entspannter, und selbst als große Universitätsstadt hatte sie nur einen Bruchteil der Einwohnerzahl von New York City.

Trotzdem war er enttäuscht. Er hatte sich darauf gefreut, Zeit mit seiner Schwester zu verbringen, dem einzigen Menschen, der ihn wirklich verstand. Jemandem, zu dem er vollkommen ehrlich sein konnte.

Er wollte die Dinge mit ihr besprechen, ihr ein wenig das Ohr abkauen. Oder besser gesagt sehr viel. Er musste sich über seine Zukunft klar werden. Aber jetzt musste er warten – warten, um bei jemandem zu sein, der ihn so liebte, wie er wirklich war.

Und ihn nicht dafür liebte oder sogar hasste, wer er vorgab zu sein.

Er wusste nicht, wie lange er das, was er tat, aushalten würde. Der Job hatte seinen Tribut gefordert. Die Zeit mit Leuten zu verbringen, die er verachtete und denen er nicht trauen konnte, zehrte an ihm. Er war es leid, sich quälend viele Details eines erfundenen Lebens merken zu müssen, eines Lebens, in dem ein einziger Fehler sein Leben oder das eines Kollegen kosten konnte.

Er rieb sich den Oberschenkel. Sein letzter Auftrag war sowohl emotional als auch körperlich ein Killer gewesen. Er brauchte jetzt einfach Zeit.

Zeit, um zu vergessen.

Zeit, um zu heilen.

Er dachte an die Rothaarige, die sich gegenüber von seinem Zimmer befand. Er fühlte sich ein wenig schuldig, weil er so schroff zu ihr gewesen war. Andererseits war es schwer, nett zu sein, wenn man mit einer geladenen Waffe bedroht wurde. Aber zugegebenermaßen beeindruckte sie ihn mit ihrem Mut und ihrer Entschlossenheit, ganz gleich, ob diese nun echt war oder nur gespielt, um ihre Angst zu vertuschen.

Mace hatte erwartet, dass seine Zeit zu Hause langweilig sein würde. Öde. Ereignislos. Colby Parks könnte das geändert haben.

Kapitel Zwei

COLBY RÜHRTE die Eier in der Pfanne um.

Sie war erschöpft, da sie letzte Nacht kaum geschlafen hatte und zu sehr damit beschäftigt gewesen war, auf jedes Knarren in der Dunkelheit zu achten. Jedes Mal, wenn sie geglaubt hatte, Schritte zu hören, hatte sie senkrecht im Bett gesessen und nach ihrer Waffe gegriffen. Am Ende war es nichts gewesen, und heute Morgen fühlte sie sich wie eine Idiotin – eine riesengroße.

Da es Samstag war, stand nur ihr üblicher Besuch im Haus auf dem Plan, um sich über den Stand der Renovierungsarbeiten zu informieren.

Sie hatte ihre gesamten Ersparnisse in das alte Haus gesteckt und musste sicherstellen, dass alles reibungslos ablief. Außerdem wollte sie die Küche fertig streichen.

Die Schränke waren fertig, aber die Wände waren nur verspachtelt und grundiert, bereit für den letzten Schliff. Sie hoffte, dass die gelbe Farbe, die sie ausgewählt hatte, den tristen Raum aufpeppen würde. Sie war sich nicht sicher. Das Einzige, was sie sicher wusste, war, dass sie in Sachen Inneneinrichtung eine Niete war. Aber sie konnte es sich einfach nicht leisten, jemanden einzustellen …

»Mmm. Riecht gut. Hast du genug für einen mehr?«

Der Pfannenwender klapperte in die Pfanne und schleuderte Eierstückchen auf die Herdplatte. Sie atmete zweimal tief durch und versuchte, ihren Herzschlag zu beruhigen, bevor sie den Pfannenwender wieder an sich nahm und dem Eindringling ins Gesicht blickte.

Der Grund, warum sie letzte Nacht nicht mehr als ein paar Nickerchen gemacht hatte, betrat die kleine Küche und schob sich die leicht feuchten Haarsträhnen aus dem Gesicht. Er trug ein altes, abgenutztes schwarzes T-Shirt und eine schwarze Jogginghose. Seit wann sahen schäbige Jogginghosen an einem Mann jemals sexy aus? Und er war barfuß, seine langen Zehen schlugen auf dem kühlen Linoleumboden auf.

»Klar.«

Er benahm sich, als wäre er hier zu Hause, schnappte sich den frisch gepressten Grapefruitsaft, den sie vorhin auf den Tisch gestellt hatte, und schenkte sich ein Glas ein. Na ja, das sollte er wohl auch, dachte sie, denn es war ja sein Zuhause. Ob es ihr nun gefiel oder nicht.

»Gut geschlafen?«

»Natürlich«, log sie. Sie verbarg ein Kichern mit ihrer Hand, als er nach dem ersten Schluck ein angewidertes Gesicht machte. Der Saft schmeckte ein wenig bitter, und das gefiel ihr so. Das war einer der Gründe, warum sie ihn selbst auspresste.

Mace wischte sich den Mund mit der Rückseite seines Handgelenks ab. »Heilige Scheiße, gibt es Kaffee?«

Colby schüttelte den Kopf. »Trink ich nicht.«

Er zog eine Augenbraue zu ihr hoch. »Echt? Welcher vernünftige Mensch trinkt denn keinen Kaffee?« Er ging in der Küche herum und öffnete Schränke, bis er eine alte, fleckige Kaffeemaschine fand. Er holte sie heraus, machte Platz auf der Arbeitsplatte und schloss sie an.

»Ich versuche, mich gesund zu ernähren«, erklärte sie.

Sie konnte nicht umhin zu bemerken, dass er selber heute Morgen ziemlich gesund aussah. Und im Licht des Tages sehr appetitlich. Das Baumwoll-T-Shirt schmiegte sich an seine breiten Schultern und die Rundungen seiner Brust und betonte seine gemeißelten Brustmuskeln. Er wühlte in den Schubladen und bei jeder kleinen Bewegung drückte sich sein Bizeps gegen die engen Ärmel seines Shirts. Er war gut gebaut, aber schlank, nicht wie ein übermäßig großer, durchtrainierter Bodybuilder. Diese Details waren letzte Nacht, als er die Jacke getragen hatte, nicht zu sehen gewesen. Sie wandte ihre Aufmerksamkeit wieder der Pfanne zu, bevor er sie beim Sabbern erwischte.

Mace kramte ein paar Filter aus einer Schublade hervor und ging dann zum Kühlschrank. Er stieß einen leisen Fluch aus und knallte die Kühlschranktür zu. »Kein Kaffee! Man sollte meinen, meine Schwester hätte irgendwas übrig gelassen.« Plötzlich stand er hinter ihr und schaute über ihre Schulter in die Bratpfanne. »Ich dachte, Eier sind schlecht für den Körper.«

Der Duft von frischer Seife, der sie umwehte, und die Wärme seines Körpers ließen ihren Puls schneller schlagen. Obwohl er sich heute Morgen nicht rasiert hatte, sah er im Licht des Tages nicht mehr so kriminell aus, wie sie gestern Abend gedacht hatte.

Es sei denn, es war ein Verbrechen, so gut auszusehen.

»Nur, wenn man sie ständig isst. Ein paar pro Woche werden dich nicht umbringen. Sie enthalten gute Proteine.« Sie nahm einen Laib Mehrkornbrot aus der Brotbox.

»Das ist gut zu wissen. Ich glaube, ich mache mir mehr Sorgen, dass deine Waffe mich umbringt als ein paar arterienverstopfende Eier.«

Ein Stuhl schrammte hinter ihr über den Boden.

»Ich habe übrigens auch gut geschlafen. Es war schön, in meinem eigenen Bett zu sein«, sagte er.

»Ja, ich wette, Gefängnisbetten sind nicht sehr bequem.«

Sie hörte ein halbherziges Stöhnen. »Schon wieder? Wann hörst du endlich auf mit den Gefängnis-Witzen?«

Colby zuckte mit den Schultern, unterdrückte ein Lächeln und steckte vier Scheiben Brot in den Toaster. »Wenn ich keine mehr habe.«

Sie verbannte die Heiterkeit aus ihrem Gesicht und drehte sich um. Er musterte sie von seinem Platz am Tisch aus – wahrscheinlich fragte er sich, warum sie wie ein Bauarbeiter gekleidet war. Sie trug ihre Jeanslatzhose über einem einfachen weißen, langarmigen T-Shirt, das sie hochgekrempelt hatte. Die klobigen Stahlkappenstiefel, die sie trug, wirkten auch nicht gerade feminin. Sie sah definitiv nicht sexy aus, aber das würde man bei seinem erregten Blick nicht vermuten.

»Bist du eine Bauarbeiterin?«

»So in etwa«, antwortete sie und spiegelte damit seine unklaren Antworten vom letzten Abend wider. Sie stellte einen Behälter mit irischer Butter auf den Tisch.

»Es ist eine Sünde, deine Haare hochzustecken.«

Sie war nah genug dran, dass er an ihrem langen, schweren Zopf zupfen konnte. Der Anblick seiner großen Hand, die über ihr Haar glitt, ließ ihr den Atem stocken. Und das nicht aus Angst. Das war der erschreckende Teil.

Sie riss ihren Kopf hoch, befreite ihr Haar aus seinem Griff und trat zurück, um sich einen Sicherheitsabstand zu verschaffen. »Tja, ich muss es zurückbinden, damit es nicht in die Farbe und den Putz fliegt.« Sie richtete den Pfannenwender auf sein Haar. »Apropos Sünde … Es ist eine Sünde für einen Mann, so langes, volles Haar wie du zu haben. Ich wette, einige Frauen sind neidisch. Und einige Männer auch.«

Er fuhr sich mit der Hand durch das Haar. »Es muss geschnitten werden«, gab er reumütig zu.

Colby sah das nicht so. Es schien zu ihm zu passen. Nicht, dass sie viel über ihn wüsste. Sie fragte sich wieder, warum er sich zwei Jahre lang aus dem Leben seiner Schwester zurückgezogen hatte. Als sie letzte Nacht nicht schlafen konnte, hatte sich ihr Kopf mit zu vielen Fragen gefüllt. Ein fremder Mann, der auf der anderen Seite des Flurs schlief, hatte auch nicht wirklich dazu beigetragen. Ja, der Schlafmangel war darauf zurückzuführen, dass sie in der Nähe eines Fremden vorsichtig war, und nicht, weil er sie auf andere Weise beeinträchtigte – eine Weise, die sie sich nicht eingestehen wollte.

Mace unterbrach sie in ihren Gedanken. »Was streichst und verputzt du denn?«

»Ein Haus«, sagte sie abwesend, schöpfte Eier auf zwei Teller und legte dann das getoastete Brot dazu. Sie schob ihm einen Teller vor die Nase. »Mach dir nicht die Mühe, nach Speck zu fragen.«

»Das würde mir im Traum nicht einfallen.« Er spießte die Eier mit seiner Gabel auf. »Wem gehört das Haus? Ist das dein Beruf?«

Colby verdrehte die Augen. »Auf keinen Fall. Das ist ein dreckiger Job.« Sie setzte sich und griff nach einem kleinen Behälter in der Mitte des Tisches. Ein Schluck Grapefruitsaft half ihr, ein paar Vitaminpräparate zu schlucken. Sie bot ihm die Flasche an. »Willst du auch was?«

Mace schüttelte den Kopf und holte seinen eigenen Behälter aus der Tasche – der gleiche Behälter wie gestern Abend. Er ploppte zwei weiße, längliche Tabletten heraus. »Ich habe meine eigenen.«

»Was sind das für welche?« Colby schaute neugierig auf das Rezept. Bevor sie das Etikett lesen konnte, steckte er es zurück in seine Tasche.

»Starke Vitamine.«

Colby hob eine Augenbraue, unterließ es aber, einen Kommentar abzugeben. Seine Angelegenheit, sein Problem.

»Also, in wessen Haus machst du dich schmutzig?«

Sie schluckte einen Bissen Eier hinunter. »Meins. Ich

habe ein altes Haus gekauft. Ich renoviere es.«

»Allein?« Er sah neugierig aus.

Sie schüttelte den Kopf. »Nein. Unter der Woche macht ein Bauunternehmer den Großteil der Arbeit. An den Wochenenden fahre ich gern hin und mache stellenweise ein paar Arbeiten. Ich erledige hier und da kleine Dinge. Meistens sitze ich dann mitten in einem halbfertigen Zimmer und träume davon, wie es aussehen wird, wenn das Projekt endlich abgeschlossen ist.«

Mace verputzte sein Frühstück und beäugte dann das einsame Stück Toast, das auf Colbys Teller lag. »Klingt nach einer ganz schön großen Aufgabe.«

Sie bot ihm die Scheibe an. Er akzeptierte und biss mit seinen weißen Zähnen in den knusprigen Toast, während sie ihn noch festhielt, wobei er gerade so die Spitze ihres Fingers streifte. Er grinste, als sie ihre Hand wegzog.

Der einzige Grund, warum sie nicht zitterte, war, weil sie ihre Finger zu einer Faust ballte, während sie versuchte, beim Thema zu bleiben. Sie wollte nicht, dass er wusste, was für eine Wirkung er auf sie hatte. »Das ist es. Es ist alles, was ich habe. Mein ganzes Geld – alles Geld, das ich verdient habe – steckt in diesem Haus. Ich kann es kaum erwarten, bis es fertig ist.«

Dass sie die leeren Teller zur Spüle trug, um sie abzuwaschen, gab ihr einen Vorwand, sich von ihm zu distanzieren, aber er folgte ihr sofort. Er schnappte sich das Geschirrtuch, bevor sie es tun konnte.

So viel zum Thema Abstand, denn er blieb dicht bei ihr stehen und nahm ihr das nasse Geschirr ab, um ihr mit dem Abtrocknen zu helfen. Und jedes Mal, wenn sie ihm etwas reichte, strich er mit seinen Fingern über ihre. Das war nicht gerade hilfreich für ihre Nerven.

»Wäre es nicht einfacher, von Grund auf neu zu bauen?«

»Vielleicht. Aber das ist nicht der Punkt. Das Haus

musste gerettet werden. Das habe ich vom ersten Moment an gespürt. Ich glaube nicht, dass es richtig ist, ein altes Gebäude abzureißen, nur weil es ein bisschen Arbeit braucht. Das Haus hat Geschichte, schließlich sind viele Leben durchgegangen. Wenn die Wände nur reden könnten.«

»Vielleicht ist es besser, dass sie es nicht können. Sonst würden mich schon viele, viele Wände erpressen.«

Colby lehnte ihre Hüfte gegen den Tresen und trocknete sich die Hände. Sie betrachtete seinen starken, kantigen Kiefer, der von hellolivfarbener Haut und dunklen Stoppeln bedeckt war. »Ah, du *hast* also viele schlimme Dinge in deinem Leben getan, was, Macen Walker?«

»Nenn mich einfach nur Mace. Und um deine Frage zu beantworten: nicht unbedingt. Ich möchte nur nicht, dass mein ganzer Scheiß da draußen bekannt wird. Ob gut oder schlecht. Es ist meine Geschichte und mir vorbehalten, sie zu erzählen.«

»Zum Beispiel, warum du dich so lange von deiner Schwester ferngehalten hast?«

»Dafür gab es einen guten Grund, über den ich lieber nicht sprechen möchte.« Er faltete das Geschirrtuch sorgfältig zusammen, legte es auf den Tresen und drehte sich ihr zu. »Stattdessen würde ich gerne mit dir gehen und mir dein Haus ansehen, an dem so viel gearbeitet werden muss.«

Sein Angebot war das Letzte, was sie erwartet hatte. Er trat etwas näher und für einen Moment dachte sie, er würde sie packen. Unter normalen Umständen wäre ihr seine Nähe unangenehm gewesen – fremde Männer bereiteten ihr Unbehagen. Aber dieser hier ... dieser hier machte etwas anderes mit ihr – er weckte Gefühle, die sie fast vergessen hatte.

Colby schüttelte sich innerlich. Was dachte sie nur? Sie hatte den Mann gerade erst kennengelernt und alles, woran sie denken konnte, war, wie gut er aussah und wie geheimnisvoll er wirkte, verpackt in einem sexy Paket. Allein sein Anblick löste eine Reaktion in ihrem Unterleib aus. Ihr Höschen wurde feucht und ihre Nippel kribbelten fast schon schmerzhaft. Das war nicht ihre Art. Ganz und gar nicht.

Aber er war Maxis Bruder. Sie vertraute Maxi. Und bis jetzt war dieser Mann an diesem Morgen nur nett und vor allem nicht bedrohlich gewesen. Zu diesem Zeitpunkt hatte sie keinen Grund, ihm nicht zu vertrauen. Na ja, abgesehen von der kleinen Frage, wo er in den letzten zwei Jahren abgeblieben war. Das war das Problem. Das war ein wenig seltsam.

Es war schon eine Weile her, dass sie mit jemandem wie ihm allein gewesen war. Einem Mann, der so männlich war, der sie an Sex denken ließ und nicht an Angst. Und an diesem Morgen war Sex alles, woran sie denken konnte, wenn sie Mace ansah.

Sie öffnete den Mund, um ihn abzuweisen, aber stattdessen sagte sie: »Sehr gern, aber wir müssen dein Auto nehmen.« Sie nahm an, dass er ein Auto hatte, obwohl sie nicht nachgeschaut hatte. »Ich habe eigentlich vorgehabt, mit dem Fahrrad hinzufahren.«

Seine Augenbrauen hoben sich und er sah aus, als würde er sie gleich ausfragen wollen, aber dann überlegte er es sich anders. »Kein Problem. Wir nehmen meinen Pick-up.« Er schenkte ihr ein kurzes Lächeln. »Ich mach mich fertig.«

Colby sah zu, wie er die Küche verließ, um sich umzuziehen. Das Letzte, was sie erwartet hatte, war, dass ein geheimnisvoller Mann in ihr Leben treten würde. Und sie sollte Angst haben, große Angst. Plötzlich sollte ihr ruhiges kleines Leben, für das sie hart gearbeitet hatte, auf den Kopf gestellt werden. Sie war sich nicht sicher, ob sie dafür bereit war.

Und wenn er dachte, dass er geheimnisvoll bleiben würde, lag er falsch. Absolut falsch.

MACE PARKTE seinen Ford F-150 Extended Cab vor dem riesigen, emporragenden alten Haus. Es kostete ihn all seine Kraft, seinen heruntergeklappten Kiefer zu schließen. Überwucherte, unkrautbewachsene Rosensträucher umgaben das Monstrum von einem Haus. Der Rasen wirkte an manchen Stellen kahl und an anderen überwuchert. Er versuchte, nicht das Gesicht zu verziehen, als er es sah, aber Colby ertappte ihn dabei.

»Ach, nach einem neuen Anstrich und der Reparatur der umlaufenden Veranda wird es nicht mehr so schlimm aussehen. In ein paar Wochen kommt ein Landschaftsgärtner, um den Garten auf Vordermann zu bringen.«

Mace brachte es nicht übers Herz, ihr zu sagen, dass es mehr brauchte als das. Viel mehr. Die alten Kupferdachrinnen – schwärzlich-grün von der Verwitterung – hingen an einigen Stellen von der Traufe herunter, einige der Fensterläden waren verschwunden und der Rest ... der Rest sollte einfach abgerissen werden. Von dort, wo er saß, konnte er auch sehen, wie das Verandadach durchhing.

»Du musst es von innen sehen, um es wirklich wertschätzen zu können.« Sie sprang aus dem Pick-up und er folgte ihr zögernd.

»Da bin ich mir sicher«, murmelte er.

Er bezweifelte es ernsthaft. Was er nicht bezweifelte, war, was sie von dem Haus hielt. Colbys Gesicht erhellte sich, als sie durch das schmiedeeiserne Tor traten. Schönheit lag *tatsächlich* im Auge des Betrachters. Und dieses Auge war definitiv nicht in seinem Kopf. Für ihn sah das Haus aus wie die Kulisse eines Horrorfilms – eines zweitklassigen bestenfalls.

Die einzige Schönheit auf diesem Grundstück war die schlanke Rothaarige, die vor ihm herging. Er war fasziniert von dem Schwung ihrer Hüften. Selbst in dieser grässlichen

Jeanslatzhose war sie fickbar. Sein Schwanz wurde schon bei dem Gedanken daran hart. In ihre enge, feuchte …

»Vorsicht!« Sie nahm seinen Ellbogen, als sie die Veranda erreichten, und führte ihn vorsichtig, da sie anscheinend genau wusste, wo er hintreten musste, um die verrottenden Dielen zu vermeiden.

Gut, dass sie ihm den Weg zeigte, denn ihre üppigen Lippen lenkten ihn ab. Als sie mit ihrer Zunge darüber fuhr, unterdrückte er ein Stöhnen. Verdammt, er war nicht viel besser als ein notgeiler Teenager. Aber er konnte nicht leugnen, dass er diese Lippen auf einem bestimmten harten Teil seiner Anatomie haben wollte. Zur Hölle, überall an seinem Körper wäre gut.

Als sie den Eingang erreichten, blieb Colby kurz stehen und ihr Lächeln wurde noch breiter. Mace schloss für einen Moment die Augen und zwang sich selbst dazu, sich zu benehmen. Als er sie wieder öffnete, sah er als Erstes, dass die vorderen Doppeltüren einen ordentlichen Schliff und einen neuen Anstrich brauchten. Trotzdem strich Colby mit ihren Fingern liebevoll über eine der ovalen, bunten Glasscheiben. Sein Schwanz zuckte bei jeder Bewegung ihrer Finger. Er wollte verzweifelt nach unten greifen und sich zurechtrücken. Aber er kämpfte dagegen an. *Mit aller Kraft.*

»Sieh dir das doch nur mal an. Ich kann nicht in dieses Haus gehen, ohne diese schönen Türen zu bewundern. Ich habe das Buntglas darin ersetzen lassen. Als ich das Haus gekauft habe, waren fast alle Fenster kaputt.«

Als er endlich wieder klar denken konnte, musste Mace zugeben, dass die Türen ziemlich schön waren. Aber er konnte seine Meinung über das Haus nicht nur anhand der Vordertüren bilden; jetzt war er neugierig auf das Innere. Es konnte nicht schlimmer sein, wenn es nicht mit Brettern vernagelt oder gar verfallen war.

»Wie lange gehört es dir schon?«

»Die Bank und ich besitzen es seit fünf Monaten.«

»Ich bin überrascht, dass die Bank für so ein Projekt eine Hypothek gewährt.«

Colby drehte sich überrascht zu ihm um. »Warum?«

Ah, fuck. Hallo Fuß, ich würde dir gern Fettnäpfchen vorstellen. »Äh, weil es …« *Weil es eine Bruchbude war und kein Kreditsachbearbeiter, der bei Verstand war, würde …* »Wegen der Versicherung. Ich wette, es war schwierig, etwas so Altes zu versichern.«

»Nö. Gar kein Problem.« Sie schloss die Tür auf und trat ein.

Gut. Sie hatte eine Versicherung abgeschlossen. Am besten wäre es, das Haus niederzubrennen und von vorn anzufangen. *Wenn Versicherungsbetrug doch nur nicht strafbar wäre.* Er schüttelte den Kopf und folgte ihr über die Türschwelle.

Später musste Mace zugeben, dass das Haus Charakter hatte und er verstand, warum Colby es so sehr liebte. Sie leistete gute Arbeit bei der Restaurierung mithilfe der Bauunternehmer. Aber natürlich würde es ein langer, langsamer Prozess werden.

Sie saßen in dem leeren, übergroßen Esszimmer auf dem Boden. Ihr *Picknick*-Mittagessen war auf einem Tuch in der Mitte des Holzbodens ausgebreitet, der dringend nachgearbeitet werden musste. Colby hatte Reste vom Brathähnchen und selbst gemachten Kartoffelsalat eingepackt.

Nach den zwei Mahlzeiten, mit denen sie ihn bisher gefüttert hatte, zu urteilen, schien sie eine gute Köchin zu sein. Er könnte sich problemlos an diese Art zu essen gewöhnen. Allein in fett getränkten Absteigen oder Fastfood-Restaurants zu essen, war ihm schnell langweilig geworden. Sie aßen in geselligem Schweigen, bis sie beide satt waren. Aber er war nicht völlig gesättigt … noch nicht.

Mit einem zufriedenen Seufzer starrte Mace auf die filigranen Holzarbeiten an der Decke und den Wänden. Wenigstens die gebeizte Vertäfelung, die die Wände unterhalb einer Stuhlschiene säumte, schien in gutem Zustand zu sein und brauchte keinen neuen Anstrich. »Das Haus ist ziemlich groß für eine Person.«

»Jupp. Aber ich liebe große Häuser. Und es macht mir nichts aus, allein zu leben. Ich kann inzwischen ganz gut auf mich selbst aufpassen.«

Obwohl es seine Aufmerksamkeit erregte, ließ er den Teil mit dem *inzwischen* erst einmal so stehen. »Das habe ich bemerkt«, antwortete er stattdessen und dachte an die Waffe, die sie in ihrer Handtasche versteckt hatte. Sie hatte sie mitgenommen, wahrscheinlich in dem Glauben, er würde sie nicht merken. Aber Mace hatte sie bemerkt. Das war Teil seines angeborenen Überlebensinstinkts. Ganz zu schweigen von seiner Erfahrung.

Warum fühlte sie sich überhaupt gezwungen, das Ding mitzunehmen? Er kannte nicht viele Frauen, die Waffen trugen, es sei denn, sie waren bei der Polizei. Warum also Colby? Fühlte sie sich in seiner Nähe unsicher, oder gab es einen anderen Grund?

Das würde er herausfinden müssen, falls – *wenn* – er sie besser kennenlernte. Und in diesem Sinne, nichts war besser als die Gegenwart, um anzufangen … »Hast du vor, die Zimmer vollständig zu beziehen?«

Er zwang sich, einen weiteren Bissen des köstlichen Salats hinunterzuschlingen, und schaute dann rechtzeitig auf, um zu sehen, wie Colby mit ihrer Zungenspitze den Bratensaft von ihrem Finger leckte. Plötzlich pochte etwas, aber es war nicht sein Bein.

Er würde sie wahrscheinlich zu Tode erschrecken, wenn sie wüsste, wie hart er im Moment war. Er musste geduldig sein. Geduld war eine Tugend, die er hatte, seit er undercover arbeitete. Er konnte fast jede Situation zu seinen Gunsten manipulieren und *bearbeiten*. Aber im Moment war er nicht bei der Arbeit, und sein Schwanz bettelte um Erlösung.

»Ich gehe auf Immobilienauktionen, wann immer ich

kann, und ab und zu auch auf Antiquitätenmärkte. Ich glaube, das ist der beste Weg, um Möbel zu finden, die zu diesem Haus passen. Meinst du nicht auch?«

Er atmete aus, um seine Gedanken zu ordnen. Es war schwer, beim Thema zu bleiben, und er kämpfte gegen den Drang an, etwas anderes vorzuschlagen als zu reden. Etwas, das eher in die Richtung des Ausziehens ging.

»Das habe ich nicht gemeint. Ich meinte, es mit Familie und Kindern zu füllen.« Das Gespräch über die Zukunft, die Familie und die Kinder reichte aus, um seine Geilheit unter Kontrolle zu bringen. Zumindest ein bisschen. Er würde nehmen, was er kriegen konnte.

»Oh.« Colby nahm eine Papierserviette, um sich die Lippen abzuwischen. »Eines Tages, schätze ich.«

Okay, interessant. Die meisten Frauen träumten doch von einem eigenen Haus und einer eigenen Familie, oder? Warum nicht sie? Sie schien sich nicht für den Teil mit der Familie zu interessieren. Vielleicht war sie zu unabhängig. Aber das *inzwischen* nagte wirklich an seinem Hinterkopf. Aber er wollte sein Glück nicht überstrapazieren und riskieren, dass sie sich ihm gegenüber verschloss.

Nachdem sie die Kühlbox zusammengepackt und den Müll eingesammelt hatte, richtete sie sich auf und wischte sich die Hände an ihrem Overall ab. »Bist du bereit, mir zu helfen, die Küche fertig zu streichen?«

Um ehrlich zu sein, war er es nicht. Sein Bein tat ihm weh. Er würde sich lieber zurücklehnen und zusehen, wie sie die Wände mit leuchtend gelber Farbe bestrich – wie eine Künstlerin eine Leinwand.

Und seine Malerei war nicht annähernd so ordentlich wie ihre. Nach den ersten paar Schichten bestand sie darauf, dass er die Mitte der Wände bearbeitete, während sie die Ränder bestrich. Er bewunderte sie dafür, dass sie hart arbeitete und sich nicht einmal beschwerte. Er wollte sich beschweren, aber er hielt den Mund und war entschlossen, so lange durchzuhalten wie sie.

Das schwindende Licht in der Küche signalisierte, dass die Sonne unter den Horizont sank. Colby stand in der Mitte des nun hellgelben Raumes und betrachtete ihre Anstrengungen. Mace fand viel schönere Dinge zum Anstarren, wie ihr feuriges Haar, das mit gelber Farbe bespritzt war. Ihr Körper war schlank wie ein Schilfrohr, obwohl sie beim Mittagessen mit seinem Appetit mithalten konnte, und ihre zarten Handgelenke und langen, schlanken Finger waren faszinierend anzusehen gewesen, während sie die Farbe aufgetragen hatte. Es erstaunte ihn, dass sie keinen Schmuck trug, außer einem sehr kleinen Paar goldener Ohrstecker. Allerdings war ihr Haar sowieso das beste Accessoire, das sie haben konnte. Schmuck wurde ihr nicht gerecht neben dieser Masse aus karmesinrotem Feuer – Feuer, von dem er am liebsten an seinem ganzen Körper verbrannt worden wäre.

Der Gedanke, sie auszuziehen und sie hart auf dem Tuch zu ficken, verschlang ihn. Er drehte sich weg, damit sie die deutliche Beule in seiner Jeans nicht sehen konnte. Normalerweise konnte er seine Triebe unter Kontrolle halten, aber es war schon eine Weile her, dass er mit einer Frau wie Colby zusammen gewesen war. Irgendwie unschuldig, unbeschwert. Eine Frau, die nicht in illegale Aktivitäten verwickelt war, eine, die in keiner Weise zwielichtig war.

Das war erfrischend.

Und das Beste war, dass sich ihm dabei nicht die Nackenhaare aufstellten.

»Was meinst du? Ich finde, es sieht toll aus.« Als Mace nicht antwortete, fuhr sie fort. »Warte nur, bis die neuen

Geräte und die neuen Arbeitsplatten da sind. Ich hoffe, Gelb war die richtige Wahl.«

Unsicherheit lag in ihrer Stimme. Aus irgendeinem Grund schien ihr Leben von etwas so Einfachem abzuhängen wie der Frage, ob sie die richtige Farbwahl getroffen hatte. Als wäre sie am Boden zerstört, wenn das Sonnengelb nicht perfekt zu der neuen Spüle und den Arbeitsplatten passte.

»Wenn nicht, können wir es ja überstreichen.« Nicht, dass er das wirklich wollte, aber … Absolute Stille umhüllte ihn. Er drehte sich um und sah sie an. Ihr entsetzter Gesichtsausdruck beunruhigte ihn; es war fast so, als hätte sie es als einen persönlichen Angriff aufgefasst. Er stellte sich hinter sie, legte seine Handflächen auf ihre Schultern und massierte sie sanft.

»Das Gelb sieht toll aus«, versicherte er ihr und fuhr dann mit seinen Händen ihren Hals hinauf, wobei seine Daumen über die schlanken Muskeln unter der weichen Haut strichen.

Ihr Lächeln kehrte so schnell zurück, wie es verschwunden war, aber sie löste sich von seiner Berührung und ging aus dem Zimmer. Sie plapperte über die Wandfarben in den anderen Räumen. Mace schüttelte den Kopf und seufzte. Entweder war es ihr nicht bewusst oder sie versuchte zu ignorieren, dass es zwischen ihnen gefunkt hatte.

Aber eines war klar: Sie hatte sich aus einem bestimmten Grund in diesem Haus vergraben. Wahrscheinlich aus demselben Grund, aus dem sie ihrer Erklärung, *dass sie auf sich selbst aufpassen könne*, das Wort *inzwischen* das hinzugefügt hatte. Irgendwo gab es eine frische Wunde. Körperlich, seelisch, er konnte es noch nicht sagen.

Natürlich war sie stolz auf ihr Zuhause, aber sie schien etwas zu sehr darauf fixiert zu sein. Und er wollte wissen, warum.

Kapitel Drei

MACE SCHLIEF den größten Teil des Sonntagmorgens durch, nachdem er bei einem frühmorgendlichen Blasenentleerungslauf einen Zettel gefunden hatte, den Colby an der Badezimmertür hinterlassen hatte. In der Nachricht stand, dass sie mit jemandem zu einem Nachlassverkauf fahren und auf dem Weg dorthin noch ein paar Flohmärkte abklappern würde. Oh, und dass sie hoffte, er hätte nichts dagegen, dass sie sich seinen Pick-up auslieh. Wow, verdammte Scheiße. Das war ziemlich gewagt von ihr.

Andererseits gab ihm Colbys Abwesenheit eine Ausrede, um zurück ins Bett zu kriechen. Jetzt, ein paar Stunden später und immer noch träge, blieb er unter seiner Decke vergraben. Wenn sie klug gewesen wäre, hätte sie auch ausgeschlafen. Zum Teufel, wenn *er* klug gewesen wäre, wäre er mit ihr in seinen Armen aufgewacht, vorzugsweise nackt, und hätte den Tag angemessen begonnen. Aber nein. Stattdessen lag er allein in seinem Bett; seine einzige Gesellschaft an diesem Morgen oder besser gesagt am Vormittag.

Er schob eine Hand über den Gummizug seiner Boxershorts und richtete seinen Ständer auf. Verdammt! Es sich selbst zu machen, war einfach nicht dasselbe. Es war, als würde man sich mit einem Pfefferminzbonbon begnügen, obwohl man eigentlich ein Stück Schokoladenkuchen wollte.

Aber da Colby weg war, blieb ihm keine andere Wahl. Als er sich zu seinem Nachttisch rollte, sah er sich mit dem Foto seiner verstorbenen Eltern konfrontiert. Er fluchte und knallte das gerahmte Bild mit dem Gesicht nach unten. Das hatte ihm gerade noch gefehlt: seine Eltern, die ihn dabei beobachteten, wie er sexuelle Spannungen abbaute. Als Teenager hatte er sich schon genug Sorgen gemacht, dass sie ihn erwischen könnten. Er wurde zwar nie auf frischer Tat ertappt, aber es war schon ein paar Mal knapp geworden. Zu viele Male, um sie zu zählen.

Zum Glück für seinen Schwanz war das heutzutage kein Grund zur Sorge mehr. Er riss die Schublade auf und schob seine Hand tief hinein, bis seine Finger auf eine kleine Schachtel stießen. Er holte sie heraus – Kondome –, drehte sie um und las das Verfallsdatum. Verdammt, die waren so alt und wahrscheinlich auch so trocken, dass sie schon beim Versuch, sie aufzurollen, reißen würden. Unbrauchbar. Er würde sich bei seiner nächsten Einkaufstour eindecken müssen. Er hatte vor, neue zu brauchen. Vielleicht konnte er sie einfach zu Colbys Einkaufsliste, die mit einem Magneten am Kühlschrank befestigt war, hinzufügen. Milch, Eier, Brot, Kondome. Ja, das könnte ein guter Wink mit dem Zaunpfahl sein.

Die Schachtel landete neben dem Bilderrahmen, und er setzte seine Suche fort. *Ah, Treffer.*

Mit einem Seufzer der Erleichterung holte er die Tube mit dem wasserlöslichen Gleitgel heraus. Er grinste. Erleichterung war das, was er brauchte und Erleichterung war das, was er bekommen würde. Er schwor, dass er eine Dauererektion hatte, seit er neulich nach Hause gekommen und einer rothaarigen Frau begegnet war.

Was noch schlimmer war: Jedes Mal, wenn er versuchte, sie zu berühren, auch wenn es noch so harmlos war, zog sie sich zurück. Er kam nicht weiter. Er dachte, wenn er ihr freiwillig in diesem schrecklichen Haus helfen würde, könnte er sie vielleicht ein wenig auf seine Seite ziehen. Und das hatte er wohl auch, aber nicht genug. Jedenfalls nicht schnell genug für seinen Geschmack.

Er hob seine Hüften, rutschte aus seiner Unterwäsche und warf sie über den umgestoßenen Bilderrahmen. Kein Risiko, von den Eltern gesehen zu werden. Nachdem er die Kissen hinter sich aufgeschlagen hatte, setzte er sich auf und lehnte sich gegen das Kopfteil. *Schon besser.*

Mit einem schnellen Ruck öffnete sich die Kappe der Tube und er spritzte eine ordentliche Menge auf seine Handfläche. Sein Schwanz hüpfte vor Erwartung gegen seinen Unterbauch. In seiner Eile warf er die Tube beiseite, packte seinen Schwanz mit seiner feuchten Hand und drückte zu.

Die Eichel färbte sich tiefrot und die Ader, die seinen Schaft hinunterlief, pochte. Er drückte fester zu, bis der Scheitel fast lila wurde, und erst dann ließ er seine Hand nach oben gleiten. Er fuhr mit dem Daumen um die Krone, bis sie gut geschmiert war. Er umklammerte ihn und glitt mit seinem festen Griff den ganzen Weg zurück bis zum Ansatz seines Schafts.

Heilige Scheiße! Ein leichter Schauer durchlief ihn. Er konnte sich nicht daran erinnern, wann er sich das letzte Mal einen runtergeholt hatte.

Er schloss die Augen, lehnte seinen Kopf gegen das Bett und stieß einen zittrigen Atemzug aus. Er hatte ihn nur einmal gestreichelt. Ein einziger Zug und er wollte schon seine Ladung abspritzen. Er passte seinen Griff an und vergewisserte sich, dass jeder Finger seinen Schwanz umschloss, bevor er ihn noch einmal langsam streichelte.

Er wünschte sich, Colby säße jetzt auf ihm, mit gespreizten Beinen, während sie ihre engen, prallen, feuchten Schamlippen um seinen Schwanz presste. Er konnte sich vorstellen, wie sie auf und ab glitt. *Hoch. Runter.*

Er ließ seine Hand schneller über seinen Schwanz gleiten und behielt einen gleichmäßigen, sanften Rhythmus bei. Auch wenn sich seine Faust feucht und warm anfühlte, wäre es ihm lieber, sie würde ihn reiten, ihre Arschbacken gegen seinen Schoß klatschen, jeden Zentimeter von ihm einnehmen und nach mehr verlangen. *Fuck!*

Er drückte fester zu und beschleunigte sein Tempo. Bis zum Rand des Scheitels, einmal drücken, dann ein fester Ruck zurück nach unten. Seine Eier verkrampften sich vor Verlangen, in ihrer Pussy zu kommen. Ihrem Arsch, ihrem Mund, zur Hölle, es war ihm egal, wo.

Er wiederholte seine Stöße, immer und immer wieder, hob seine Hüften bei jeder Abwärtsbewegung und stieß bei jedem Aufwärtsstoß gegen die Matratze.

Seine Brust hob sich und er schnappte nach Luft. Er war nah dran. So nah. Er packte seinen Schwanz fester an der Wurzel und drückte ihn ganz nach oben. Dann noch einmal abwärts. Beim letzten Aufwärtshub kam ein kehliges Stöhnen über seine Lippen, während ihm das heiße Sperma über Bauch und Brust spritzte. Keuchend lehnte er sich zurück, unfähig, sich zu bewegen, während sein Schwanz vor Erregung zuckte. Er drückte ihn ein letztes Mal zusammen und presste den Rest der Flüssigkeit aus sich heraus.

Ein leises Lachen entkam ihm. Das hatte er gebraucht und würde es bald wieder tun müssen. Er watschelte nackt ins Bad, nur ein leichtes Hinken behinderte ihn infolge seiner zügellosen Handlungen. Aus *bald* wurde bald *hier und jetzt.* Während er duschte, seifte er sich ein und gab sich selbst einen weiteren Handjob, dieses Mal etwas gemächlicher.

Als das Wasser kühl wurde, schleppte er sich schließlich aus der Dusche. Mit einem großen Handtuch um die Taille trat er auf den Flur hinaus – und stieß direkt mit Colby zusammen.

Sie sprangen beide überrascht zurück und Colby stieß ein »Oh« aus, während sich Mace gleichzeitig entschuldigte.

»Sorry, sorry. Ich habe dich nicht gesehen. Alles okay bei dir?« *Fuck!* Hatte sie gehört, wie er sich in der Dusche einen runtergeholt hatte?

Wenn ja, zeigte sie keine Anzeichen dafür. Sie trat zurück und schenkte ihm ein zittriges Lächeln, wobei sie ihre Hand auf ihr Herz legte. »Ja, es geht mir gut. Ich hätte vorsichtiger sein müssen.«

»Nein, meine Schuld.« Sauerstoffmangel im Gehirn. Eher Blutmangel.

Sie drehte sich leicht weg und trat wieder zurück, wobei sie sich gegen die Wand des Flurs drückte. Fühlte sie sich unwohl, weil er nur ein Handtuch trug? Er schaute nach, um sicherzugehen, dass es nicht herunterrutschte. Ja, er wollte sie, aber nicht so sehr, dass er das Ding einfach mitten im Flur fallen ließ und sich selbst anbot.

Er räusperte sich und lenkte seine Gedanken wieder zurück – zu vor dem Handtuch. »Wie war deine Schnäppchenjagd?«

»Oh, äh, gut. Wir hatten Spaß. Ich habe ein paar schöne kleine Tische auf der Nachlassauktion gefunden und ein paar Küchenutensilien auf dem Flohmarkt ergattert.«

»Der Pick-up hat sich also als nützlich erwiesen?«

Die Farbe stieg ihr von der Brust bis zum Hals. »Es tut mir leid. Ich hätte fragen sollen. Die Schlüssel lagen unten an der Haustür und ich wollte dich nicht wecken. Ich habe deinen Tank aufgefüllt.«

»Hey, kein Problem. Wenigstens hast du einen Zettel hinterlassen.«

. . .

Colby versuchte, nicht auf Mace' Brust zu starren. Sie war genau so, wie sie sie sich vorgestellt hatte. Geformt, aber nicht zu hart. Genau richtig. Er hatte kleine, dunkle Brustwarzen, die aus den dunklen Haaren hervorlugten. Eine Spur von Haaren umgab seinen Bauchnabel und verschwand im Handtuch. Kein Waschbrettbauch, aber verdammt nah dran.

Sein feuchtes Haar, das ihm fast bis zu den Schultern reichte, kräuselte sich leicht um sein Gesicht. Sie ballte ihre Hände zu Fäusten und kämpfte gegen den Drang an, es mit den Fingern durchzukämmen.

Sie studierte den Winkel seines Kiefers, die Kurve seiner Oberlippe und den Rand seiner Stirn, bevor sie ihm in die Augen sah. Sie merkte, dass er nur still dastand und darauf wartete, dass sie ihn zu Ende musterte. *Scheiße!* Wie lange hatten sie dort gestanden, ohne ein Wort zu sagen? Die Hitze, die bereits an ihrem Hals nagte, stieg ihr in die Wangen.

Als er die Hand ausstreckte, zuckte sie automatisch zurück. Er zögerte eine lange Sekunde, dann strich er mit den Fingerknöcheln über ihren Wangenknochen. Obwohl sein Gesichtsausdruck neutral blieb, bemerkte sie die schnelle Neugier in seinen Augen, bevor er auch diese unterdrückte. Ihr Gesicht wurde noch heißer. Sie konnte nicht glauben, dass sie Angst vor einer Berührung gehabt hatte, die am Ende so sanft war.

»Das muss dir nicht peinlich sein.«

Sie öffnete den Mund, um ihm zu sagen, dass es nicht so war, aber stattdessen sagte sie nichts. Er konnte nicht wissen, dass sie nicht wegen der Berührung errötete, sondern wegen ihrer demütigenden, instinktiven Reaktion auf seine plötzliche Bewegung in ihre Richtung.

Als er näher kam, nur einen Atemzug entfernt, drückte sie sich mit dem Rücken gegen die Wand und wünschte sich, sie könnte in der Trockenmauer verschwinden. Er trug ein

Handtuch. *Nur ein Handtuch.* Obwohl es lang genug war, um ihn fast bis zu den Knien zu bedecken, hätte ein kleiner Fehltritt genügt, und er wäre völlig nackt.

Sie leckte sich über die trockenen Lippen, und diese Bewegung zog seinen Blick auf sich. Mit gesenkten Lidern fuhr er mit dem Daumen an ihrer Kieferpartie entlang und dann über ihre frisch angefeuchtete Unterlippe.

Sein Gesicht senkte sich, bis er nur noch Zentimeter entfernt war. »Darf ich dich küssen?«

Colby schluckte schwer, aber der Kloß in ihrem Hals blieb. »Ich glaube nicht, dass das eine gute Idee ist.«

»Warum nicht?«

Sein heißer Atem vermischte sich mit ihrem. Als ob ihr Lebenshauch bereits intim wäre. Als ob sie sich bereits küssten. »Wir kennen uns doch gar nicht wirklich.«

»Ein Kuss könnte das ändern.«

Sie schüttelte leicht den Kopf, immer noch fasziniert davon, wie nah er ihr war. Wenn sie sich bewegte, würden sich ihre Lippen berühren. »Ich möchte nicht, dass es zwischen uns unangenehm wird. Wir teilen uns im Moment ein Dach. Ein Kuss könnte die Sache … verkomplizieren.«

»Es ist nur ein Kuss. Ein einfacher, schneller Kuss. Zwei Menschen, die ihre Lippen aufeinanderpressen.«

Irgendwie glaubte sie nicht, dass es so einfach sein würde. Oder schnell.

Sie streckte die Hand aus, um ihn wegzuschieben; sie brauchte etwas Luft zum Atmen, etwas Klarheit für ihr verwirrtes Gehirn. Doch als sie das tat, trafen ihre Finger auf seine erhitzte Haut, seine Muskeln und das helle, drahtige Haar auf seiner Brust.

Die Berührung ließ sie nach Luft schnappen, aber als sie es tat, schloss er den winzigen Raum zwischen ihnen. Seine Lippen berührten ihre leicht und zogen sich dann ein Stück zurück. Er atmete sie ein, und sie tat dasselbe mit ihm. Er streifte wieder ihre Lippen. So sanft. Überhaupt kein Druck.

Beim dritten Mal packte er sie an den Schultern und presste seine Lippen auf ihre. Sie öffnete ihren Mund, um zu protestieren, aber er presste seine Zunge gegen ihre und tauchte suchend ein.

Sie vergaß ihren Einwand, als Mace' Zunge in ihren Mund eindrang, an ihren Zähnen entlang glitt und sich mit ihrer verwickelte, bis sie stöhnte und ihre Zunge zaghaft gegen seine presste. Ihre Zungen trafen aufeinander, duellierten sich und kämpften, wirbelten herum und stießen gegeneinander. Ihre Hände wanderten seine Brust hinauf, bis eine seinen Nacken umfasste, während die andere seinen Kopf festhielt, bevor sie ihn noch näher an sich zog. Sie konnte nicht genug von ihm bekommen. Er war ihr nicht nah genug. Nicht einmal annähernd nah genug.

Er schmeckte gut. Seine minzige Frische vermischte sich mit seinem eigenen Geruch. Äußerst männlich. Sie konnte nicht genau sagen, was es war, aber sie genoss es.

Er ließ seine Hände an ihrer Taille entlang gleiten, eine wanderte zu ihrem unteren Rücken, die andere zu ihrem Hintern. Er zog sie an sich, sodass sie seine Erektion durch das Baumwollhandtuch hindurch spüren konnte, bereit und voller Verlangen. Ein leiser Laut entkam ihr, aber er ging in ihrem Kuss unter. Als er seine Hüften leicht neigte, drückte seine Härte gegen ihren Unterbauch.

Mace ließ seine Hand von ihrem Rücken gleiten und griff nach ihrer anderen Arschbacke. Er drückte sie kurz und hob sie hoch, ohne den Kuss zu unterbrechen, und zog sie an sich.

Panik machte sich breit und vernebelte ihren Verstand, als Colby ihm das Handtuch entreißen und ihn auf den Boden zerren wollte. Das war falsch. Falsch. Sie kannte ihn erst seit ein paar Tagen, wenn überhaupt.

Sie mussten es langsamer angehen. Durchatmen. Das durfte nicht passieren.

Colby löste schließlich ihren festen Griff um sein Haar.

Sie unterbrach den Kuss und schnappte nach Luft. Er küsste sie hinter dem Ohr, als sie sagte: »Hör auf!«

Das tat er. Sofort.

Als er ihren Hintern losließ, sanken ihre Fersen auf den Boden, bis sie auf eigenen Füßen stand. Er bewegte sich etwas, wich aber nicht zurück. Er versuchte, ihren Blick zu fixieren, aber sie wandte ihren Kopf ab.

»Hat dir das nicht gefallen?«

»Nein … doch … doch, es war schön. Es war … sehr nett.« Sie konnte ihm noch nicht ins Gesicht sehen. Noch nicht. Er war noch zu nah. Zu heiß. Zu verlockend.

»Nett?« Er fasste ihr Kinn mit seinem Daumen und drehte ihren Kopf zu sich. Er lächelte ein wenig schief. Er wirkte nicht eingebildet, sondern schien sich tatsächlich ein wenig Sorgen, um ihre Verhaltensweise zu machen. Und allein aufgrund seiner Reaktion entspannte sie sich.

»Angelst du nach Komplimenten?« Sie versuchte zu lachen, aber es gelang ihr nicht.

»Immer.« Er schüttelte den Kopf. »Aber im Ernst, es tut mir leid, wenn ich zu aufdringlich war.«

Sie antwortete nicht. Auch wenn sie jede Sekunde genossen hatte – genauso wie er – hätte sie es nicht tun sollen. Sie hätte es nicht tun sollen. So etwas tat sie nicht mit Fremden.

»Colby …«

Das Haustelefon klingelte und ließ Colby zusammenzucken. »Das Telefon.«

»Ja, ich erkenne das Geräusch. Ignoriere es!«

»Und wenn es Maxi ist?«

»Unwahrscheinlich, aber wenn doch, wird sie zurückrufen.«

Nach dem vierten Klingeln sagte sie: »Es könnte Martin sein.« Sie schob sich an ihm vorbei und eilte in ihr Zimmer. Sie kletterte über ihr Bett, um eines der wenigen Telefone zu erreichen, die es im Haus noch gab. »Hallo?« Einen

Moment lang herrschte Totenstille am anderen Ende der Leitung. Absolut nichts. Dann hörte sie ein Atmen. »Hallo? Ist da jemand?«

Wieder lautes Atmen. Die Haare in ihrem Nacken stellten sich auf und sie griff fester nach dem Telefon. Mit wild klopfendem Herzen schrie sie in den Hörer: »Wer ist da?«

Mace riss ihr das Telefon aus der Hand. »Hallo?« Eine Sekunde später knallte er es auf den Empfänger. Er starrte das Schnurlostelefon einen langen Moment lang an, ein Muskel in seinem angespannten Kiefer zuckte, bevor er sich ihr zuwandte. »Da hat sich wohl jemand verwählt.« Er atmete aus und fuhr sich mit einer Hand durch das Haar. »Warum gibt es in diesem Haus immer noch ein verfluchtes Festnetztelefon?«, murmelte er vor sich hin.

Obwohl sie seine Frustration über den Festnetzanschluss nicht verstand, hatte er wahrscheinlich recht, dass sich jemand verwählt hatte. Außer ihrer Arbeit wusste niemand, wo sie wohnte. Trotzdem konnte sie das Zittern nicht unterdrücken.

Ohne nachzudenken, beugte sie sich an Mace vorbei, um die Schublade des Nachttisches zu öffnen und nach ihrer Waffe zu suchen. Sie nahm sie heraus und schob den Schlitten zurück, um sicherzugehen, dass eine Patrone im Patronenlager saß.

»Was zum Teufel? Du hast noch mehr Magazine?« Mace riss ihr die Waffe aus der Hand, steckte sie zurück in die Schublade und knallte sie zu. »Colby, antworte mir!«

»Ja, natürlich.« Sie warf einen Blick auf die geschlossene Schublade. Sie brauchte ihre Waffe jetzt in der Hand, wollte die Sicherheit spüren, die sie ihr gab. Aber ein großer Mann stand zwischen ihr und ihrer Glock.

»Was hast du vor? Auf das Telefon schießen? Da hat sich jemand verwählt, das ist alles«, sagte er mit beruhigender Stimme.

Er hatte recht, er hatte recht, er hatte recht. Sie war einfach nur dumm. Es könnte ein Kind gewesen sein, das einen Streich gespielt hatte, oder einfach nur verwählt. Sie machte mehr daraus, als nötig war. Sie konzentrierte sich auf den Mann, der vor ihr stand. »Tut mir leid. Du hast recht. Ich bin einfach nur …« Verrückt. Paranoid. »Albern.«

Er ließ sich neben ihr auf dem Bett nieder und griff nach ihrer Hand. Obwohl sie wollte, dass er sie festhielt und ihr das Gefühl von Sicherheit und Geborgenheit gab, wollte sie nicht, dass er ihr näherkam. Sie wollte sich weder auf ihn noch auf andere verlassen. Sie war jetzt für ihr eigenes Leben und ihr eigenes Handeln verantwortlich.

Die Einzige, die sie beschützen konnte, war … nun ja, sie selbst.

Sie stand auf und löste ihre Hand aus seiner. Sie ging einen Schritt auf die Schlafzimmertür zu und konnte einem weiteren Blick auf ihn nicht widerstehen. Er war so sexy auf ihrem Bett, nur mit einem Handtuch bekleidet. Wenn sie ihn wollte, konnte sie ihn in einer Sekunde haben. Nach dem Kuss im Flur war sie sich sicher, dass er das Handtuch sofort zur Seite werfen würde, wenn sie ihm vorschlug, sich nackt zu machen.

Sie brauchte zweifellos etwas unkomplizierte Liebe, Zärtlichkeit und vielleicht sogar heißen, verschwitzten und schmutzigen Sex, aber das war nicht ihre Priorität.

Im Moment musste sie überleben, sie musste aus dem Schlafzimmer herauskommen. »Ich gehe nach unten, um einen Braten vorzubereiten.« Sie drehte sich um und flüchtete in den Flur.

In ihrer Eile hörte sie kaum die verärgerte Frage von Mace. »Übrigens, wer ist Martin?«

Kapitel Vier

Es war Montagmorgen und Mace trocknete sich gerade das Haar mit dem Handtuch, als das schrille Klingeln seines Handys durch die Luft schallte. Er konnte mit hochtechnischen Überwachungsgeräten umgehen, aber er schaffte es nicht einmal, den verdammten Klingelton zu ändern. Nicht, dass er sich besonders viel Mühe gegeben hätte. Vor allem, nachdem er in den letzten Jahren hauptsächlich mit Wegwerfhandys gearbeitet hatte.

Er humpelte ins Schlafzimmer und schaute auf die Worte *Unbekannter Anrufer*, die auf dem Display erschienen. Er ging widerwillig ran, bevor der Anrufbeantworter sich melden konnte.

»Und, wie geht's dir?«, fragte eine sehr vertraute Männerstimme.

Mace setzte sich auf das Bett und warf das feuchte Handtuch über seinen nackten Schoß. »Beschissen. Rufst du aus einem bestimmten Grund an?«

»Eigentlich nicht. Ich wollte nur nach einem meiner besten Männer sehen. Hast du dir inzwischen den Dreck aus dem Gesicht rasiert?«

»Nein.« Mace rieb sich mit einer Hand über sein stoppeliges Kinn. »Es gefällt mir so. Ich denke, ich werde es eine Weile behalten.«

»Du siehst damit aus …«

»Wie ein Krimineller. Das habe ich schon gehört. Schmeicheleien bringen einen überallhin, was? Hey, hast du gestern auf dem Haustelefon angerufen?« Es sähe seinem Boss ähnlich, aufzulegen, sobald die Stimme einer fremden Person dranging. Um eventuellen Fragen aus dem Weg zu gehen, würde sein Vorgesetzter sagen.

»Ich habe deine Handynummer.«

Ja, das war die perfekte Antwort. Aber er hatte recht. Er hatte Mace' Handynummer, es gäbe keinen Grund, zu Hause anzurufen.

»Gibt es ein Problem, Walker?«

»Nein. Nein, nichts.« Nichts außer ein paar Kindern, die als Streiche auf Haustelefonen anriefen.

»Wenn es eines gibt, bin ich sicher, dass du das in den Griff bekommst.«

»Ja. Übrigens bin ich froh, dass du bis jetzt gewartet hast, um anzurufen. Es wohnt eine Frau hier. Zum Glück ist sie gerade auf der Arbeit.«

»Ich weiß. Du sprichst von Ms. Colby Parks.«

Mace hielt den Hörer fester in der Hand. »Du weißt das?«

»Natürlich. Ich würde nicht zulassen, dass du dich unwissentlich in eine Situation begibst, die gefährlich sein könnte.«

»Dass ich nicht lache. Alles, was ich tue, jede Situation, in die du mich schickst, ist gefährlich.« Mace warf einen Blick auf das volle Magazin, das immer noch auf seinem Nachttisch lag. Er nahm es in die Hand und betrachtete es. Aus Gewohnheit drückte er mit seinem Daumen auf die oberste Patrone, um zu prüfen, ob die Feder des Clips gespannt war. Diese Bewegung hatte er schon tausende Male gemacht – aus irgendeinem Grund beruhigte sie ihn.

»Apropos gefährlich: Sie hätte mich fast erschossen, weil sie mich für einen Einbrecher gehalten hat. Es wäre schön gewesen, wenn du mich gewarnt hättest.«

Er glaubte, am anderen Ende ein Lachen zu hören, vielleicht war es aber auch nur ein Würgen.

»Aber das wäre doch dann nicht so lustig gewesen. Vielleicht hält sie dich auf Trab, damit du nicht fett und faul wirst, während du dich erholst.« Seine nächste Aussage war todernst. »Ich habe sie überprüft.«

»Und warum überrascht mich das nicht? Tatsächlich bist du mir damit zuvorgekommen. Ich wollte heute das FBI anrufen.« Er legte das Magazin neben das gerahmte Bild seiner Eltern. »Du weißt also, dass meine Schwester geheiratet hat und in den Flitterwochen ist?«

»Ja. Sie hat vor über einem Monat geheiratet. Sie hat es mir gesagt, aber ich konnte es nicht an dich weitergeben. Das Timing war einfach schlecht. Erst warst du zu tief untergetaucht. Und dann wollte ich dich nach deinem kleinen Missgeschick nicht noch weiter belästigen.«

Kleines Missgeschick.

»Genau.« Mace lachte trocken. »Weißt du wenigstens, wen sie geheiratet hat und wohin sie gegangen ist?«

Egal, wie oft er versucht hatte, Colby diese Information zu entlocken, sie hatte immer dichtgehalten und ihm gesagt, er solle es selbst herausfinden. Sie glaubte, wenn Maxi es gewollt hätte, hätte sie es ihm gesagt. Was nicht stimmte. Er wollte erklären, dass es mit den Umständen seiner Karriere zu tun hatte, aber Mace beschloss, dass es sich nicht lohnte, darüber zu diskutieren. Er musste sich seine Schlachten gut aussuchen, und er bevorzugte diejenigen, bei denen er daran arbeitete, dass sie sich bei ihm wohl genug fühlte, um sich auszuziehen.

Prioritäten.

Er lächelte bei diesem Gedanken. Doch die Stimme

seines Bosses durchbrach seine Gedanken und zerstörte seine Fantasie.

»Natürlich. Ich weiß alles. Sie hat den Banker geheiratet, der Ms. Parks' grauenhaftes Projekt in der Shady Lane unterstützt hat. So hat deine Schwester Ms. Parks kennengelernt. Magst du sie?«

Mace ignorierte die Frage. »Sie ist furchterregend mit einer Waffe.«

»Eine Glock …«

»Jajaja. Du weißt alles. Du bist einfach zu gründlich.«

»Das muss ich auch sein. Unser Leben hängt davon ab, Walker. Ich nehme an, du willst nicht, dass ich dir alles über sie erzähle. Eine geheimnisvolle Frau kann wesentlich … faszinierender sein.« Am anderen Ende der Leitung raschelten Papiere. »Ich hoffe, du machst weiter mit deiner Physiotherapie – und damit meine ich nicht den nackten Betttango mit Ms. Parks. Versuch, schnell wieder gesund zu werden. Ich brauche dich vielleicht, um einen anderen Agenten zu ersetzen, der im Einsatz ist. Die Sache wird zu persönlich für ihn.«

»Eine Frau?«

»Jupp. Leider gehört sie zur falschen Seite.«

»Ein fataler Fehler«, sagte Mace. *Aber das weißt du,* natürlich. Wenn es möglich ist, würde ich gern noch ein paar Monate hierbleiben.«

»Bis deine Schwester aus dem Ausland zurückkommt?«

»Ist sie wirklich im Ausland?«

»Ja, ihr neuer Mann hat Familie in England. Sie haben beschlossen, Europa zu bereisen.« Der Mann lachte. »Du willst sicher warten, bis du deine Schwester siehst. Ich kann mir nicht vorstellen, dass du bleiben willst, nur um Ms. Parks zu helfen, ihr hässliches, altes Haus zu renovieren.«

»Ganz so schlimm ist es eigentlich nicht.« Hatte er das gerade wirklich gesagt?

»Und selbst wenn, sie ist es wert, nicht wahr? Vielleicht

wird sie dir helfen, dich besser zu fühlen. Sie soll dir bei deinen Gymnastikübungen helfen.« Sein Boss lachte leise.

Vielleicht würde es ihm nach ein paar Monaten in Colbys Nähe besser gehen. Falls sie dazu bereit war. »Weiß Maxi überhaupt, was passiert ist?«

Ein vielsagendes Schweigen beantwortete die Frage. Natürlich nicht, sonst wäre seine kleine Schwester nicht nach Europa geflogen. Sie hätte sich große Sorgen gemacht. Sie hätte ihre Hochzeit verschoben, ihr Leben auf Eis gelegt. Vielleicht war es besser, dass Maxi es nicht wusste.

Der Mann räusperte sich. »Ich melde mich wieder.«

Mace starrte einen Moment lang auf das Handy, als es dunkel wurde, und warf es dann auf das Bett.

Jetzt, wo er wusste, dass sein Boss gestern nicht angerufen hatte, dachte er über Colbys Reaktion nach. Warum war sie so aufgewühlt gewesen, nur weil einmal jemand angerufen hatte? Okay, zweimal; später am Abend hatte es noch einen Anruf gegeben. Aber er war zuerst ans Telefon gegangen, und es waren nur ein kurzes Klicken und dann ein Freizeichen zu hören.

Mace tat bei dem zweiten Anruf wieder so, als ob sich jemand verwählt hätte, da Colby in Hörweite gewesen war. Er sagte ihr abschließend, dass jemand versucht hatte, chinesisches Essen zu bestellen und sich in der Nummer geirrt hatte. Ob sie ihm nun geglaubt hatte oder nicht, wer wusste das schon, aber wenigstens war sie nicht so ausgeflippt wie bei dem Mal davor.

Als er sie gefragt hatte, ob solche Anrufe, ohne das jemand am anderen Ende sprach, öfter vorkämen, wechselte sie das Thema. Er ließ es auf sich beruhen. Vorerst. Aber er würde der Sache auf die eine oder andere Weise auf den Grund gehen.

AM SPÄTEN NACHMITTAG hörte Mace ein Auto vorfahren und öffnete die Haustür, um zu sehen, wer es war. Er überraschte sich selbst – er hatte noch nie zuvor durch den Spion geschaut. Es fühlte sich gut an, eine Tür zu öffnen, ohne Angst haben zu müssen, dass ein Krimineller sie durchlöcherte. Drei Tage zu Hause und er fing direkt an, sich zu entspannen.

Colby parkte ein leuchtend rotes, aber älteres Cabrio neben seinem nicht so leuchtenden, alten Ford Pick-up. Er entdeckte die Einkäufe auf dem Rücksitz und machte sich daran, ihr zu helfen.

»Heißes Teil«, sagte er und schnappte sich zwei Tüten.

Colby reichte ihm eine dritte und schnappte sich selbst eine. »Ich oder das Auto?«

»Beides. Ich dachte, du hättest kein Auto.«

»Es war in der Werkstatt. Ich brauchte eine neue Wasserpumpe.«

Er folgte ihr ins Haus. »Ach, echt? Schade, dass ich nicht früher gekommen bin. Ich kenne mich gut mit Autos aus.«

»Und mit Frauen?«, warf sie ihm über die Schulter zu.

Er grinste. »Mit denen auch.«

»Hast du deine mechanischen Fähigkeiten im …«

Mace ließ die Einkaufstüten rechtzeitig auf den Küchentisch plumpsen, um ihr mit seiner Hand den Mund zuzuhalten. »Lass das! Ich hab genug von deinen Knast-Sprüchen.«

Seine Finger auf ihren warmen, angefeuchteten Lippen schickten sofort eine Schockwelle bis in seine Leistengegend. Er wollte mit seinem Daumen über ihre Unterlippe streichen und ihn dann in ihren Mund tauchen, bis er feucht war. Dann würde er seinem Daumen mit seiner Zunge folgen. Und mit anderen Teilen. Oder nur mit einem anderen Teil – seinem schmerzenden, geschwollenen Schwanz. Seine Augenlider senkten sich vor Verlangen, bis Colby von ihm wegtrat und den Kontakt zu ihm löste, womit sie seine Gedanken unterbrach.

»Wunder Punkt?«, fragte sie, ihre Stimme zitterte ein wenig.

Das ist gut. Vielleicht wirkte er auf sie so wie sie auf ihn. »Nein.«

»Dann sag mir, was du beruflich machst.«

Er unterbrach zuerst den Blickkontakt, denn sonst hätte er ihr den Miss-Anständig-Rock hochgeschoben, sie gegen den Küchenschrank geschleudert und seinen Schwanz höchst unanständig ins Innere gestoßen. Von vorn, von hinten, er würde nicht wählerisch sein.

Stattdessen konzentrierte er sich ganz auf das Thema, um das es ging. »Du zuerst. Was machst du mit deinen Tagen, *Ms. Parks?*«

»Du weichst der Frage aus. Trage die restlichen Einkäufe rein, während ich sie auspacke, und dann, und nur dann, spiele ich vielleicht dein kleines Spiel, Mr. Walker.«

Wenn sie nur wüsste, welches Spiel er wirklich mit ihr spielen wollte …

Er war brav und brachte die restlichen Tüten ins Haus. Er ließ sich auf einem Stuhl nieder und betrachtete Colby, während sie anfing, das Essen zuzubereiten.

»Bist du ein MCS?«

Ein was? Er warf ihr einen fragenden Blick zu.

»Ein männliches Chauvinistenschwein«, stellte sie klar. »Du kochst nicht, putzt nicht und wäschst keine Wäsche?«

Mace lächelte. »Ich versuche, das um jeden Preis zu vermeiden.«

»Also, wer erledigt denn dann normalerweise deine häuslichen Pflichten?«

»Jetzt fangen wir schon wieder mit den Fragen an. Du musst meine noch beantworten.«

Sie zuckte leicht mit den Schultern. »Von mir aus.«

Er stand auf und stellte sich hinter Colby. Sie zuckte zusammen, als sie sich umdrehte und ihn so nah vor sich sah. Nah genug, um ihre Wärme zu spüren. Und um ihn in den Wahnsinn zu treiben.

»Was machst du da?«

Das Zittern in ihrer Stimme erregte seine Aufmerksamkeit und goss ein wenig kaltes Wasser auf seine dampfende, erhitzte Libido. »Helfen. Ich nehme an, dass du das wolltest, nachdem du mit deinem Chauvinismus-Mist angefangen hast.«

Als ihre Erleichterung deutlich zu spüren war, schüttelte Mace den Kopf. Drei Tage waren vergangen. Sie hatten zusammen gegessen und ferngesehen, und er hatte ihr sogar geholfen, ihre gelbe Küche zu streichen. Ganz zu schweigen von der Knutschsession gestern im Flur. Und trotzdem war sie in seiner Nähe immer noch nicht entspannt.

Wenn er daran dachte, dass sie am Sonntag so nah und vertraut beieinander gewesen waren, wurde sein Schwanz sofort wieder aufmerksam. Aber er musste vorsichtig sein. Auch wenn er unbedingt mit ihr ins Bett steigen und all ihre Geheimnisse entdecken wollte, konnte er nicht zu sehr drängen. Noch nicht. Er wollte sie nicht abschrecken. Wenn er nicht aufpasste, würde ihn die sexuelle Spannung noch umbringen.

»Du hast meine Gedanken gelesen. Du kannst den Salat machen.«

Wenn sie seine Gedanken lesen konnten, steckte er in Schwierigkeiten. Denn in diesem Moment waren seine Gedanken dreckig, versaut und einfach nur schmutzig. Er stellte sich vor, wie er seine Finger tief in ihre Feuerballmähne grub, während sie ihm einen blies. Sie würde auf ihren Knien hocken, und er würde ihren Kopf vor und zurückbewegen. Ihr feuchter Mund um seinen Schwanz, kleine Seufzer, die von ihren Lippen kamen …

Mace unterdrückte ein Stöhnen und nahm das gewaschene Gemüse aus dem Sieb, in dem es abgetropft war. Er schnappte sich ein Schneidebrett und setzte sich wieder an den Tisch, um es zu zerkleinern. Er musste sich auf etwas anderes konzentrieren. Zum Beispiel auf den Salat.

»Kannst du das nicht hier an der Arbeitsplatte machen?«

»Nein. Manchmal kann ich nicht so lange auf meinem Bein stehen.«

Ihr Blick schweifte über ihn und blieb dann auf seinen Beinen hängen. Verdammt! Er wünschte, es wären ihre Hände, die stattdessen den Linien seiner Jeans folgten. Sie half ihm nicht gerade dabei, seine Gedanken zu beruhigen.

»Warum?«

Er zog eine Augenbraue hoch und schaute in ihre Richtung.

Sie hob kapitulierend ihre Handflächen nach oben. »Okay, dann erzähle ich dir zuerst von mir.« Nachdem Colby zwei dicke Steaks auf die Grillpfanne gelegt und rote Babykartoffeln zum Kochen gebracht hatte, drehte sie sich zu ihm um und lehnte sich mit dem Rücken gegen die Arbeitsplatte. Wenigstens schien sie sich jetzt ein bisschen wohler zu fühlen.

»Ich bin Biochemikerin.«

»Beeindruckend.« Unbeholfen schälte er eine Karotte und versuchte, die langen orangefarbenen Streifen auf einen Haufen zu legen. Die Konzentration auf dem Gemüse half ihm, die Anspannung in seinem Inneren abzubauen. »Was ist das?« Er blickte von seiner ungeliebten Arbeit auf, als er ihr Lachen hörte.

Die Hände in die Hüften gestemmt, warf sie ihm einen überraschten Blick zu. »Wie kann dich etwas beeindrucken, wenn du nicht weißt, was es ist?«

»Genau deshalb beeindruckt es mich ja. Ich habe nie gesagt, dass ich klug bin.«

»Ich dachte, alle Häftlinge haben ein Recht auf Bildung.« Auf seine Grimasse hin hob sie wieder ihre Hände zur Kapitulation. »Sorry. Ich verspreche, keine weiteren Sticheleien.« Sie schnappte sich das Geschirrtuch, das über dem Griff der Backofentür hing, und wischte sich die Hände ab, dann ging sie zum Tisch hinüber und schnappte sich eine Stange Sellerie, um sie zu knabbern. »Ich bin spezialisiert auf die chemische Zusammensetzung und das Verhalten von lebenden Organismen. Ich arbeite für die Universität Malvern.«

Wenn sie versucht hatte, ihn sprachlos zu machen, war es ihr gelungen. Er hätte sich nicht dümmer fühlen können. »Kannst du mir das etwas genauer erklären? Ich glaube, ich versteh nur Bahnhof.«

»Ich studiere die Auswirkungen von Nahrung, Hormonen oder sogar Drogen auf Lebewesen.«

Ah. »Du meinst Menschen?« *Ich könnte dir etwas über die Auswirkungen von Drogen auf Menschen erzählen.*

»Menschen, Tiere, Pflanzen. Egal was.« Sie deutete mit dem Stangensellerie in seine Richtung. »Was auch immer die Universität von mir verlangt, ich tue es. Sie zahlen immerhin mein Gehalt.«

»Ich wette, es ist auch ein ziemlich gutes Gehalt.«

»Es könnte besser sein. Ich habe nur meinen Master. Um mehr zu verdienen, bräuchte ich meinen Doktortitel.«

Sie hatte nur ihren Master. Okay. »Ziehst du es in Betracht?« Er nahm die Salatschüsseln, die Colby ihm reichte, und füllte sie mit dem ungleichmäßig geschnittenen Gemüse. »Wieder zur Schule zu gehen, meine ich.«

»Nein. Ich arbeite gerne im Labor und im Außendienst. Ich will keinen Verwaltungsposten. Egal, wie viel man dort verdient.«

»Das kann ich verstehen. Ich würde auch nicht hinter einem Schreibtisch festsitzen wollen.« Mace fing das Handtuch auf, das Colby ihm zuwarf, und wischte sich die Hände ab. »Wie bist du heute Morgen zur Arbeit gekommen? Ich hätte dich hinfahren können. Die Universität ist nicht gerade in der Nähe.«

»Martin, mein Assistent. Er war so nett, mich heute Morgen abzuholen und mich nach der Arbeit in der Werkstatt abzusetzen. Er ist ein netter Kerl.«

»Nur nett, hm?« Mace fragte sich, ob da noch mehr war. Er wartete, aber sie sagte nichts weiter über ihren Kollegen.

Malvern University. Als er gesagt hatte, dass er beeindruckt war, hatte er es auch so gemeint. Sie war eine renommierte Hochschule. Seine Eltern waren in diese College-Stadt gezogen, als er und Maxi noch klein gewesen waren. Ihr Vater, ein Professor, hatte dort bis zu seinem Tod gelehrt. Maxi hatte dort auch ihren Abschluss gemacht. Mace hatte andere Vorstellungen gehabt, als er aufs College gegangen war; er suchte sich die am weitesten von zu Hause entfernte Schule in einem südlicheren Bundesstaat. Als ob er in Malvern überhaupt hätte angenommen werden können.

»Also, was ist mit dem Bein?«, fragte Colby und riss ihn in die Gegenwart zurück.

»Ich wurde angeschossen.« Ihre Frage kam so unerwartet, dass er antwortete, bevor er darüber nachdenken konnte. *Verdammt!*

Ihre Augenbrauen hoben sich überrascht. »Du hast also keine Witze gemacht? Wie denn? Bei einer Gefängnisrevolte?« Die Farbe ihrer Wangen wurde dunkler, als ihr klar wurde, was sie gesagt hatte. »Es tut mir leid. Wenn du mir einfach sagen würdest, womit du dein Geld verdienst, würde ich damit aufhören.«

»Warum ist das so wichtig? Was ist, wenn ich einfach nur wie ein Landstreicher herumreise?«

»Warum solltest du das wollen, wenn du hier ein schönes Zuhause hast?«

»Keine Ahnung. Weil mir langweilig ist?«

»Nein. Ich weiß nicht, was du verheimlichst, aber ich werde es niemandem sagen. Versprochen.« Sie kreuzte ihre Finger und machte damit ein X über ihrem Herzen.

Mace lächelte über diese Geste. Er wollte ihr vertrauen.

Das wollte er wirklich. Aber nachdem er sich jahrelang im Lügen geübt hatte, fiel ihm die Wahrheit nicht mehr so leicht. Es war schwierig, in sein ›richtiges Leben‹ zurückzukehren. Oder das, von dem er dachte, dass es sein richtiges Leben sein sollte.

»Kann ich dein Bein sehen?«

Wieder einmal wurde er von ihrer Frage überrumpelt. Mace legte lieber schnell das Schälmesser weg, mit dem er abwesend gespielt hatte, bevor er sich versehentlich den Finger abschnitt. Wollte sie, dass er sich vor dem Abendessen mitten in der Küche die Hose runterzog? Nicht, dass es ihm etwas ausmachte, sich für sie auszuziehen, aber er wollte ihr etwas anderes zeigen als seine Verletzung.

Als ob sie seine Gedanken gelesen hätte, sagte sie: »Ich meine nicht jetzt. Später.«

»Ich dachte, du bist eine Wissenschaftlerin. Nicht Ärztin.«

»Ich bin trotzdem interessiert. Eine Wissenschaftlerin interessiert sich für alle lebendigen Dinge. Und in diesem Fall interessiert es mich, wie Metall auf menschliches Fleisch wirkt.«

»Nicht sehr gut, so viel kann ich dir verraten. Es tut weh und sieht furchtbar aus. Aber wenn du es wirklich sehen willst, musst du versprechen, es zu küssen, damit das Aua schneller verschwindet.«

Sie dachte wahrscheinlich, dass er scherzte. Das tat er aber nicht. Er glaubte, wenn sie nur ihre süßen, üppigen Lippen auf sein heilendes Bein legen würde, könnte der ganze Schmerz verschwinden. Einen Versuch war es auf jeden Fall wert.

»Ich verspreche es.« Sie lachte.

Mace stimmte in ihr Lachen ein. Sie ahnte nicht, dass er sie dazu bringen würde, ihr Versprechen zu halten. »Erzähl mir mehr über diesen Martin.«

Sie drehte ihm den Rücken zu. »Er ist ein netter Typ, mit dem ich arbeite.«

Und mit dem sie den vergangenen Sonntagmorgen bei einer Auktion und einer Schnäppchenjagd verbracht hatte. Wer weiß, was noch alles. »Ja, das hast du schon gesagt.«

»Tja, mehr gibt's da auch nicht zu sagen.«

Colby blickte von der Sitcom auf, die sie schaute. Die Popcornschüssel, die sie auf ihrem Schoß balancierte, neigte sich bedrohlich. Zum Glück fing sie sie noch rechtzeitig auf und stellte sie auf den Couchtisch, der vor dem Sofa stand. »O mein Gott.«

Mace humpelte in einer am Knie abgeschnittenen Jeanshose durch den Raum auf sie zu. Sonst nichts. »Ich habe dir doch gesagt, dass es nicht schön aussieht.«

»Wer hat dir das angetan?«, flüsterte sie. Sie streckte die Hand aus, als er sich näherte, wollte ihn berühren, war aber unsicher.

Ohne zu zögern, trat er ihrer Berührung entgegen und schloss die Augen. »Sei sanft zu mir.«

Colby schaute auf, um zu sehen, ob er sie necken wollte. Das tat er nicht. Schmerz zeichnete sich auf seinem Gesicht ab, die Muskeln in seinem Unterkiefer spannten sich an und sie richtete ihre Aufmerksamkeit wieder auf sein Bein, wobei sie den Jeansstoff höher schob, um einen besseren Blick zu gewähren. Sein Oberschenkel sah aus wie ein Stück Hamburgerfleisch. Die Hälfte seines inneren Oberschenkelmuskels fehlte und sie konnte die Umrisse seines Oberschenkelknochens unter der Haut erkennen. Rote, nahtähnliche Narben befanden sich dort, wo die Ärzte die Haut zusammengenäht hatten.

Es musste eine verflucht große Waffe gewesen sein. Sie biss sich auf die Lippe und fragte sich, wie er die Schmerzen aushalten konnte. »Du hast Glück, dass es nicht amputiert wurde.« Colby bemerkte nicht, dass sie laut gesprochen hatte, bis sie sein Schnauben und seine bitteren Worte hörte.

Seine dunklen Augen öffneten sich und bohrten sich in ihre. »Ich habe Glück, dass die Waffe nicht ein paar Zentimeter weiter nach links gerichtet war. Sonst würde mir etwas Wichtigeres fehlen als ein Oberschenkelmuskel.«

Er knirschte mit den Zähnen und eine Schweißperle erschien auf seiner Stirn, als sie mit ihren Fingerspitzen vorsichtig, aber leicht, über die wütende rote Haut strich. Es schien, als würde ihn selbst die sanfteste Berührung belasten. Überraschenderweise wich er nicht zurück oder sagte, sie solle aufhören.

»Tut mir leid, wenn ich im Moment nicht sehr empfänglich für deine Berührungen bin. Normalerweise wäre ich mit voller Aufmerksamkeit dabei.«

Colby warf sofort einen Blick auf das V seiner Shorts, bevor sie den Blick abwandte, während ihr die Hitze in den Nacken kroch. Sie war ihm direkt in die Falle gegangen. »Was ich dich die ganze Zeit schlucken sehe ... Sind das Schmerzmittel?«

»Kannst du es mir verübeln?«

»Nein. Aber es gibt andere Möglichkeiten, Schmerzen zu lindern. Natürliche Wege.«

»Wenn du von ganzheitlicher Medizin sprichst, vergiss es. Ich bleibe bei der guten alten amerikanischen Art, bei der man für jedes Wehwehchen 'ne Pille schluckt.« Mace ließ sich neben sie auf die Couch fallen, wobei er sich von ihrer Hand löste. Er hob sein Bein auf den Tisch und schnappte sich die Fernbedienung. »Was guckst du da?«

Colby riss ihm die Fernbedienung aus der Hand und schaltete den Fernseher aus. Sie warf sie aus seiner Reichweite auf den Sessel, der ein paar Meter entfernt stand. »Auf keinen Fall. So leicht kommst du da nicht raus. Ich will wissen, wer das getan hat und warum.«

»Tja, das Warum ist einfach. Ich bin mir sicher, dass sogar eine Raketen… ich meine, eine Biowissenschaftlerin darauf kommen kann. Er hat versucht, mich zu töten.«

»Wer? Warum?« Warum sollte jemand versuchen, diesen Mann zu töten?

Er fuhr sich mit der Hand unsanft durch sein Haar und ließ es zerzaust zurück. »Ich kann dir keine Einzelheiten verraten, Colby, selbst wenn ich es wollte.« Er schnappte sich eine Zeitschrift vom Couchtisch und blätterte sie durch, bevor er sie unruhig auf den Tisch zurückwarf.

»Bist du ein Cop?«

Mace schüttelte den Kopf und blickte sehnsüchtig auf die Fernbedienung.

»Bist du bei der Army?«

»Nein.« Er starrte an die Decke und atmete kräftig aus.

»Muss ich jetzt den ganzen Abend das Frage-Antwort-Spiel mit dir spielen?«

»Nein, aber eins kann ich dir sagen.« Er drehte sich zu ihr um und fixierte sie mit einem starren Blick. »Ich arbeite für das FBI.«

»Arbeitest du undercover? Hattest du deshalb zwei Jahre lang keinen Kontakt zu Maxi?« Vielleicht war er jetzt undercover. Wer war er wirklich? Befand sie sich mitten in einer verdeckten Ermittlung? Ihr Herz raste.

Mace stöhnte auf. »Colby, bitte frag mich nicht nach Details. Ich kann es dir nicht sagen, und es ist eh besser, wenn du es nicht weißt.«

Sie drehte sich um und musterte sein Gesicht. »Bist du wirklich Macen Walker oder ist das eine Art Deckname? Bist du wirklich Maxis Bruder?«

Er rollte mit den Augen und schnaubte. »Ja, ich bin der, für den ich mich ausgegeben habe. Ich kann mich erinnern, dass wir das in der ersten Nacht schon durchgekaut haben.«

Colby fühlte sich plötzlich schrecklich wegen der Art, wie sie ihn am Anfang behandelt hatte. »Ich dachte, du wärst ein Krimineller! Und dabei riskierst du dein Leben …«

Er legte ihr einen Finger auf die Lippen. »Pssst.«

Sie drehte ihren Kopf weg und verengte ihre Augen. »Nein, sag nicht psst zu mir. Es tut mir leid. Es tut mir leid, dass ich dachte, du wärst ein … ein …«

»Colby, das ist schon in Ordnung. Ich bin ein großer Junge, ich kann eine kleine Stichelei vertragen.«

»Nein, es ist nicht in Ordnung. Du hast ständig Schmerzen. Und lüg jetzt bloß nicht, und behaupte, dass du keine hast. Ich habe mich schon gefragt, warum du ab und zu hinkst. Warum du Schwierigkeiten hast, so etwas Einfaches wie Treppensteigen zu tun.«

Tränen stachen ihr in den Augen. Aber sie wollte nicht weinen. Nein. Sie wollte nicht wie ein überemotionales Baby wirken.

Verdammte Scheiße. Sie versuchte, eine verirrte Träne aufzufangen, aber sie entkam, bevor sie sie wegwischen konnte.

MACE FING die Träne an seinem Finger auf und starrte sie an. Er musste zugeben, dass Colbys Rührung ihn bewegte. Außer seiner Schwester hatte sich schon lange niemand mehr wirklich für ihn interessiert. Oder sich darum gekümmert, was mit ihm geschah. Eine ungewohnte Spannung schwoll in seiner Brust an.

Aber er wollte das jetzt nicht tun. Er konnte das nicht tun. Er wollte keine emotionale Wundertüte öffnen. Er kannte diese Frau erst seit ein paar Tagen. Er brauchte unbedingt seine Schwester. Sie war der Grund, warum er nach Hause gekommen war. Er brauchte ein emotionales und ein körperliches Pflaster.

»Weine nicht meinetwegen, Colby. Ich habe überlebt. Andernfalls hätten wir uns nie getroffen. Aus irgendeinem

Grund habe ich das Gefühl, dass wir uns im Moment gegenseitig helfen können. Ich versuche zu heilen, und ich glaube, das tust du auch, auf gewisse Weise.«

Colby schüttelte den Kopf und wich seinem Blick aus.

Mace fasste ihr Kinn und drehte sie so, dass er ihr tief in die Augen sehen konnte. »Doch, du kämpfst mit etwas. Eine Art von persönlichem Schmerz. Ich glaube, das ist der Grund, warum du dich so sehr in dein Haus vertieft hast. Jede Kleinigkeit in diesem Haus scheint eine Krise zu sein, die gelöst werden muss.« Er strich mit dem Daumen über ihre Wange. Er begegnete ihrem tränenden Blick, bevor er seine Stimme auf ein leises Flüstern senkte. »Warum? Was ist mit dir passiert, Colby Parks?«

»N-nichts.«

Er glaubte ihr nicht. Sie war verletzt worden – vielleicht nicht so wie er, körperlich, aber möglicherweise geistig oder emotional. Nicht nur verletzt, sondern schwer verletzt. Er war von Menschen verletzt worden, die ihn hassten und denen er völlig egal gewesen war. Er nahm an, dass sie von jemandem verletzt worden war, den sie geliebt hatte. Oder der ihr wichtig gewesen war. Jemand, der ihr nahegestanden hatte.

Ihre geröteten Augen passten zu ihrer Nasenspitze. Ein paar weitere Tränen liefen unkontrolliert über ihre Wangen. Er wollte sich unbedingt zu ihr beugen und diese Tränen wegküssen. Er wollte sie an sich ziehen und in seine Arme nehmen, sie festhalten, bis die bösen Geister aus ihnen beiden herausgepresst waren. Er wollte sich in ihr verlieren und einfach nur fühlen, alles andere, außer ihnen beiden, vergessen. Aber er wollte sie auch nicht drängen, da er sich so verzweifelt nach ihrer Berührung sehnte. Er traute sich selbst nicht, wenn er den ersten Schritt machen würde. Sie musste das tun.

Und das tat sie überraschenderweise auch.

Colby strich mit dem Rücken ihrer Finger über sein

bärtiges Kinn. Sie legte den Kopf schief und folgte ihrer Hand mit den Augen.

Mace griff nach ihren Fingern und führte sie an seine Lippen. »Du hast versprochen, die Stelle zu küssen, damit sie weniger wehtut. Ich kann verstehen, wenn du das nicht willst. Es ist ziemlich hässlich.«

Sie schüttelte leicht den Kopf. Dann starrte sie ein paar Sekunden lang auf seinen unförmigen Oberschenkel, bevor sie sich herunterbeugte und ihre warmen Lippen sanft auf seine Haut legte.

Mace lehnte sich zurück und schloss die Augen. Seine Hände gruben sich in ihr Haar und hielten ihren Zopf fest umklammert. Als ihre Lippen über andere Stellen seines Oberschenkels glitten, ließ er ein Stöhnen los. Sie drehte ihr Gesicht und rieb ihre weiche Wange an seiner vernarbten Haut.

»O Gott, Colby. Hör nicht auf«, flüsterte er zerbrochen. »Bitte hör nicht auf.«

Sie drehte ihr Gesicht wieder, bis ihre andere Wange auf seinem Bein ruhte. Sie blickte zu ihm auf. Mace öffnete seine Augen und starrte zurück. Ihre Tränen waren versiegt, und sie sah so gut aus und fühlte sich so gut an, als sie auf seinem Schoß lag. Am liebsten wäre er für immer so geblieben, aber sein Körper hatte andere Vorstellungen.

Er nahm ihre Hand, die seinen gesunden Oberschenkel umklammerte, und bewegte sie leicht zur Seite, bis sie spüren konnte, wie sehr er sie wollte. Verdammt, er wollte sie unbedingt. Er wollte tief und fest in sie eindringen und sich einfach in ihr verlieren.

Colbys Finger schlossen sich um ihn herum, durch den weichen, abgenutzten Jeansstoff seiner kurzen Hose, und er stieß nach oben. Sein Atem wurde tiefer und sein Kopf fiel zurück gegen die Couch. »Colby …« Er schluckte schwer. »Lass mich los, wenn du nicht willst, dass das hier weitergeht. Es ist schon eine Weile her, seit …«

»Für mich auch.«

Ihre Worte ließen heiße Blitze durch seinen Körper schießen. Er hakte seine Hände hinter ihren Ellbogen ein und zog sie hoch, wobei sie vorsichtig seinen kaputten Oberschenkel vermied.

Mace lockerte das Haargummi am Ende ihres französischen Zopfes und löste eine Haarsträhne nach der anderen. Ihr Atem wurde flacher und ihre Brustwarzen wurden hart, bereit für seine Berührungen – mit seiner Zunge, seinen Lippen und seinen Händen. Als ihr Haar frei war, verteilte er ihre tiefrote Mähne um ihre Schultern und hielt sich ein paar Strähnen an die Nase, um den süßen Duft einzuatmen, den er inzwischen als den ihren erkannte. »*Fuck.* Ich will deine Haare auf meinem ganzen Körper spüren. Ich will das seidige Gefühl auf meiner Haut spüren.«

Langsam knöpfte er ihre Bluse auf, bis sie offen hing und ihren weißen Spitzen-BH freigab. Ihre großen, dunklen Brustwarzen waren durch den zarten Stoff zu sehen – gerade genug, um ihn verrückt zu machen. Er fuhr mit einem Finger an den Rändern des Stoffes entlang und berührte dabei kaum ihre Haut. Als sie ihren Rücken krümmte, konnte er nicht widerstehen, sich von ihnen zu befreien und ihren BH zu öffnen. *Perfekt.* Rund und voll, vor Verlangen gerötet.

Ein sanftes Streichen eines Fingers über eine dunkle Spitze ließ sie zusammenzucken und seinen Namen flüstern. Sie griff nach oben, vergrub ihre Hände in seinem Haar und zog dann sein Gesicht zu sich heran. Und mit dieser Bewegung zeigte sie ihm, was sie wollte, was sie begehrte.

Mace fuhr mit seiner Zunge über den einen, dann über den anderen Gipfel. Langsam sog er eine Brustwarze in seinen Mund und genoss den Geschmack, während Colby seinen Kopf fest umklammerte und ihn in Position hielt. Sie warf ihren Kopf zurück, um ihm ungehinderten Zugang zu gewähren. Er nutzte den Vorteil und saugte erst die eine, dann die andere Brustwarze tief in seinen Mund, immer wieder, bis sie sich gegen ihn stemmte und aufschrie.

Ihr leises Wimmern ließ seinen Schwanz zu Stahl werden. Er war überrascht, wie sehr seine Kontrolle ins Wanken geriet. »Colby, ich weiß nicht, ob ich das kann …«

Sie presste ihre Lippen auf seine und ließ ihn nicht mehr zu Wort kommen. Er genoss ihren zarten Mund und küsste ihre Unterlippe. Seine Zunge tauchte ein und wirbelte mit ihrer.

Seine Finger gruben sich in ihre Hüften. Er wollte sie auf seinem Schoß haben, mit gespreizten Beinen. Er wollte ihre heiße Pussy an seinen Schwanz pressen, auch wenn eine Schicht Kleidung zwischen ihnen lag.

Als er sie näher an sich heranzog, versteifte er sich und fluchte. »Verdammt!« Er lehnte sich zurück und unterbrach den Kontakt zwischen ihnen. Obwohl er versuchte, es wegzulachen, scheiterte er kläglich. Die Krämpfe in seinem Oberschenkel verursachten einen stechenden Schmerz, der durch den Rest seines Körpers schoss. Er ließ den Kopf sinken. Aus Bedauern. Aus Scham. Aus frustrierendem, unerfülltem Bedürfnis. *Fuck!*

»Es tut mir leid. Es gibt ein Gefühl, das die Lust überwältigt, und das ist der Schmerz.«

Colby drehte sich von ihm weg, ihre Augenlider waren noch immer schwer vor Verlangen. »Geht es dir gut?«

»Nein.« Er ballte seine Finger zu einer Faust und fluchte ein weiteres Mal. »Du weißt nicht, wie sehr ich dich gerade will.«

»Ich weiß, ich weiß.« Sie strich ihm das Haar aus der Stirn. »Wir müssen es langsam angehen. Vielleicht ist es besser so.«

»Nein, ist es nicht, glaub mir. Ich habe zwei Stellen, die drücken. Eine können wir beruhigen. Die andere nicht. Das Problem ist, dass die, die wir nicht beruhigen können, im Moment mein Leben bestimmt.«

»Soll ich deine Pillen holen?« Sie stand auf, zog ihren BH wieder an und knöpfte ihre Bluse zu.

Mace verbiss sich einen Schrei. Nicht wegen des Schmerzes, sondern aus Frustration über den offensichtlichen Ausdruck von Verletztheit in ihrem Gesicht. Weil sie stoppen musste, obwohl er so kurz davor gewesen war, diese wunderschöne Frau zu ficken.

Verdammt war der Bastard, der ihn angeschossen hatte. Hoffentlich verrottete er in der Hölle, in die er ihn geschickt hatte – mit einem One-Way-Ticket.

Er widersprach nicht, als Colby ihm die Treppe hinauf und in sein Zimmer half. Er legte sich auf sein Bett und krallte sich in die Bettdecke, während sein Oberschenkelmuskel zu Krämpfen ansetzte. Er versuchte, nicht alle möglichen Flüche auszustoßen, und knirschte stattdessen mit den Zähnen. Er mochte es nicht, die Kontrolle über eine Situation zu verlieren, und er würde verdammt sein, wenn er zulassen würde, dass dieser Schmerz ihn kontrollierte. Sein Leben kontrollierte.

Er atmete erleichtert aus, als Colby mit einem Glas Wasser zurückkam. Sie holte die Tabletten aus seiner Kommode und gab ihm zwei, nachdem sie das Etikett gelesen hatte. Sie setzte sich an seine Seite und wartete, bis die Krämpfe nachließen.

Ein paar Minuten später lockerte Mace seine Kiefer genug, um ihr danken zu können.

»Soll ich dir beim Ausziehen helfen?«

»Nein. Ich glaube, du hast mir schon genug geholfen«, schnauzte er. Er bereute seinen Tonfall sofort, als sie einen verwundeten Laut von sich gab. Er ergriff ihre Hand und verhinderte so ihre Flucht. »Colby, so habe ich es nicht gemeint. Ich bin nicht wütend auf dich. Ich bin wütend auf mich selbst. Ich bin dankbar für die Hilfe, die du mir zukommen lässt. Glaube mir, ich würde es lieben, wenn du mich ausziehen würdest«, *und dich wieder ohne Oberteil sehen zu können; ich würde gerne an deinen Brüsten und Nippeln saugen und sie ablecken,* »aber nicht jetzt. Ich möchte, dass wir es beide genießen.« Er fühlte sich immer noch wie ein Arsch und wollte nicht, dass sie ihn jetzt schon verließ. »Bitte. Bleib noch ein bisschen hier.« Er tätschelte das Bett neben sich. »Leg dich neben mich.«

Colby warf ihm einen skeptischen Blick zu.

»Komm schon. Im Moment bin ich harmlos und es wird mir guttun.«

»Vielleicht ein bisschen«, sagte sie und legte sich vorsichtig neben ihn. Sie drückte sich an ihn und legte ihren Kopf auf seine Brust.

Diese Frau passte perfekt in seine Arme. Warm, weich. Perfekt. Seine Atmung wurde schwerer, und ehe er sich versah, war er eingeschlafen.

MACE WACHTE RUCKARTIG AUF. Ein schweres Gewicht drückte auf seine Brust. Seine Hand bewegte sich automatisch, um es wegzuschieben, aber sie traf auf Haar. Und Haut. Warme, glatte Haut.

Er drehte seinen Kopf in Richtung des Weckers auf dem Nachttisch. Null Uhr fünfzehn. Er fuhr mit den Fingern über ihren Zopf und Colby seufzte im Schlaf. Das Zimmer war dunkel, aber er konnte sich nicht erinnern, das Licht ausgeschaltet zu haben. Hatte sie? War sie aufgestanden und hatte es ausgeschaltet und sich dann immer noch wohl genug bei ihm gefühlt, um sich an ihn zu kuscheln? Irgendwann musste sie aufgestanden sein, denn ihr Haar war wieder zu einem festen, gebändigten Zopf geflochten.

O ja. Dass sie in seinem Zimmer geblieben war, bedeutete, dass sie sich in seiner Nähe definitiv wohler fühlte. Die Dunkelheit machte ihm nichts aus. Wenn man einen Sinn verlor, machten die anderen das wieder wett. Er konnte sie zwar nicht sehen, aber er konnte sie spüren und ihren süßen Duft riechen.

Ihr Kopf lag auf seiner Brust und ihr warmer Atem strömte durch ihre leicht geöffneten Lippen. Er brachte die Härchen um seine Brustwarze zum Flattern, sodass sie hart wurde und sich zusammenzog. Plötzlich wurde ihm bewusst, wo sich der Rest ihres Körpers befand. Ihre Schulter lag unter seiner Achselhöhle, und ihre Brüste drückten gegen seine linke Seite. Ihr Unterkörper wölbte sich von seinen Beinen weg, wahrscheinlich um ihm keine weiteren Schmerzen in seinem Oberschenkel zu bereiten.

Ein Arm lag über seiner nackten Taille, ihre Hand ruhte auf seiner rechten Hüfte. Er streichelte ihren Arm von der Schulter bis zur Fingerspitze. Er ergriff ihre Finger und ließ ihre Handfläche über seinen nackten Unterbauch gleiten, um sie auf dem V der Haare ruhen zu lassen, die umgekehrt aus seinen Shorts ragten. Als ihre Finger im Schlaf zuckten, wurde er plötzlich sehr, sehr hart. Und schief. Er rückte seinen Schwanz zurecht, was die Eichel näher an ihre Finger brachte. So nah.

Sein linker Arm legte sich hinter sie und er fuhr mit seiner Hand an ihrem Rücken entlang und tauchte sie in den Spalt zwischen ihren Shorts und ihrer Haut. Er spreizte seine Finger, bis ihre Spitzen die Oberseite ihrer Arschbacken berührten. Die Versuchung, an ihrer Spalte entlangzustreichen, bis er ihr enges Loch fand, war groß; er vermutete, dass es noch von keinem Mann berührt worden war. Stattdessen zeichnete er die Haut am Rand ihres Hosenbundes entlang nach vorn zu ihrem Bauch. Er kreiste mit seinem Daumen um ihren Nabel und streckte nach der dritten Runde den Rest seiner Finger aus. Sie waren lang genug, um zwischen ihre Shorts und ihr Höschen zu gleiten. Seine Fingerspitzen glitten an dem dünnen Gummiband entlang; er fragte sich, ob es aus rosa Satin war.

Colby bewegte sich und ihre Atmung beschleunigte sich. Kleine Dampfwölkchen streiften seine Haut. Entweder war sie aufgewacht oder ihr Körper dachte, dass sie einen sehr, sehr schönen Traum hatte. Er rollte sich auf seine Hüfte, legte sie sanft auf den Rücken und verschränkte ihre Arme über dem Kopf auf dem Kissen. Da er nicht sehen konnte, ob sie die Augen geöffnet hatte, fuhr er mit dem Daumen an ihrem Kiefer entlang und dann über ihre geöffneten Lippen. Er schwor, dass ihre Zunge über seine Daumenkuppe leckte. Er tauchte seinen Daumen ein und ... sie biss ihn. Sein Schwanz zuckte in den engen Grenzen seiner Boxershorts, bereit, zum Spiel herauszukommen.

Mace fuhr mit einer Hand ihren Hals hinunter und zeichnete ihr Schlüsselbein nach – erst auf der einen, dann auf der anderen Seite –, bevor er der äußeren Rundung ihrer Brust folgte. Mit der anderen Hand öffnete er den Knopf seiner kurzen Hose und schob den Reißverschluss nach unten. Nachdem er seine Unterwäsche aus dem Weg geschoben hatte, strichen seine Finger über die Krone seines Schwanzes, die dank der Lusttropfen schon feucht war. Er umfasste seine Eichel mit der Hand und stieß hart in seine Handfläche, wobei er seine Hüften vom Bett hob.

Er streichelte sich selbst mit langen, gemächlichen Bewegungen, während er weiter die Kurve ihrer Brust nachzeichnete und immer kleinere Kreise zog, bis er den Rand ihres Nippels durch ihre Bluse und ihren BH hindurch fand und dann in die harte Mitte kniff. Sie keuchte und legte eine Hand auf seine. Sie sagte kein Wort. Anstatt ihn zu stoppen, schob sie seine Hand zu ihrer anderen Brust. Ihr Atem stockte und ein leises Stöhnen entkam ihr.

Eine Hand ermutigte ihn, seine Erkundung fortzusetzen, während ihre andere seine zweite Hand fand, die über die Länge seiner Erektion strich. Sie schob ihre Finger unter seine, um die Kontrolle zu übernehmen. Ihre Hand war zwar kleiner als seine, aber verdammt, sie war eine viel bessere Besetzung. Sie umkreiste die Krone, sammelte die Lusttropfen ein und benutzte sie, um den Rest seines Schafts zu benetzen, während sie seine Länge von der Wurzel bis zur Spitze mit der Faust bearbeitete.

Ohne den Kontakt zu unterbrechen, richtete er sich über ihr auf und fing ihre Lippen, ihren warmen Atem und ihr Wimmern ein, während er ihre harten Nippel zwirbelte und bearbeitete. Ihre Zungen umschlangen sich und kämpften, bis sie beide nach Luft schnappten.

Er schob ihre Bluse und ihren BH über ihre Brüste und ersetzte seine Finger durch seinen Mund an ihren entblößten Nippeln. Er saugte, knabberte und leckte, bis sie sich wand. Je härter und schneller sie ihn streichelte, desto mehr Lusttropfen traten aus und machten ihre Faust glitschig wie eine enge kleine Pussy. Er war dabei, seinen Verstand zu verlieren. Je verzweifelter sie streichelte, desto fester saugte er an ihren Nippeln, bis seine Zähne über die harte Spitze fuhren und ihr Körper unter ihm erbebte. Sie umklammerte seinen Schwanz so fest, dass er dachte, die Eichel würde abfallen.

Stöhnend riss er sich von ihr los und ging schnell zwischen ihren Waden auf die Knie. Als er ihr die Baumwollshorts und das Höschen herunterriss, kickte sie die Stoffe zur Seite. Er drückte seine Schultern in die Rückseiten ihrer Oberschenkel und schob sie hoch, während er sie weit spreizte, um sie für sich zu öffnen. Er wünschte sich, das Licht wäre an; er wollte ihr errötetes, pralles Fleisch sehen. Allein vom Fühlen her wusste er, dass sie sich zwar gepflegt, aber nicht rasiert hatte; er wollte unbedingt die feuerroten Haare sehen, die ihre ganze Pracht umrahmten. Bald, versprach er sich.

Ihr köstlicher Duft weckte in ihm den Wunsch, auf der Stelle zu kommen. Er schob den Gedanken beiseite und streckte sich zwischen ihren Beinen aus. Er fuhr mit einem Finger ihre nassen Schamlippen auf und ab, jedes Mal ein bisschen tiefer, bis seine Fingerspitze ihren empfindlichen Kitzler berührte und ihre Hüften zuckten. Er legte einen Arm um ihre Hüften und fixierte sie so.

Er saugte an ihrem kleinen Lustknopf und strich über ihn, sodass sie sich winden musste. Er fuhr mit zwei Fingern über ihre feuchten Schamlippen und tauchte sie dann schnell ein, bevor er zu ihrem Hintern wanderte. Er umkreiste das enge Loch und war versucht, die Barriere zu durchbrechen, aber er wusste, dass es noch zu früh war. Also schob er seine Finger stattdessen tief in ihre Pussy, während seine Lippen, Zunge und Zähne weiter mit ihrem Kitzler spielten.

Sie wimmerte und schrie auf, während sich ihre Finger in sein Haar gruben, fest zupackten und Schmerzen verursachten, während sie mal stärker und mal weniger stark zupackten. Er bewegte sich nach unten und leckte über ihre Schamlippen, während seine Finger weiter eindrangen und wieder herausfuhren. Obwohl er sie festhielt, bockten ihre Hüften gegen ihn und passten sich jedem seiner Stöße an.

Als er an seine Grenzen stieß, hielt er es nicht mehr aus. Seine Eier wurden so fest, sein Schwanz so hart, dass es das schmerzhafteste Vergnügen war, das er je erlebt hatte. Sie zerrte an seinem Haar und hob seinen Kopf hoch. Sie packte ihn unter den Armen und ermutigte ihn, sich auf sie zu stürzen. Er leckte ein letztes Mal über ihren Kitzler, genoss den Geschmack und rollte sich von ihr weg, um in der Dunkelheit nach der Nachttischschublade zu suchen. Schnell wurde er fündig und dankte sich im Stillen dafür, dass er daran gedacht hatte, eine neue Packung zu kaufen. Er riss das Kondom auf und rollte es über seinen Schwanz.

Jetzt lag er auf dem Rücken und sein Schwanz ragte senkrecht aus seinem Körper heraus. Er fasste sie mit beiden Händen an der Taille und hob sie über sich. Sie ließ sich mit gespreizten Beinen auf seinen Schenkeln nieder, während sein Schwanz ihre feuchte Stelle berührte. Sie schob sich vor und ließ ihre Pussy an ihm entlang gleiten. Die warmen Schamlippen schmiegten sich an seine Eier und ritten an seinem Schwanz entlang, bis sie langsamer wurde und innehielt, als die Krone an ihre Öffnung stieß. Sie richtete sich auf und wackelte mit den Hüften, bis die Eichel perfekt saß und sich in ihre feuchte Hitze drängte.

Sie hatte ihre Bluse und ihren BH ausgezogen, während er sich in Latex gehüllt hatte, wodurch er das Gewicht ihrer Brüste frei in der Hand halten und sie zusammenschieben konnte, bis sich die Nippel berührten. Er schnappte sich beide Gipfel und rollte sie zwischen seinen Fingern und Daumen.

Mit einem Stöhnen senkte sie sich und vergrub seinen Schwanz tief in ihrem Inneren. Sie krümmte sich, als er ihre Brustwarzen drehte und zupfte. Je fester er zwickte, desto tiefer presste sie sich auf ihn.

Er ließ ihre Nippel los und grub seine Finger in ihre Arschbacken, kontrollierte ihre Bewegungen und verlangsamte sie für einen Moment, bevor er von hinten unter sie griff. Ihre feuchten Schamlippen spreizten sich weit, die zarte Haut dehnte sich, während sie seinen Schwanz verschlang. Er strich mit einem Finger über den Streifen Haut zwischen ihrer Pussy und ihrem Arsch und ließ dann seinen feuchten Finger um ihr jungfräuliches Loch kreisen. Wieder einmal zerrte die Versuchung an ihm. Er drückte nur leicht gegen die Enge, um zu sehen, ob sie ihn zu diesem nächsten Schritt ermutigen würde.

Ihre Bewegungen wurden immer hektischer und sie drückte seinen Schwanz mit ihrem erhitzten Inneren zusammen. Scheiße, nicht nur sie war kurz davor, er war es auch. Er streichelte ihren engen Ring, bis sie sich ein wenig entspannte, und machte dann seinen Zug. Er ließ einen Finger in sie gleiten und sie schrie auf, als sie sich um ihn herum zusammenzog und ein Orgasmus sie durchzuckte. Mit seinem Finger tief in ihrem Arsch und seinem Schwanz noch tiefer in ihrer Pussy, ließ er sich fallen. Er kam mit einer Intensität, die er schon lange nicht mehr erlebt hatte, während ihre inneren Muskeln ihn komplett aussaugten.

Als sie zusammensackte, drückte er ihren schlaffen Körper an den seinen. Sein Herz pochte wie wild und sein Schwanz pulsierte immer noch. Er streifte das Kondom ab und wickelte es in ein Taschentuch. Er würde es später loswerden, denn er konnte sich nicht bewegen, selbst wenn er es versuchen würde.

Er wischte sich mit einer Hand über die Stirn und stieß einen zittrigen Atemzug aus. Das war unglaublich gewesen, verdammt noch mal.

Doch bevor er den Kampf gegen den Schlaf verlor, bemerkte er, dass keiner von ihnen ein Wort gesprochen hatte.

Kapitel Fünf

Die Sonne wärmte ihre Wange. Warum war sie nackt im Park neben ihrem Hund eingeschlafen?

Colby riss die Augen auf und war eine Sekunde lang geblendet. Nicht ihr Hund aus Kindertagen lag neben ihr. Nein, sondern Mace. Sie lag auf seinem Bett, nicht in einem Park. Aber sie war auf jeden Fall nackt. Daran bestand kein Zweifel.

Ein ebenso nacktes, aber behaartes Bein umschloss ihren Oberschenkel und ein schwerer Arm lag auf ihrer Brust und fixierte sie auf dem Bett. Und eine Hand umfasste besitzergreifend ihre Brust. Als sie einen Blick auf Mace warf, atmete sie erleichtert auf, als sie feststellte, dass er immer noch schlief und sein Atem in einem gleichmäßigen Rhythmus aus seinen geöffneten Lippen entwich.

Sie hatte einen großen – nein, nein, nein, einen riesigen – Fehler gemacht, als sie sich von ihren Gefühlen – eher von ihren Hormonen – leiten ließ und mit einem Mann geschlafen hatte, den sie erst seit drei Tagen kannte. Okay, jetzt vier. Trotzdem, sie wusste kaum etwas über ihn.

Sie hatte sich geschworen, dass sie nie wieder in eine

solche Situation geraten würde. Nie wieder. Und doch war sie hier …

Dumm, dumm, dumm.

Langsam löste sie sich aus seiner Umarmung. Sie mussten beide die letzte Nacht vergessen. Sie war noch nicht bereit, sich mit diesem Mann einzulassen, oder mit irgendeinem.

Sie musste aus seinem Zimmer verschwinden, bevor er aufwachte. Als sie sich aus seinem Griff löste, unterdrückte sie ein Stöhnen. Sie war ein wenig verspannt, da sie gestern Abend Muskeln beansprucht hatte, von denen sie gar nicht wusste, dass sie sie hatte. Wenn sie an einige der Bewegungen, die sie gemacht hatten, auch nur dachte, reagierte ihr Körper direkt wieder darauf.

Dann sah sie auf die Uhr, und ihr Herz blieb stehen. Auf dem Wecker stand 8:28!

Scheiße! Sie musste um neun auf der Arbeit sein. Sie musste nicht nur noch duschen und sich anziehen, sondern auch noch fünfundzwanzig Minuten zum Campus fahren.

Da sie das Laken nicht mitschleppen konnte, ohne Mace zu wecken, rannte sie den Flur entlang, nur mit ihrem Kleiderstapel an die Brust gepresst. Im Bad angekommen, schloss sie die Tür hinter sich und sprang unter die Dusche.

Mit noch feuchtem Haar zog sie sich in aller Eile ihre Arbeitsklamotten an. Mit einem Schuh in der einen Hand versuchte sie, den anderen anzuziehen, während sie den Flur hinunter humpelte, bis sie Mace erblickte, der an der Wand neben dem Treppenhaus lehnte.

Er trug nur seine kurze Hose und seine nackte Brust ließ ihr den Atem stocken. Waren das Zahnabdrücke in der Nähe seiner Brustwarze? Verdammt, sie erinnerte sich daran, wie sie mit ihrer Zunge über diese festen, harten Nippel gebissen, geleckt und geknabbert hatte.

»Mace …« Sie verfluchte sich dafür, dass sie so atemlos klang. Das lag natürlich daran, dass sie es eilig hatte, und hatte nichts mit dem Anblick seiner muskulösen Brustmuskeln zu tun. *Ja, klar.*

»Spät dran?«, fragte er mit einer hochgezogenen Augenbraue, als hätte er nichts Besseres zu tun, als ihr dabei zuzusehen, wie sie wie eine Idiotin durch die Gegend hetzte.

»Mehr als zu spät.« Endlich hatte sie den lästigen Schuh am Fuß. Als sie sich aufrichtete, wich sie seinem Blick aus. Und allem anderen auch.

»Ich wollte mich bei dir bedanken …«

Sie machte sich auf den Weg die Treppe hinunter und steckte ihre Bluse in ihre Hose. »Nicht jetzt, lass uns später reden.«

Sie wollte ihn nicht abwimmeln, aber sie hatte keine Zeit zum Plaudern, wenn sie ihren verdammten Job behalten wollte. Und den brauchte sie dringend. Außerdem wollte sie nicht wieder aufwärmen, was passiert war. Nicht jetzt. Sie eilte durch den Eingangsbereich und schnappte sich ihre Aktentasche.

»Ich werde Abendessen machen«, rief er die Treppe hinunter. »Wann hast du Feierabend?«

»Um fünf.« Sie knallte die Haustür hinter sich zu. Erst auf der Verandatreppe bemerkte sie, dass sie ihre Autoschlüssel vergessen hatte.

Die Haustür sprang auf und Mace streckte seinen Arm heraus, ihr Schlüsselring baumelte an seiner Fingerspitze. »Ich werde um achtzehn Uhr zu Abend essen. Vergiss das nicht.«

Colby schnappte sich die Schlüssel, rannte zu ihrem Auto und rief: »Okay! Ich werde da sein.«

DER DUFT des Abendessens schlug Colby sofort entgegen, als sie die Tür öffnete. Sie war so verdammt spät dran. Da sie es nicht mehr gewohnt war, dass jemand zu Hause auf sie wartete, hatte sie nicht einmal daran gedacht, anzurufen und Bescheid zu geben. Aber offen gestanden war ihr nicht klar gewesen, dass er es ernst gemeint hatte, als er gesagt hatte, er würde Abendessen machen.

Nachdem sie ihre Aktentasche auf dem Tisch im Eingangsbereich abgestellt hatte, zog sie ihre Schuhe aus und schlich leise durch den Flur in die Küche.

Wenn er wütend war, hatte er jedes Recht dazu. *Verdammt!* Sie hatte es wieder verbockt. Leider wurde das langsam zu einem Bestandteil ihrer Lebensgeschichte.

Sie spähte durch die Tür und sah, dass der Tisch gedeckt war, die Gläser mit etwas gefüllt waren, das wie Rotwein aussah und Mace nicht in Sicht war. Die Luft schien rein zu sein. Vorerst.

Colby schritt vorsichtig in die Küche. In der Spüle standen Töpfe, und auf dem Tresen lag ein aufgeschlagenes Kochbuch. »Mace?«

Stille.

Sie verglich ihre Uhr mit der Uhr an der Wand, um sicherzugehen, dass sie richtig ging. Das ging sie. Zwanzig Uhr fünfzehn.

»Verdammt, es tut mir so leid«, flüsterte sie in den leeren Raum.

»Kein Problem«, ertönte eine tiefe Stimme hinter ihr.

Colby zuckte zusammen und ihr Herz blieb für einen Moment stehen. Sie drehte sich zu ihm um und hoffte, dass er es verstehen würde, hoffte … hoffte nur, dass sie ihn nicht gekränkt hatte, als sie ihn versetzt hatte. »Mace, es tut mir so leid.«

Er hob träge eine Schulter. »Du hast dich schon entschuldigt.«

»Ich hätte anrufen sollen. Ich habe einfach nicht nachgedacht. Ich bin es nicht gewohnt, nach Hause zu kommen …«

»Keine große Sache«, unterbrach er sie, als er an ihr

vorbeiging. Am Waschbecken angekommen, drehte er sich zu ihr um. »Wirklich.«

Sie deutete mit dem Arm auf den Tisch und zeigte auf die gedeckten Plätze und die nun kalten Kerzenstummel. Sie mussten eine ganze Weile gebrannt haben, denn überall auf dem Tischtuch war Wachs getropft.

Sie konnte ihm nicht in die Augen sehen, obwohl er weder wütend noch verletzt schien, aber ... »Nein, es *war* eine große Sache. Mir war nicht klar, dass du eine große Mahlzeit zubereiten würdest. Mehr als nur Spaghetti.«

»Das habe ich.«

»Was?«

Ihr Blick wanderte zu seinem Gesicht, aber er drehte sich abrupt zur Spüle und begann, die Töpfe zu schrubben, wobei er sich etwas mehr Mühe gab als nötig. »Ich habe Spaghetti gemacht. Aus Vollkorn, nur so nebenbei bemerkt. Mit einer weißen Muschelsoße und Käse-Knoblauchbrot. Ich habe etwas für dich warmgehalten. Möchtest du es haben?«

»Möchtest ... möchtest du denn, dass ich etwas davon esse?«, fragte sie vorsichtig und versuchte, seine Stimmung einzuschätzen.

Er klatschte einen nassen Topf in die Auffangschale. »Natürlich. Ich habe es für dich gemacht, oder nicht?« Wenn es überhaupt möglich war, dass sie sich noch schlechter fühlte, hatte er es geschafft.

»Ja, sehr gern. Aber lass mich schnell umziehen. Ich möchte keine Soße auf meine Arbeitskleidung bekommen.«

»Ich werde sie für dich fertig haben, wenn du wieder runterkommst.«

Colby rannte die Treppe hinauf und zog sich in Nullkommanichts um. Mit Khaki-Shorts und einem alten Elton-John-T-Shirt bekleidet, rannte sie wieder nach unten.

Mace saß ihr gegenüber, während sie aß. Und sie aß jeden Bissen der Spaghetti auf ihrem Teller auf. Zwischen zwei Bissen der köstlichen Pasta lobte sie seine Kochkünste. Sie lächelte zwischen den Happen und hielt das Gespräch, das sie führten, so leicht wie möglich. Seine Stimmung schien sich ein wenig aufzulockern, der Effekt, den sie angestrebt hatte. Aber sie musste zugeben, dass das Essen hervorragend geschmeckt hatte. Und er war so umsichtig gewesen, das Knoblauchbrot aus einem Vollkornlaib zu machen.

Bevor sie ihr eigenes Geschirr abräumen konnte, schob er ihre Hände vom Teller und kümmerte sich darum, dass es abgewaschen, gespült und sorgfältig in die Abtropfschale gestellt wurde.

Er war wunderbar.

Zu wunderbar. Sie wartete darauf, dass die Bombe explodierte, denn sie war diese kontrollierte Wut nicht gewohnt. Sie hatte seine Gefühle verletzt und schwor sich, es nie wieder zu tun.

Colby schenkte sich ein weiteres Glas Wein ein. Während sie daran nippte, wartete sie darauf, dass er den nächsten Schritt machen würde. Sie wünschte sich, er würde sie anschreien, weil sie zu spät gekommen war oder so gefühllos, weil sie nicht angerufen hatte. Sie wünschte, er würde sie wegen irgendetwas anschreien. Aber das tat er nicht.

Sie war es gewohnt, dass Männer sich lautstark äußerten. Sie wusste nicht, wie sie mit einem Mann umgehen sollte, der still vor sich hin brütete.

Vielleicht hatte sie sich geirrt. Vielleicht war es doch keine so große Sache gewesen. Vielleicht hatte sie sich die unterschwelligen Gefühle zwischen den beiden nur eingebildet. Vielleicht war die unnötige Paranoia nur in ihrem Kopf ...

Vielleicht.

. . .

MACE SAH ZU, wie Colby ihr Weinglas zum dritten Mal nachfüllte und fragte sich, ob sie es wirklich bedauerte, sein – ihr *gemeinsames* – Abendessen verpasst zu haben. Normalerweise kochte er nicht, aber das hatte er ihr nicht gesagt. Und sie hatte noch nicht einmal den Nachtisch gesehen, den er im Kühlschrank lagerte. Ja, sie hatte sich bei ihm entschuldigt, aber …

Als er um sechs, um sieben und dann bis acht allein am Esstisch gesessen hatte, war ihm klar geworden, dass Colby etwas Besseres mit ihrem Leben zu tun hatte, als zu einem Krüppel nach Hause zu kommen. Sie hatten keine Bindungen, nur zwanglosen Sex. Und selbst das nur einmal. Die Frau hatte ihr eigenes Leben zu leben.

Höchstwahrscheinlich hatte sie zu Abend gegessen, bevor sie nach Hause gekommen war. Vielleicht mit ihrem Assistenten Matt, oder wie auch immer er heißen mochte. Wahrscheinlich hatte sie sein Essen nur gegessen, nachdem sie den Tisch, den er gedeckt hatte, gesehen und Mitleid mit ihm gehabt hatte.

Fuck, wenn er ihr sagen würde, wie es ihn wirklich getroffen hatte. Es war einfacher, es einfach zu verdrängen und so zu tun, als ob es nicht so wäre.

Allerdings schüttete sie gerade Unmengen an Wein in sich hinein, und er war sich nicht sicher, was er davon halten sollte. Man sollte meinen, dass sie sich nach der tollen Sexsession gestern Abend nicht betrinken musste, um ein wenig Zeit mit ihm verbringen zu können. Vielleicht hatte sie den ganzen Tag Zeit gehabt, darüber nachzudenken, dass sie nicht mit jemandem zusammen sein wollte, der defekt war.

Das Zimmer war gestern Abend dunkel gewesen; vielleicht konnte sie den Gedanken nicht ertragen, ihn noch einmal bei Licht zu ficken, wenn sie seine Mängel sehen konnte. *Wie auch immer.* Er war ein großer Junge, er würde darüber hinwegkommen.

Aber als Colby vorschlug, dass sie sich im Aufenthaltsraum entspannen sollten, nahm er die halb leere Weinflasche, schnappte sich sein Glas und folgte ihr. In der Tür, die die Küche vom Wohnzimmer trennte, blieb er kurz stehen. Was tat er da? Folgte er ihr wie ein verlorenes, einsames Hündchen?

Er wollte sich gerade umdrehen und gehen, als Colby die Couch neben sich tätschelte. Gehorsam setzte er sich und stellte die Flasche auf den Couchtisch. Sieh mal, was ein bisschen Sex aus ihm machen konnte. Er wurde zu einer unter dem Pantoffel stehenden Pussy.

Und bereit für eine weitere Enttäuschung.

»Also, wie fühlt sich dein Bein an?«

Mace zog eine Grimasse. Sein Bein war das Letzte, worüber er reden wollte. »Ein bisschen steif.«

Sie drehte sich zu ihm um, nachdem sie ihr Glas abgestellt hatte. »Warum?«

»Ich habe heute Morgen wieder mit der Physiotherapie begonnen.«

»Physiotherapie? Wo?«

War sie wirklich interessiert? Oder wollte sie nur Smallt Talk machen? »Im Community General.«

»Gehst du jeden Tag hin?«

»Nein. Dreimal die Woche, aber ich muss jeden Tag zu Hause trainieren.«

»Ist es schmerzhaft? Nein, antworte nicht darauf, ich weiß, dass es das sein muss.«

Seine Finger krampften sich um den Stiel seines Weinglases. *Verdammt noch mal.* Er wollte ihr Mitleid nicht. »Das ist mir egal. Ich will laufen. Ich will wieder normal sein. Ich will nicht wie ein alter Mann mit einem Stock oder einer Gehhilfe gehen. Ich will nicht für den Rest meines Lebens behindert sein. Ich muss meine Muskeln so gut wie möglich wieder aufbauen.«

»Du bist nicht behindert.« Sie legte ihre warmen Finger um seinen Unterarm.

Er betrachtete den Kontrast zwischen ihrer zarten, weißen Hand und seiner dunkleren Haut. Er sagte: »Nein? So fühle ich mich aber«, mit etwas mehr Nachdruck als nötig. Er schüttelte den Kopf und holte tief Luft, bevor er fortfuhr. »In meinem Beruf ist Hinken ein Handicap.«

»So schlimm ist es nicht.«

Er lachte, obwohl er sich die Bitterkeit dabei nicht verkneifen konnte. »Ich bin überrascht, dass du das sagst, nachdem du es gestern Abend gesehen hast.«

Colby zuckte mit den Schultern. »Mich stört es nicht.«

»Tja, mich stört es aber.«

Sie drückte seinen Arm leicht. »Mace …«

»Colby.« Er zögerte für den Bruchteil einer Sekunde, bevor ihm der Rest der Worte durcheinandergeriet. »Hilfst du mir bei meiner Physiotherapie?«

Verdammt. Auch wenn er ihre Hilfe wollte, wollte er sie nicht einfach so fragen. Nicht nach dem Fiasko von einem Abendessen. Fuck, jetzt musste er einfach hoffen, dass sie Ja sagen würde.

Ihre Augen weiteten sich und ihr Mund öffnete sich, bevor sie ihn wieder schloss und sagte: »Ich weiß es nicht. Ich weiß nicht, was ich tun soll.«

Na ja, ein definitives Nein war es nicht. Er dachte sich, dass eine Zusammenarbeit gut für sie wäre, für ihn. Für beide. Er war wie ihr Haus: eine Baustelle, ein Projekt, das es in Angriff zu nehmen galt. »Komm schon, das ist doch nicht schwer. Das Krankenhaus ist nur ein paar Kilometer von der Universität entfernt. Warum kommst du nicht in deiner Mittagspause bei meiner nächsten Sitzung vorbei? Mein Physiotherapeut würde dir gern zeigen, was du tun musst.«

Er wollte – *brauchte* – ihre Hilfe. Zum Teufel, er wollte sie generell. Er wollte sehen, wie ihr rotes Haar über sein Kopfkissen fiel, während er sie fickte, bis sie kam. Die kleinen wimmernden Laute, die sie letzte Nacht von sich gegeben hatte, gingen ihm wieder durch den Kopf. Nachdem er sich in eine bequemere Position für seinen immer größer werdenden Schwanz gerettet hatte, blies er einen langen, langsamen Atemzug aus und lenkte seine Gedanken wieder auf das eigentliche Thema.

Als sie weiterhin zögerte, beschloss er, dass es an der Zeit war, alle Register zu ziehen. »Ich schlage dir einen Deal vor. Du hilfst mir bei meinen Übungen, und ich helfe dir bei deinem Haus.« Er wusste, dass sie diesem Angebot nicht widerstehen konnte. Sein Wunsch, normal zu laufen, war genauso stark wie ihr Wunsch, das Haus fertigzustellen. Warum auch immer ihr das so ging. Er hob sein Weinglas in ihre Richtung. »Deal?«

Nach einem Moment klirrte ihr Glas gegen seins. »Deal.«

Er konnte sich das Lächeln nicht aus dem Gesicht wischen.

Kapitel Sechs

»Du weißt schon, dass morgen Samstag ist und es im Haus einiges zu tun gibt.«

Mace hob seinen Kopf von der Behandlungsliege und sah, wie Colby auf ihn zusteuerte. Sein Herz klopfte ein bisschen schneller, als er ihre schlanke Gestalt durch den Behandlungsraum flitzen sah. Die Erleichterung darüber, dass sie tatsächlich aufgetaucht war, durchflutete ihn.

Robin, seine Physiotherapeutin, beendete die Übungen mit ihm und fragte: »Ist das die Frau, der ich etwas zeigen soll?«

»Jupp, das ist sie.« Er beugte sich näher an seine Therapeutin heran und sagte im Bühnenflüsterton: »Sie ist ziemlich schlau, sie sollte es schnell kapieren.«

»Hey, das habe ich gehört!«

Nachdem Colby sich Robin vorgestellt hatte, schüttelte sie der älteren, kräftig gebauten Frau die Hand und sagte: »Nach dem, was ich bisher gesehen habe, scheint es nicht schwer zu sein.«

Er sah, wie die Farbe ihren Hals hinauflief und sich über die Sommersprossen auf ihrer Nase ausbreitete. Er richtete seinen Blick auf Robin, die etwa dreimal so schwer und zwanzig Jahre älter als Colby war, um zu verhindern, dass er einen riesigen Ständer bekam.

»Das ist es nicht. Aber er sollte jeden Tag eine bestimmte Anzahl von Übungen machen, und dabei braucht er Hilfe. Es ist nicht leicht, es allein zu bewerkstelligen«, gab Robin zu. »Er ist ein einfacher Patient, weil er gesund werden will, nicht wie andere, mit denen ich gearbeitet habe. Und falls du etwas vergisst, wird er sich bestimmt daran erinnern. Er kennt die Routine. Sein vorheriger Therapeut hat gute Arbeit geleistet.«

»Wisst ihr, ich bin immer noch hier im Raum. Ich mag ein Krüppel sein, aber ich bin nicht taub.« Mace trocknete sich den Schweiß von der Stirn. Einiges davon stammte von seinem Physiotherapieprogramm und einiges … Na ja, er kämpfte damit, seine Gedanken an diese eine Nacht zu verdrängen.

Robin beugte sich über ihn und sagte: »Du musst einen Dollar in das Glas werfen, weil du wieder das K-Wort benutzt hast.« Zum Glück bellte die Frau nur und biss nicht zu.

Er schmunzelte. »Robin, erkläre ihr die Übungen, während ich eine Pause mache.«

»Nein, auf keinen Fall. Ich werde dich zur Demonstration benutzen. Colby, könntest du dir das blaue Gymnastikband da drüben schnappen?«

Mace täuschte ein Stöhnen vor, obwohl ihm die zusätzlichen Übungen eigentlich nichts ausmachten. Je mehr er trainierte, desto besser fühlte er sich – bis es ihn später einholte. Colby sah zu, wie Robin ihn mit dem breiten Gummiband durch die nächsten Dehnungsübungen führte. Wenigstens konnte er durch die Konzentration auf die Übungen seine Gedanken freihalten.

Vierzig Minuten lang erklärte und demonstrierte Robin verschiedene Dehnübungen. Die Therapeutin wechselte sich mit ihr ab, um sicherzustellen, dass Colby wusste, wie sie Mace richtig helfen konnte.

Am Ende war er schweißgebadet, und Colby sah so aus, wie er sich fühlte. Müde.

Robin warf ihm ein sauberes Handtuch zu und ging, um sich einen Schreibblock zu holen, auf dem sie Notizen für Colby festhielt. Während sie weg war, nutzte er die Zeit, in der sie allein waren, voll aus.

Er stützte sich gerade auf die Ellbogen, als sie sagte: »Du musst dir ziemlich viel merken.«

Er wollte die Unsicherheit aus ihrem Gesichtsausdruck löschen, aber er wusste, dass sein Physiotraining am Anfang entmutigend sein konnte. »Mit Robins Notizen – und mir – wird das kein Problem sein. Ich weiß, dass ich damit viel von dir verlange.«

»Sei nicht albern. Ich will dir helfen.« Sie schenkte ihm ein zaghaftes Lächeln. Dann fuhr sie mit einer Hand seinen Arm hinunter und drückte seine Finger. Diese Geste beruhigte ihn.

»Es wird auch noch andere Übungen geben, die nicht in Robins Notizen stehen werden.«

»Ach ja, und welche zum Beispiel?« Sie blickte auf ihn hinunter, während er immer noch auf dem Tisch lag. Einen Sekundenbruchteil später kehrte die Röte mit voller Wucht zurück. »Oh.«

»Diese Übungen machen viel mehr Spaß.«

»Darauf wette ich. Mace …«

Er ahnte schon, dass sie es bereute, dass sie neulich gefickt hatten. Es war zu offensichtlich, um es nicht zu bemerken. Ganz zu schweigen davon, dass sie seitdem jeden intimen Kontakt vermieden hatte. Aber er würde nicht aufgeben, sie wieder unter sich zu bekommen. Oder nach oben. Er war nicht wählerisch. Er wollte einfach nur ihre heiße, feuchte, enge Pussy an seinem Schwanz spüren. Erst langsam und neckisch, dann hart und schnell, bis sie sich beide nach der Erlösung sehnten. Er stellte sich vor, wie ihre Körper miteinander verbunden waren und immer wieder aneinander klatschten, bis sich seine Eier anspannten und zuckten und …

Scheiße!

Robin stand plötzlich wieder über ihm. Schnell warf er sein feuchtes Handtuch über seinen Schoß. Colbys Ohren waren lila vor Verlegenheit. Verdammt, sie musste auch darüber nachgedacht haben.

Mit einer zittrigen Hand an ihrer Kehle brauchte sie drei Anläufe, bevor sie fragte: »Ist es wirklich nötig, dass er diese Schmerzmittel nimmt? Machen die nicht süchtig? Ich würde gern ein paar pflanzliche Heilmittel an ihm ausprobieren.«

Diese Fragen reichten aus, um seine böse Fantasie abzukühlen. »Du nimmst mir nicht meine Pillen weg«, warnte er. Er würde sie vielleicht ficken wollen, bis sie schrie – verdammt, bis er schrie –, aber er würde nicht zulassen, dass sie sein Leben kontrollierte. Sie war nicht seine Mutter … oder seine Frau.

»Mace, du kannst es mit natürlichen Mitteln versuchen, ohne dein Vicodin abzusetzen«, versicherte Robin ihm. »Und um deine Frage zu beantworten, Colby, ja, alle Schmerzmittel mit Hydrocodon können süchtig machen. Aber Schmerzen können das Selbstwertgefühl eines Menschen beeinträchtigen. Wir glauben, dass es für die Heilung besser ist, wenn sich der Patient wohler fühlt. Die Schmerzen zu lindern oder zu minimieren, wirkt Wunder. Es befreit sie von der ständigen Erinnerung daran, dass sie krank oder verletzt sind, und gibt ihrem Körper die Chance, tatsächlich zu heilen.« Robin deutete Colby an, dass sie die Plätze tauschen sollten.

Robin fuhr fort. »Aber Schmerzmittel sind seine Entscheidung. Du musst sie nicht nehmen, Mace, das weißt du. Colby, wenn du ihm mit Kräutern oder was auch immer helfen kannst, dann nur zu. Ich selbst bevorzuge natürliche Mittel. Aber es muss seine Entscheidung sein. Solange du deine Reha fortsetzt, Mace, das ist das Wichtigste. Du musst deinen Muskeltonus wieder aufbauen und ihn flexibel halten.«

Er legte sich zurück auf den Tisch und lächelte. »Ich glaube, es gefällt mir, zwei paar Frauenhände auf mir zu haben.«

Robin verdrehte die Augen. »Zieh deine Hose aus; es ist Zeit für deinen Lieblingsteil.«

Er grinste, als Colbys Gesicht wieder die gleiche Farbe wie ihr Haar annahm.

———

COLBY BRAUCHTE NICHT in den Spiegel zu schauen, um zu bemerken, dass sie knallrot war. Aber sie hatte einen Deal mit Mace gemacht. Eher einen Pakt mit dem Teufel. Er hatte sich bisher an seinen Teil gehalten, jetzt musste sie sich an ihren halten.

Er hatte ihr den ganzen Tag in ihrem Haus geholfen und sich nicht ein einziges Mal beschwert. Na ja, vielleicht einmal.

Aber es war ja nicht so, dass er nicht an ihrer Seite kräftig mit angepackt hätte. Sie hatten mehr erreicht, als sie je gedacht hatte. Sie hatten alle alten Tapeten von den Wänden im Obergeschoss abgerissen und abgekratzt. Sie hatte gehofft, ein Schlafzimmer entkleidet und für den Anstrich vorbereitet zu bekommen. Erstaunlicherweise haben sie am Ende alle vier geschafft.

Jetzt musste sie die Dinge tun, die Robin ihr gestern beigebracht hatte. Ob es ihr gefiel oder nicht.

Obwohl sie beide schweißgebadet waren, stammte Mace' Schweiß eher von Schmerzen als von der Anstrengung. Nachdem er seine Übungen auf dem Bett – das als behelfsmäßiger Trainingstisch diente – durchgearbeitet hatte, waren sie nun an seinem ›Lieblingsteil‹ angelangt. Er hatte sich schon vorsorglich seiner Jogginghose entledigt und lag nun nur noch mit Boxershorts und T-Shirt bekleidet auf dem Bett.

Als sie sich über das Bett beugte, versuchte Colby, sich nicht auf die Stellen zu konzentrieren, von denen sie ihre Blicke – und Finger – lassen sollte. Aber sie musste in der Nähe der Stelle arbeiten, zu der ihre Augen immer wieder zurückfielen. Und es war ja nicht so, dass Mace nicht auf ihre Nähe reagiert hätte.

Plötzlich fiel es ihr schwer zu schlucken, als sie die lange, harte Linie seines Schwanzes unter der engen Baumwolle bemerkte.

»Du musst das nicht tun, Colby. Du hast auch den ganzen Tag hart gearbeitet. Ich verstehe, wenn du nicht willst.«

Colby merkte, dass sie auf ihrer Unterlippe kaute und befreite sie. »Nein. Ich … ich werde es tun. Robin hat gesagt, es würde helfen, den Muskel zu entspannen und ihn vor Krämpfen zu bewahren.«

»Ich weiß nicht, wie sich meine Muskeln entspannen sollen, wenn deine Hände überall auf mir sind.«

Konnte ihr Gesicht noch heißer werden? »Nicht *überall* auf dir.«

»Hey, wenn du es tun willst, dann tu es. Ich fühle mich …« Mace runzelte übertrieben die Stirn. »Entblößt. Wie eine Lockente.«

Sie lachte und war plötzlich ein wenig erleichterter. Sie war also nicht die Einzige, die sich dabei unwohl fühlte. In mehr als einer Hinsicht. »Okay, sag mir, wenn ich dir wehtue.«

Mit angehaltenem Atem legte sie zaghaft ihre Hände auf die Reste seines inneren Oberschenkelmuskels und massierte ihn. Obwohl sie letztens keine Probleme damit hatte, seinen Körper zu berühren, schien es heute Abend anders zu sein. Sie fühlte sich anders. Sie fing an, den Mann wirklich ... zu *mögen*, anstatt ihn nur sexuell zu wollen.

Sie genoss seine Gesellschaft und seinen Sinn für Humor. Der Schatten seines Bartes und sein langes, dunkelbraunes Haar waren nicht nur sexy, sondern erinnerten sie auch an einen Rebellen. Eine tickende Zeitbombe. Ganz im Gegensatz zu ihrem biederen, langweiligen Wissenschaftler-Ich.

Sie musste lockerer werden. Seit jener dunklen Nacht, in der Mace Walker in ihr Leben getreten war, fühlte sie sich etwas freier und zufriedener. Vielleicht bildete sie sich das nur ein, aber die multiplen Orgasmen in dieser einen Nacht hatten etwas in ihr ausgelöst, das sie sich nicht eingestehen wollte.

Mace stöhnte auf. Sie schaute nach unten; ihre Hände waren viel zu hoch, zu nah an seinem Ständer. Erschrocken zog sie sich zurück. »Es tut mir leid, ich wollte dir nicht wehtun.«

»Hast du auch nicht. Es fühlt sich gut an. Deine Massage war so ... intensiv.«

Er nahm ihre Hände in seine, was deutlich machte, wie viel kleiner sie war als er. Sie waren nur halb so groß wie seine. Colby erinnerte sich daran, wie sich diese dicken, männlichen Finger angefühlt hatten, als sie in sie eingedrungen waren, sie gestreichelt hatten, ihren Körper dazu gebracht hatten, vor Lust zu zittern und sich zu winden. Sie presste ihre Lippen aufeinander, um ihr Stöhnen zu unterdrücken.

Nachdem er ihre Hände wieder auf seinen Oberschenkel gelegt hatte, drückte er sie leicht, bevor er sie losließ. »Mach weiter!«

Sie tat es, aber etwas zögerlicher und achtete mehr auf das, was sie tat.

»Worüber hast du nachgedacht?«

»Was?« Colby blickte auf und sah, wie seine dunklen Augen versuchten, in ihre Seele zu schauen. Sein hitziger Blick verbrannte sie und hinterließ ein Gefühl von heißer Flüssigkeit, die ihr die Wirbelsäule hinunter bis zu den Zehen floss. Ihre Knie wurden weich, und ihre Worte blieben ihr im Hals stecken. »Arbeit.« Sie versuchte es noch einmal: »Ich habe an die Arbeit gedacht. Martin und ich sind kurz davor, ein Projekt abzuschließen.«

Der Funke in seinen Augen flackerte plötzlich und erlosch dann. Er musste ihre Arbeit uninteressant finden.

»Arbeitet du und Marty oft eng zusammen?«

Seine Muskeln spannten sich an, also knetete sie ein wenig schneller. »Sein Name ist Martin und ja, wir arbeiten immer zusammen. Ich hab dir doch gesagt, er ist mein Assistent.«

Seine Augen verengten sich. »Das ist alles, was du mir erzählt hast. Arbeitet ihr oft bis spät in die Nacht an gemeinsamen Projekten? Wie neulich Abend, meine ich.«

Sie behielt ihren Rhythmus bei, obwohl ihre Finger müde wurden. Außerdem kühlte das Thema Arbeit die Hitze zwischen ihren Beinen ab. »Normalerweise nicht. Wir versuchen, nicht zu viele Überstunden zu machen. Erstens sind wir beide fest angestellt und zweitens wollen wir keinen Burnout bekommen.«

»Ja, du musst dein Energieniveau für diese Spezialprojekte aufrechterhalten. Ist das nicht so?«

Sein feindseliger Tonfall überraschte sie. Wieder einmal.

Sie hörte auf, sein Bein zu massieren, und trat von seinem Bett zurück. »Ich weiß nicht, worauf du hinauswillst. Aber wenn du mir etwas vorwirfst … Glaubst du, dass … ich … wir …« Sie hob seine Jogginghose vom Boden auf, warf sie ihm in den Schoß und verzog das Gesicht. »Ich glaube, du brauchst eine Dusche. Du stinkst!«

Als sie sich zum Gehen wandte, hielt Mace sie am Arm fest und drehte sie zu sich zurück. »Colby.«

Er sah entschuldigend aus, aber das war ihr egal. Sie riss ihren Arm aus seinem Griff. »Nein, Mace. Ich glaube, ich verstehe es jetzt. Voll und ganz. Selbst wenn Martin und ich eine Beziehung haben oder was auch immer …« Sie pikste ihm mit dem Finger in die Brust. »Geht …« Piks. »Dich …« Piks. »Das …« Stochern. »Rein gar nichts an …«

Nach ein paar weiteren Piksern stürmte sie aus seinem Zimmer und den Flur hinunter, während Mace sich die Brust rieb.

Sie knallte ihre Zimmertür zu und das noch vibrierende Holz dann: »Für wen hält er sich eigentlich?« Die Tür antwortete ihr nicht.

Kapitel Sieben

»UNSER DEAL WAR, dass wir uns gegenseitig helfen.«

Colby ließ vor Schreck den Pinsel fallen und sah entsetzt zu, als er wie ein Luxusdampfer in der waldgrünen Farbdose versank. Sie murmelte einen Fluch und nahm einen Farbrührer, mit dem sie versuchte, den Pinsel herauszufischen. Erfolglos.

»Warte! Lass mich dir helfen.«

Er hatte die Unverfrorenheit, dort zu stehen – gut aussehend und sexy in einem engen schwarzen T-Shirt – während seine dunklen Augen sie anflehten, ihm zu verzeihen. Sie schob seine Hand weg. »Nein danke.«

»Bist du immer noch sauer auf mich?«

Seine tiefe Stimme verursachte ein Kribbeln in ihrer Wirbelsäule. Sie würde sich *nicht* schlecht fühlen, weil sie wütend auf ihn war. Im Gegenteil. »Wie kommst du darauf, dass ich sauer bin?«

Mace zog sein Hemd hoch und zeigte ihr den kleinen lilafarbenen Bluterguss auf seiner Brust. »Ach, ich weiß nicht, vielleicht habe ich einen guten Grund dafür.«

Okay, jetzt fühlte sie sich schrecklich. So sehr sie es auch nicht wollte, sie tat es. Sie sollte ihm bei seiner Genesung helfen und ihn nicht verletzen.

»Es tut mir leid, dass ich gestern Abend ein Idiot war. Du hast recht, es geht mich nichts an. Dein Leben ist dein eigenes.«

»Ja.« Sie gab den verlorenen Pinsel auf und suchte nach einem neuen.

»Ja?« Er sah sie verwirrt an.

»Ja, du warst ein Idiot. Ja, das geht dich nichts an. Ja, es ist mein Leben.«

Mace lächelte und warf ihr einen Blick von der Seite zu. »Verzeihst du mir?« Er fand vor ihr eine weitere Bürste und nahm sie in die Hand. Nachdem er auf ein Knie gesunken war, präsentierte er den Pinsel wie ein Juwelenschwert, ein Friedensangebot für eine Prinzessin. »Mylady, wenn ich Eure Korbmöbel in diesem schönen Grünton fertig streiche, würdet Ihr mir dann verzeihen? Oder wird mein Kopf dafür rollen?«

Colby sah ihn einen Moment lang an und überlegte, ob sie ihn freisprechen sollte. Immerhin hatte er ihr neulich verziehen, als sie das Abendessen verpasst hatte. Irgendwann.

Sie warf einen Blick auf die Korbmöbel, die vorhin aus dem Secondhand-Laden der Stadt geliefert worden waren. Sie standen überall im Wohnzimmer herum. Sie wollte, dass sie gestrichen werden, damit sie sie draußen aufstellen konnte, sobald die Veranda fertig war. »Ich werde darüber nachdenken. Vielleicht, wenn die Anstriche gleichmäßig sind und es keine Schlieren gibt.«

»Du bist knallhart.«

Das war sie, und sie wäre die Erste, die das zugeben würde. Allerdings nicht laut. Aber das musste sie auch sein. Sie würde nicht zulassen, dass dieser Mann in ihr Leben trat und es auf den Kopf stellte und umkrempelte. Sie war schon einmal in einer solchen Beziehung gewesen und hatte am Ende den Kürzeren gezogen. Sie wollte sich nicht noch einmal die Finger verbrennen. Auch wenn das bedeutete, dass sie vielleicht nie jemanden auf Dauer haben würde. Einen von diesen *Für-immer*-Männern. Sie würde lieber für den Rest ihres Lebens allein sein, als diese Demütigung und diesen Schmerz noch einmal durchzumachen.

Als sie das Glück hatte, ihre Stelle an der Malvern University zu bekommen, hatte ihr der Umzug hierher einen Neuanfang ermöglicht und sie von ihrem Ex-Freund Craig – einem fiesen, kontrollsüchtigen Mistkerl – distanziert. Sie konnte nicht glauben, dass sie zwei Jahre mit ihm vergeudet hatte. Zwei Jahre!

Der letzte Aufenthalt im Krankenhaus hatte sie wachgerüttelt. Sie war es leid gewesen, die Schuld für Dinge auf sich zu nehmen, die sie nicht getan hatte. An dem Tag, an dem sie das Krankenhaus verlassen hatte, hatte sie auch Craig verlassen. Mit einer einstweiligen Verfügung in der Hand war sie in einen Bus gestiegen und nach Malvern gefahren. Das war schon über ein Jahr her. Sie war sich sicher, dass er zu sehr mit seiner neuen Freundin beschäftigt war – der Frau, die er gevögelt hatte, während er mit Colby zusammenlebte und angeblich in sie verliebt gewesen war – um sich darum zu kümmern, dass sie verschwunden war.

Je mehr sie darüber nachdachte, desto dümmer kam sie sich vor. Sie fegte die Erinnerungen wie Spinnweben aus ihrem Kopf.

Während Colby zusah, wie Mace die Stühle strich, dachte sie, dass sie sich einen Hund anschaffen könnte, der ihr Gesellschaft leistete. Ein Hund würde treuer sein und sie bedingungslos lieben. Ein Hund würde sie nicht betrügen. Zumindest hoffte sie das.

»Hallooohoo?«

Sie schüttelte den Kopf und ordnete ihre Gedanken. »Was?«

»Ich habe dich gerade dreimal gefragt, wohin du die

Möbel stellen willst. Wenn du dich noch nicht entschieden hast, schlage ich die Veranda vor. Natürlich erst, sobald sie sicher ist.«

»Genau dahin, werden sie kommen, auf die Veranda. Der Bauunternehmer hat gesagt, dass sie bis Ende des Monats komplett repariert und streichfertig sein soll.«

»Darf ich fragen, welche Farbe? Oder wird es ein schrecklicher Rosaton werden?«

»Niemand nennt Rosa mehr Rosa. Entweder ist es Rose oder Blush, mein Gott«, stichelte sie. »Aber nein, es wird cremefarben werden.« Sie schmunzelte über seine Erleichterung, die er nicht verbergen wollte. »Ich habe beschlossen, das Haus von außen cremefarben zu streichen und es mit diesem Waldgrün zu akzentuieren. Und vielleicht etwas Gold.« Sie strich sich eine Haarsträhne, die aus ihrem Zopf ausgebrochen war, hinters Ohr. »Oder vielleicht rot.«

»Nicht sonnengelb wie in der Küche?«

»Du hasst diese Farbe, was? Aber ich wollte etwas Helles und Sonniges für den besten und meistgenutzten Raum im Haus. Er ist das Zentrum des Hauses, dort treffen sich die Leute. Da unterhalten sich die Leute und genießen gemeinsame Mahlzeiten oder eine heiße Tasse Kakao an einem kalten Winterabend.«

»Ich bevorzuge es, abends etwas Heißes im Bett zu genießen. Aber der Küchentisch wäre auch okay.«

Typisch Mann … hat nur eine Sache im Kopf. Aber nachdem er das gesagt hatte, konnte sie den Gedanken nicht abschütteln, mit Mace auf dem Küchentisch Sex zu haben. Wäre das nicht unbequem? Das war etwas, das sie noch nie ausprobiert hatte, und das vielleicht eine großartige Kulisse für …

Colby zuckte zusammen, als er seine Hände auf ihre Schultern legte. Er lehnte sich dicht an sie heran und brummte ihr ins Ohr: »Denkst du, was ich denke?«

Sein Atem wirbelte das lose Haar an ihrem Ohr auf,

kitzelte sie und jagte ihr einen Schauer über den Rücken. Ihre Nippel verhärteten sich und ihre Pussy spannte sich in Erwartung an. Seine Lippen waren so nah, dass sie ihren Kopf nur leicht neigen musste …

Stattdessen schüttelte sie ihn. »Nur wenn du daran denkst, wie perfekt diese Möbel auf der Veranda aussehen werden.«

Mace ließ seine Hände über ihre Arme gleiten und nahm ihr den Pinsel aus den Fingern. Nachdem er ihn auf einen Deckel gelegt hatte, drehte er sie so, dass sie ihn ansah. Seine großen, warmen Hände legten sich auf ihre Wangen. »Ich habe Fantasien, in denen ich dich auf dieser Abdeckplane nehme. In einigen von ihnen male ich Muster auf deinen ganzen Körper, während ich den Pinsel langsam an empfindlichen Stellen wie deinen Lippen, deinen Brüsten, deine …«

»Mace.« Ihr Herz setzte aus und schlug einen Sekundenbruchteil später plötzlich wieder heftig. Wärme strömte zwischen ihre Beine und machte ihr Höschen heiß und feucht. Sie wollte, dass er sie berührte. Sie wollte seine Lippen auf den ihren, so männlich, so warm. Bevor sie es sich anders überlegen konnte, zog sie seinen Kopf nach unten, um seinen Mund zu erobern und sein Geräusch der Überraschung zu unterdrücken.

Er packte sie am Rücken und zog sie an sich. Sie konnte sich seines Körpers nicht bewusster sein, denn sein Verlangen entsprach eindeutig dem ihren. Sie konnte nicht leugnen, wie sehr sie ihn begehrte, vor allem, weil ihr Körper sie ohnehin verriet.

Zitternd riss sie ihm das T-Shirt aus der Jeans, schob ihre Hände unter die dünne Baumwolle und fuhr mit ihnen über die glühende Hitze seiner Brust. Ihre Finger folgten den Konturen, bis sie seine kleinen männlichen Brustwarzen erreichten, wo ihre Daumen die festen Spitzen umkreisten. Das Verlangen, mit den Zähnen darüber zu fahren, überkam sie; sie wollte sein scharfes Einatmen hören, wenn sie in seine Haut biss. Vielleicht würde sie ihm einen weiteren Liebesbiss verpassen.

»Das ist nicht fair, ich sollte das mit dir machen. Zieh das aus!«, befahl er mit einer so rauen Stimme, dass es fast schmerzhaft klang.

Ohne zu zögern riss sie ihm das Hemd über den Kopf und warf es zur Seite. Die vielen Übungen, die er machte, hielten seine Muskeln hart und schlank. Allein sie zu sehen, erregte sie. Aber jetzt konnte sie sie anfassen, die glühende Geschmeidigkeit seiner Haut spüren, die Rauheit der dunklen Haare, die in seinem Hosenbund verschwanden.

Er fummelte an dem Knopf seiner Jeans herum.

»Nein.« Colby hielt ihn auf und schob seine Hände weg. »Lass mich!«

Er ließ seine Arme zur Seite fallen und seine Augen wurden dunkel und trüb, als sie den obersten Knopf öffnete und den Reißverschluss langsam nach unten schob.

Mace knurrte leise, als ihre Fingerknöchel seine harte Länge streiften. »Fuck. Du bringst mich noch um.« Er packte sie von hinten an den Armen und zog sie an sich. »Wenigstens«, murmelte er gegen ihre Lippen, »werde ich mit einem Lächeln sterben.«

Er senkte sie auf die Abdeckplane, folgte ihr langsam und knöpfte das ausgebeulte Arbeitshemd auf, das ihre Kurven verbarg.

Colby schloss für einen Moment die Augen, als die Luft ihre heiße Haut kühlte. Sie öffnete sie, als er den Verschluss ihres BHs löste und ihn und das Hemd von ihren Armen zog. Mace kniete sich über sie und starrte auf ihre Brüste.

Dann umfasste er beide mit seinen Händen und küsste sanft jede Brustwarze. Sie wölbte ihren Rücken und presste sich noch tiefer in seinen Mund, an seine Lippen und seine Zunge.

»So schön. Du solltest keine Klamotten tragen dürfen.«

Seine Worte ließen Colby fassungslos den Kopf schütteln. Sie fragte sich, wie die Universität reagieren würde, wenn sie nackt im Labor arbeiten würde.

»Nein, vergiss das! Ich will, dass dich niemand außer mir nackt sieht. Ich will jeden Zentimeter von dir sehen, jeden Winkel, jedes Versteck.«

Sie zitterte und verlor sich erneut.

Er vergrub sein Gesicht zwischen ihren Brüsten und murmelte. »Colby, stopp mich jetzt, wenn du irgendwelche Zweifel hast.«

Sie fuhr mit der Zunge über ihre Lippen und flüsterte: »Mace, bitte …«

Er hielt inne.

»Berühre mich.«

Dann schmiegte sich sein Körper an ihren, während er ihren Hals küsste und an ihrem Ohrläppchen knabberte. Als er mit seiner Zunge über die Ohrmuschel strich, murmelte er unanständige Fantasien, die ihr den Kopf verdrehten.

Und sie wollte jede einzelne davon ausprobieren.

Er nahm ihre Unterlippe zwischen die Zähne, zog leicht daran und küsste dann die Mundwinkel. »Süß … so süß. Ich will dich überall schmecken.«

Er öffnete die Knöpfe ihrer Jeans und zog sie und ihr Höschen mit einer gekonnten Bewegung aus. Er warf sie in eine Ecke, schnell gefolgt von seiner eigenen.

»Das hast du wohl schon öfter gemacht, was?«

Er stoppte ihre Worte mit seinem Mund und ihre Zungen trafen sich heftig. Colbys Nägel gruben sich in die Haut seines Rückens, während ihre Hüften gegen seine tanzten. Sein Schwanz, dessen Krone feucht von den Lusttropfen war, fühlte sich an wie harter Stahl, umhüllt von Satin. Sie vergaß schnell, was sie gefragt hatte, als sein Schwanz gegen ihre Hüfte stieß, weiterglitt und nochmals gegen sie stieß. Ihre Pussy öffnete sich weiter, wurde feuchter.

Die Rauheit seines Daumens, der ihre Brustwarze streichelte, reichte aus, dass sie ihre Schenkel zusammenpresste, um die Kontrolle zu behalten. Er kniff und zupfte erst an der einen, dann an der anderen, sodass sie aufschrie. Sie presste ihre Lippen auf seine Kehle und konnte sich nicht mehr zurückhalten – sie versenkte ihre Zähne in den angespannten Muskeln. Sein Hals krümmte sich und er warf seinen Kopf stöhnend zurück. Dann bewegte er sich, bis sein bereitstehender Schwanz zwischen ihren Schenkeln war und gegen ihren geschwollenen Kitzler drückte.

Vor Mace hatte sie schon lange keinen Sex mehr genossen, und sie war fest entschlossen, jede Sekunde mit ihm auszukosten. Sie würde so viel nehmen, wie er geben wollte. Aber sie wollte auch etwas zurückgeben, jeden Zentimeter, jede harte Kurve und jede feste Linie seines Körpers spüren. Auch die weichen Stellen würde sie nicht ignorieren.

Eine Hand verließ ihre Brust und strich über ihre feuchten Locken – ein leichtes Streicheln, das sie fast kommen ließ. Sie fuhr mit ihrer Zunge über die Zahnspuren, die sie an seinem Hals hinterlassen hatte, und mit einem Fluch schob er zwei Finger tief in sie hinein und ließ seinen Daumen an ihrem Kitzler kreisen. Ihr Rücken krümmte sich und sie schrie seinen Namen.

Mit einem Streicheln über ihre geschwollenen Schamlippen öffnete sie sich für ihn. Und jetzt reichten die Finger nicht mehr aus; sie brauchte mehr. »Fick mich!«, flehte sie mit einem gequälten Stöhnen. »Jetzt. *Bitte.*«

Er kniff fester in ihre Nippel und zog seine feuchten Finger heraus, um dann seine Faust um ihren Zopf zu ballen und ihren Kopf zurückzudrücken, sodass ihre verletzliche Kehle freigelegt wurde.

Er leckte über ihren Hals, bevor er sich zurücklehnte und fragte: »Bist du bereit?«

Seine Grimasse zeigte, dass er um die Kontrolle kämpfte, aber er neckte sie. Er neckte sie!

»Verdammt sollst du sein!«

Er hielt sich immer noch zurück, sein Schwanz glitt an ihrem Oberschenkel entlang und zuckte gegen ihre Haut. »Ich will sicher sein, dass du bereit bist.«

Sie griff nach unten, packte seinen Schwanz und zog ihn an ihre feuchte Öffnung. Sie knurrte ihn an und forderte: »Jetzt.«

Sie wusste nicht, woher er es genommen hatte, und es war ihr auch egal, aber er hielt ein Kondom hoch und wedelte damit vor ihrem Gesicht herum.

»Fehlt da nicht was?«, stichelte er.

Sie riss ihm das Päckchen aus der Hand, riss es mit ihren Zähnen auf und rollte es ohne zu zögern über seinen Schaft, wobei sie nur den Bruchteil einer Sekunde verweilte. Sie wollte seinen Schwanz nicht in ihrer Hand haben, sondern woanders.

Nachdem sie sich wieder auf die Plane fallengelassen hatte, beugte sie ihre Knie und spreizte ihre Schenkel in Erwartung, dass er sich zwischen ihnen niederlassen würde. Zwischen ihren Körpern sah sie die Krone seines Schwanzes genau an ihrer Öffnung, bereit, sie zu nehmen.

Sie blickte auf und fragte sich, warum er wartete. Als sie ihn ansah und ihre Blicke sich trafen, stieß er mit einem heftigen Hüftschwung tief in sie hinein. Einmal. Sie wartete auf den zweiten Stoß.

Als er nicht kam, krümmte sie sich, schrie und bettelte, aber er weigerte sich, weiterzumachen. Er blieb still, tief in ihr vergraben. Er saugte Sauerstoff und versuchte, sich zu beherrschen.

Doch es vergingen nur Sekunden, bis er nachgab und jeden ihrer Hüftstöße mit einem seiner eigenen beantwortete – immer und immer wieder, bis er sich nicht mehr tiefer vergraben konnte. Sie grub ihre Finger in seinen Hintern und kontrollierte seine Stöße und den Winkel seiner Hüften. Als er ihren empfindlichsten Punkt traf, schloss sie ihre

Augen und schrie auf. Ihr Höhepunkt pulsierte vom Zentrum aus und explodierte nach außen, und innerhalb von Sekunden gesellte er sich zu ihr auf die schöne Seite der Orgasmen, seine Arme zitterten und sein Körper krümmte sich wie der Bogen eines Schützen.

Sie nahmen nichts anderes wahr als sich selbst, den resultierenden Schmerz und das Vergnügen. Colby schloss ihre Augen und ein zittriger Seufzer entrang sich ihr. »O mein Gott«, flüsterte sie.

»Ich glaube, den habe ich auch gesehen.«

Ihre Augen öffneten sich bei seinen heiseren Worten und sie blinzelte, bis sie ihn direkt über sich erblickte. Er schenkte ihr ein schiefes Lächeln, bevor er sich hochstemmte, um sie von seinem Gewicht zu entlasten.

Verzweifelt griff sie nach seinem Arm. »Nein, geh nicht!«

»Ich gehe nirgendwohin, Colby. Ich bin genau da, wo ich sein will. Aber ich will dich nicht erdrücken.«

Mace drehte sich auf die Seite neben ihr, wobei er den intimen Kontakt unterbrach. Sie streckte sich gemächlich und genoss die Anspannung ihrer hart bearbeiteten Muskeln und die Feuchtigkeit zwischen ihren Beinen.

Er streichelte ihren Zopf und zog mit dem Ende davon Kreise um ihren Nabel. »Das ist ein Durcheinander.«

Er zupfte sanft daran. »Nächstes Mal möchte ich deine Haare offen haben, damit ich meine Hände darin vergraben kann. Ich will das weiche, seidige Gefühl auf meiner Haut spüren. Ich will …«

»Was ist mit dem, was ich will?«

Er stützte seinen Kopf in die Hand und musterte ihr Gesicht einen Moment lang, bevor er ihr ein breites Lächeln schenkte. »Ich werde dir alles geben, was du willst, alles, was du brauchst.«

Sie fuhr mit einem Finger über seine feuchte Brust und folgte der dunklen Haarlinie, die seinen Bauchnabel umgab.

Dann griff sie nach oben und löste ihren Zopf, wodurch die langen, seidigen Strähnen langsam freikamen.

Als sie fertig war, sagte sie mit heiserer Stimme zu ihm: »Ich will dich noch mal. Jetzt.«

Sein Lächeln verwandelte sich in ein verruchtes Grinsen. »Ich werde mein Bestes tun, um dem nachzukommen.«

Er stemmte sich auf die Beine und ging ohne Umschweife in die Küche, um das Kondom zu entsorgen. Als er zurückkam, blieb er in der Tür stehen, offensichtlich nicht bereit für eine zweite Runde.

Colby hob eine Augenbraue und warf ihm einen vielsagenden Blick zu.

»Mach dir keine Sorgen. Ich werd nicht lange brauchen.«

»Jaja.«

»Glaub mir. Ich habe Pläne und ich habe mich vorbereitet.«

Offensichtlich. Denn nachdem er in seiner Aufregung die Stelle gefunden hatte, an der seine Jeans gelandet war, holte er ein neues Kondom und eine kleine Tube aus der Tasche und näherte sich langsam der Abdeckplane, auf der sie immer noch herumlag. Auch wenn sie müde und kraftlos war, juckte es sie tief in ihrem Inneren, und nur er konnte das lindern. Der einzige Makel, den er hatte, wenn er nackt war, war seine Verletzung, und selbst das tat der Sache keinen Abbruch.

»Geht es dir gut?« Sie betrachtete die Tube, die er zur Seite geworfen hatte, bevor er auf die Knie gesunken war. Jetzt war sie neugierig, wozu er die brauchte oder was seine ›Pläne‹ waren.

»Es geht mir gut«, antwortete er. Auch wenn er wahrscheinlich nicht zugeben würde, wenn dem nicht so wäre, würde sie ihn nicht drängen.

Sie winkelte ein Knie an und versperrte ihm den Blick auf ihre intimsten Stellen. Er rutschte herüber und ließ sich auf den Knien zwischen ihren Beinen nieder. Er legte eine Hand auf jedes ihrer Knie und spreizte ihre Beine. »Du brauchst dich nicht zu verstecken.«

»Habe ich nicht.«

Er warf ihr nur einen prüfenden Blick zu. Er fuhr mit einem Finger an den Innenseiten ihrer Oberschenkel entlang, bis sie sich in der Mitte trafen, und ließ dann seine Handflächen zu ihren Hüften gleiten. »Dreh dich um!« Er half ihr, sich umzudrehen, bis sie mit gespreizten Beinen auf dem Bauch lag.

Sie brauchte nicht zu sehen, was er tat, sie wollte nur seine Berührung genießen. Seine Lippen strichen über ihre Kniekehlen bis hinauf zu ihren Oberschenkeln. Zähne und Zunge strichen über ihre Arschbacken und brachten sie dazu, ihre Muskeln dort anzuspannen. Sie hörte sein tiefes Lachen hinter ihr. »Mein Gott, dein Arsch ist so geil.« Er fasste ihre Backen an und drückte sie zusammen, was sie noch feuchter machte.

Colby drehte schließlich ihren Kopf, um ihn anzuschauen, als er ihre Hüften nach oben und hinten zog, wodurch er nichts mehr von ihr seiner Fantasie überlassen konnte. Er hielt ihre Hüften fest und starrte sie einfach an. Und starrte … bis sie paranoid wurde. Stimmte etwas nicht mit ihr?

Sie versuchte, sich wegzuwinden, aber er packte sie noch fester. »Nee, nee.« Er war nicht mehr nur halb erigiert. Er ließ eine Hüfte gerade lange genug los, um ein Kondom aufzurollen. »Halte deinen Kopf nach unten und strecke deine Pussy in Richtung Decke.«

Sie stützte ihren Kopf in die Arme und biss sich auf die Lippe. Sie wollte ihn jetzt schon in sich haben. Worauf wartete er noch? »Fickst du mich jetzt oder nicht?«

»Sei still!«

Sie lächelte über seine knappe Antwort. Dann drückte er gegen ihre Innenschenkel und spreizte sie noch ein bisschen mehr. Immer noch nichts. Sie stieß einen langen, frustrierten Atemzug aus und versuchte, das Wimmern zu unterdrücken, das ihr entweichen wollte. Wenn er sie nicht bald fickte, würde sie allein von der Vorfreude kommen!

Als er zwischen ihre Arschbacken glitt, bis seine Eier gegen ihre Pussy drückten, konnte sie das Wimmern nicht mehr zurückhalten. Er tat es noch mal – zog sich zurück und glitt dann zwischen ihre Spalte, während er ihre Pobacken zusammenpresste. Obwohl sie das Gefühl, wie er über diese verbotene Stelle glitt, noch nie zuvor erlebt hatte, fühlte es sich so gut an. Aber das würde sie niemals tun, das könnte sie niemals tun.

Er glitt erneut über sie, ihre Arschbacken waren immer noch zusammengepresst, und er stieß einen explosiven Atemzug aus, gemischt mit einem Fluch. Er ließ eine Backe gerade lange genug los, um zwei Finger in ihre feuchte Pussy zu stecken, und bevor sie überhaupt begreifen konnte, was geschah, drückte er seine nun nassen Finger an ihren Anus, rieb das natürliche Gleitmittel darüber und umkreiste ihr enges Loch mit seinen großen Fingern.

Sie wimmerte wieder, vor Angst, vor Erwartung, vor Verlangen.

Nein. Das konnte sie nicht.

»Das wird mir gehören, und zwar nur mir«, sagte er, als ob er ihre Gedanken lesen könnte.

Sie schloss die Augen und biss sich noch fester auf die Unterlippe. Er fuhr wieder mit seinem Schwanz zwischen ihre Backen, streichelte sie. Und bei jedem Durchgang entspannte sie sich ein bisschen mehr, wurde lockerer und begieriger.

Er strich mit seiner Zunge über ihre Wirbelsäule und ließ sie erschaudern. »Willst du mich?«

»Ja.«

»Willst du mich in dir spüren?«

»Ja.«

»Wie sehr?«

»Ich ...«

»Ich werde in dem einen anfangen und in dem anderen aufhören.«

Nein. Nein. Ahhh.

Er tauchte seinen Schwanz in ihre Pussy und stieß mit seinen Hüften gegen sie. Wieder und wieder, hart und tief, und sie liebte es. Sie hätte so schon kommen können, aber er änderte seine Position, beugte sich über ihren Rücken und ließ seinen Schwanz ganz in ihr stecken, während er nach ihren Brüsten griff.

Mit seinen seichten Bewegungen in ihr kam sie. Er kniff in ihre Nippel und sie schrie auf, bockte gegen ihn, wollte, dass er sie noch härter fickte. Aber er war unerbittlich und setzte die mahlenden Bewegungen tief in ihr fort. Er reizte ihre Nippel, zwickte sie, und gerade als sie dachte, ihr Orgasmus sei vorbei, war er es nicht. Sie krampfte wieder um ihn herum und drückte seinen Schwanz zusammen. Diesmal würde er länger durchhalten, aber vielleicht würde sie vor Lust sterben, bevor er fertig war.

Mit einem Kuss in den Nacken richtete er sich wieder auf und stieß mit langen Stößen zu, wobei er mit seinem Daumen ihren Kitzler umkreiste. Wieder bockte sie wild gegen ihn, aber er hörte nicht auf. Sein anderer Daumen landete an ihrem Hintereingang und bewegte sich im gleichen Rhythmus wie der Daumen an ihrem Kitzler.

Ein leises, gequältes Stöhnen entkam ihr. Der Daumen an ihrem engen Ring kreiste, kreiste und drückte fester und fester. Sein Schwanz glitt aus ihr heraus und er ließ ihn wieder zwischen ihre Backen gleiten − langsame, vorsichtige Streicheleinheiten. Sein anderer Daumen spielte immer noch mit ihrem Kitzler. Er positionierte sich wieder etwas anders hinter ihr und dann füllte er ihre Pussy mit zwei Fingern, die im Takt mit den Stößen seines Schwanzes arbeiteten.

Colby wippte auf ihren Knien vor und zurück, den Kopf immer noch in den Armen auf dem Boden vergraben. Sie wusste, was jetzt kam. *Sie wusste es.* Aber sie wollte ihn nicht einmal stoppen.

Aber er tat es. Nur für einen Moment. Jetzt wusste sie, wofür das Gleitmittel gedacht war.

Als er seine Hüften zurückzog, um sich auf einen weiteren Stoß vorzubereiten, glitt ein feuchter Finger in ihren engen Ring. Sie schrie auf und erschauderte.

Mace verkrampfte sich hinter ihr und stoppte seine Bewegung. Auch ihn durchlief ein Schauer. »Heilige Scheiße, du bist so eng. Wirst du mich reinlassen?«

Würde sie das? Sie nickte gegen ihre Arme.

»Colby …« Er klang, als ob er Schmerzen hätte.

Sie konnte ihn nicht ansehen, sie konnte es nicht. Ihr Herz drohte zu zerspringen. »Ja! Ja! Tu es!«

Er zog seinen Finger wieder heraus, was ein seltsames Gefühl auslöste. Und bevor sie noch einmal Luft holen konnte, war die Krone seines Schwanzes da und drückte … drückte langsam und bat ihren Körper geradezu um Erlaubnis, einzudringen. Sein Befehl »Entspann dich« klang, als käme er zwischen zusammengebissenen Zähnen hervor. Das kühle Gefühl des Gleitmittels, das großzügig auf ihre erhitzte Haut aufgetragen wurde, ließ sie zusammenzucken.

Trotzdem versuchte sie, sich zu entspannen, und als er wieder mit seinen Fingern das Innere ihrer Pussy streichelte, tat sie es automatisch. Der Scheitel seines Kopfes brach durch, und er glitt langsam in sie hinein, dehnte sie aus, füllte sie aus.

Sein Atem wurde hektisch und ein Schweißtropfen fiel auf ihren kleinen Rücken. Für den Bruchteil eines Augenblicks saß er vollständig in ihr, seine ganze Länge steckte tief in ihrem Inneren. Dann zog er sich langsam zurück, was sie aufschreien ließ.

»Hast du Schmerzen?«

»Nein … Fick mich!« Es fühlte sich seltsam und neu an, aber … gut. Er legte ein sanftes Tempo vor. Das Wissen, dass er nicht schneller werden würde, machte sie verrückt. Eine seiner Hände kontrollierte sie, hielt sie davon ab, sich selbst auf seinem Schwanz aufzuspießen, während die andere ihre Pussy weiter fickte.

Der Anstieg zu ihrem Orgasmus war dieses Mal langsam – langsam, aber so intensiv, dass sie schrie und ihren ganzen Körper anspannte, um sich an ihn zu klammern. Er stieß noch einmal zu und rief ihren Namen, als er sich in ihr ergoss.

Er hielt ihre Hüften fest, bis er sich beruhigt hatte, und half ihr dann auf die Abdeckplane, während sein Schwanz aus ihr herausrutschte.

Als er neben ihr zusammenbrach, nahm er sie in seine Arme und drehte sie zu sich. Er drückte ihr einen leichten Kuss auf die Nase und seufzte. »Müde?«

Colby konnte nur leicht nicken, während sie in Gedanken einen Bodycheck durchführte.

»Das war unglaublich.« Er ließ sich auf den Rücken fallen und zog sie über seine Brust.

Sie schmeckte den salzigen Geschmack seiner Haut und öffnete die Augen, sodass sie sah, wie er sie aufmerksam anstarrte.

»Geht es dir gut?«

Sie schenkte ihm ein Lächeln. Mehr als gut. »Perfekt.«

Kapitel Acht

EIN SCHRILLES KLINGELN rüttelte Colby wach. Beim zweiten Klingeln hämmerte ihr Herz heftig. Sie blinzelte und starrte auf das alte Haustelefon, das auf dem Nachttisch stand.

Es könnte die Person sein, die immer wieder auflegte. Oder es könnte Mace sein.

Obwohl sie genau gewusst hatte, dass das Telefon wieder klingeln würde, schreckte sie zusammen, als es klingelte. Sie atmete tief aus und versuchte, ihre Nerven zu beruhigen. Bis es eine Sekunde später an der Tür läutete.

Sie gab ein kleines Quieken von sich.

Sie musste aufhören, bei jeder Kleinigkeit aufzuschreien.

Wenn Mace zu Hause war, machte sie sich nie Sorgen. Sie fühlte sich sicher, wenn er in der Nähe war, was sie überraschte, denn ihr erster Eindruck von ihm war gewesen, dass er gefährlich war.

Gefährlich für wen? Das war noch nicht ganz klar.

Nachdem sie sich aus dem Bett gerollt hatte, griff sie nach dem Seidenbademantel, der an der Rückseite der Schlafzimmertür hing. Sie zog ihn an, schnürte das Band fest um ihre Taille und versuchte, das immer noch klingelnde Telefon zu ignorieren. Jemand musste den Anrufbeantworter ausgeschaltet haben. Sie könnte es gewesen sein, aber sie konnte sich nicht erinnern. In diesem Moment war es auch egal, denn es klingelte immer noch jemand an der Tür. *Verdammt!*

Sie riss die Nachttischschublade auf und griff nach der Glock, die mit einer Patrone im Lauf und einem vollen Magazin einsatzbereit war. Als sie an ihrem Morgenmantel hinuntersah, stellte sie fest, dass sie die Waffe nicht an sich selbst verstecken konnte.

Versteckt oder nicht, ohne Schutz würde sie nicht an die Tür gehen. Es könnte jeder sein, der vor dem Haus lauerte. Sie schüttelte den Kopf; sie war verrückt geworden. Und viel zu paranoid. Aber als sie die Treppe hinunterging, beruhigte sie das Gefühl ihrer schweren Waffe in der Hand, sodass sie sich nicht wie ein Opfer fühlte.

An der Haustür spähte sie durch das Guckloch. Auf der anderen Seite stand ein junger Mann in einer braunen Uniform. Auf seiner Baseballkappe war ein Aufnäher mit der Aufschrift *Ellie's Bouquets* aufgenäht.

Hinter dem Jungen bemerkte sie, dass der Firmenname auch auf dem geparkten Lieferwagen prangte.

Mace. Er musste ihr Blumen geschickt haben. Ihr Herz flatterte angesichts dieser süßen Geste.

Nachdem sie die Tür entriegelt hatte, schwang sie sie gerade so weit auf, dass sie ihre Hand mit der Waffe hinter der Tür versteckt halten konnte.

»Hallo, Ma'am«, sagte der Junge. Er schob ihr sein Klemmbrett entgegen. »Ich habe eine Blumenlieferung.«

Der Blick des jungen Mannes fiel sofort auf ihr Dekolleté, wo ihr Bademantel einen Spalt offen stand. *Verdammt!* Mit dem Klemmbrett in der einen und der Waffe in der anderen Hand hatte sie keine Möglichkeit mehr, ihn zu schließen.

»Für wen sind die?«, fragte Colby, während sie das Klemmbrett am Türpfosten abstützte und unbeholfen in der

Zeile neben der Adresse des Hauses unterschrieb. Sie gab ihm das Klemmbrett zurück, bevor sie mit der freien Hand das Revers ihres Bademantels fest zusammenzog.

Der Junge zuckte nur mit den Schultern, während seine Augen immer noch auf die Stelle gerichtet waren, an der sie ihren Mantel festhielt. »Es steht kein Name auf dem Zettel, nur diese Adresse.«

Colby schaute nach unten. Nein, da war nichts mehr zu sehen.

Sie wartete, während er dastand und sie mit einem stummen Gesichtsausdruck anstarrte, als ob er hoffte, einen Blick auf etwas zu erhaschen.

Sie räusperte sich und erregte damit seine Aufmerksamkeit und schließlich auch seinen Blick. »Die Blumen?«

»Oh. Ja. Hier.« Er schob ihr den eingepackten Strauß zu.

Sie musste schnell ihren Mantel loslassen, um die Blumen zu ergreifen, aber dann presste sie sie schützend an ihre Brust.

Er stand noch einen Moment da – bis er es satthatte, auf ein Trinkgeld zu warten, wie sie vermutete. Nicht, dass er es von ihr bekommen würde, da sie ihr Geld natürlich nicht in ihrem Negligé oder ihrem Bademantel trug.

»Sorry«, rief sie, als er murmelnd davon trottete.

Sie schloss die Tür und verriegelte sie, bevor sie in die Küche ging, wo sie ihre Waffe auf den Tisch legte und schnell das grüne Papier auspackte, das den Strauß bedeckte. Ein kleiner Schauer durchlief sie. Sie konnte nicht glauben, dass Mace ihr Blumen gekauft hatte!

Als sie das Papier abzog, entdeckte sie wunderschöne blutrote Rosen, die himmlisch dufteten. Sie liebte Rosen: das Gefühl, den Duft, die weiche, seidige Beschaffenheit ihrer Blütenblätter.

Moment mal! Was ist das?

Zuerst dachte Colby, sie würde sich nur etwas einbilden.

Aber das stimmt nicht. In der Mitte des Dutzends roter Rosen stach eine einzelne tiefviolett-schwarze Rose hervor. Obwohl sie genauso schön wie die roten Rosen war, bedeutete die schwarze Farbe den Tod.

Warum würde Mace eine schwarze Rose dazulegen? Vielleicht war es einfach ein Fehler des Blumenhändlers. Sie legte den Strauß auf den Tisch und kramte die beigefügte Karte heraus. Darauf stand: *Ich habe dich nicht vergessen.* Ohne Unterschrift.

Nicht, ich *kann* dich nicht vergessen, sondern, ich *habe* dich nicht vergessen. Merkwürdig. Auf der Karte stand nicht, an wen oder von wem sie war. Nicht nur die Karte war etwas ungewöhnlich, sondern auch die einzelne schwarze Rose, die sich darin befand.

Sie hörte, wie die Haustür entriegelt und geöffnet wurde. »Mace?«

»Ja?«

»Ich bin in der Küche.«

»Gut. Hast du schon Kaffee gekocht? Wenn nicht, habe ich …« Er trat in die Küche, die Hände voll mit einer Kuchentüte und einem Getränkehalter mit zwei großen Einwegbechern. »Was ist los?«

»Sie haben die Blumen geliefert.«

»Ähm. Okay.« Er deponierte das Essen und die Getränke auf dem Tisch und stellte dann einen Becher vor sie hin. »Chai-Tee.«

Sie nickte dankend.

Er zog einen Stuhl heran, ließ sich darauf nieder und streckte sein Bein aus. Er sah ein wenig schmerzerfüllt aus und ein weißer Ring umspielte den Druck seiner Lippen.

»Tut dir dein Bein weh?«

Er nickte und knetete mit seinen Fingerknöcheln seinen Oberschenkel. »Ein bisschen.«

Es musste mehr als nur ein bisschen sein. Als er nach seiner Flasche mit Schmerzmitteln griff, die in der Mitte des

Küchentisches stand, gab sie ein Geräusch von sich. Seine Finger krümmten sich zu einer Faust und er zog eine Grimasse, aber er verzichtete auf die Schmerztabletten. Nicht, dass sie sein Leiden genossen hätte. Das hatte sie nicht. Sie wollte nur nicht, dass er süchtig nach Schmerzmitteln wurde.

Er entfernte sich von der Pillenflasche und strich stattdessen mit den Fingern über die Blütenblätter der Rosen. »Also, was hat es mit den Rosen auf sich?«

»Sag du es mir.«

Er schürzte die Lippen und kämpfte mit sich selbst, ob er das Lob für die Blumen annehmen sollte oder nicht. Wenn er so intensiv darüber nachdenken musste, hatte er sie nicht gekauft.

»Wenn du sie nicht bestellt hast, wer dann?«

»Was steht auf der Karte?«

Sie warf ihm die Karte zu.

Er schaute sie an und runzelte die Stirn. »Das ist merkwürdig«, sagte er, nachdem er die Karte zur Seite gelegt hatte.

»Genau mein Gedanke.«

»Könnte es dein Martin gewesen sein?«

Colby seufzte. »Er ist nicht *mein* Martin. Außerdem bezweifle ich, dass er mir Blumen schicken würde.«

»Warum?«

»Er würde es einfach nicht tun. Vielleicht ist das eine Art Scherz.«

»Ein teurer Scherz.« Er nahm einen langen Schluck von seinem Kaffee.

Sie machte sich Gedanken über eine noch rätselhaftere Möglichkeit. »Warte mal! Woher wissen wir überhaupt, dass die für mich bestimmt sind? Der Zusteller hat nur gesagt, sie seien für diese Adresse. Vielleicht wurden sie an dich geschickt.«

Er verschluckte sich und wischte sich mit dem Handrücken den Mund ab. »Keiner weiß, dass ich zu Hause bin, außer dir und meinem Boss.«

»Und deiner Physiotherapeutin.«

»Ja, aber …« Er zückte sein Handy. »Wir können das ganz einfach lösen. Wie war der Name des Blumenladens?«

Sie gab ihm die Information, aber es war keine Telefonnummer auf der Karte, also googelte er sie und drückte auf Anrufen. Aber ein paar Minuten später legte er auf.

»Tja, das war ein Reinfall.« Sein Versuch, nicht frustriert zu klingen, blieb nicht unbemerkt. Er ließ sich auf seinem Stuhl zurücksinken und fuhr sich mit einer Hand durch das Haar.

»Hat sich so angehört.« Sie öffnete den Deckel ihres Chai-Tees und schnupperte an ihm. Das sanfte Aroma der Gewürze kitzelte ihre Nase. Sie nahm einen zaghaften Schluck. Er schmeckte süß und cremig und so gut. Vielleicht würde es ihre Nerven beruhigen.

»Wer auch immer den Strauß gekauft hat, hat in bar bezahlt. Sie haben keine Aufzeichnungen darüber, wer ihn geschickt hat und wer der beabsichtigte Empfänger war. *Fuck!*« Er fuhr sich wieder mit der Hand durch das Haar.

Sie kämpfte gegen die Versuchung an, es für ihn zu glätten. »Hey, das sind doch nur Blumen.« Aber sie hatte das Gefühl, dass mehr dahinter steckte. Die Leute, die wussten, dass sie hier wohnte, waren begrenzt, und Mace konnte dasselbe behaupten.

»Es hat keinen Sinn, sich darüber Gedanken zu machen, schätze ich.« Er klang nicht so überzeugt. Er schob ihr die Tüte mit dem Gebäck zu. »Ich habe Frühstück mitgebracht. Croissants und ein paar Brötchen.«

Sie warf der Tüte einen abschätzigen Blick zu. Sie wusste nicht, ob sie jetzt essen konnte.

Was einst der angenehme Duft der Rosen war, drehte ihr jetzt den Magen um.

Kapitel Neun

COLBY SPREIZTE ihre Beine und verlangsamte ihre Atmung. Mace griff um sie herum, um ihre Arme zu stabilisieren, und lehnte sich gegen ihren Rücken. Sein Atem kitzelte die Haare an ihrem Ohr. »Ganz ruhig, ganz ruhig. Okay, drück!«

Der Schuss ließ Colby zusammenzucken, aber sie traf genau ins Schwarze.

»Autsch«, stöhnte er und schaute auf die Zielscheibe. Er drückte den Knopf und die Papierscheibe segelte auf sie zu. »Du solltest doch auf die Masse zielen.«

Sie grinste. »Knapp daneben. Ich habe ihn da, wo ich ihn haben will.«

Er steckte seinen kleinen Finger durch das Loch in der Silhouette und wackelte mit ihm. »Ja, genau im Schritt. Tut mir leid, Kumpel, aber du wirst sicher keine kleinen Baby-Zielscheiben mehr bekommen. Sie hat dich gerade kastriert.«

Mit einem Lachen sagte sie: »Häng noch eine auf.«

Er klemmte eine neue Zielscheibe an und drückte den Knopf, um sie in den Schießstand zu schicken. »Okay, dieses Mal ...«

»Diesmal schaffe ich es alleine.«

Er hob kapitulierend die Hände und zog sich zurück. »Von mir aus. Wie du willst. Ich will nur helfen.«

»Mace, ich würde keine Waffe besitzen, wenn ich nicht wüsste, wie man damit schießt.«

Sie bemerkte kaum, wie er mit den Augen rollte. »Weißt du, was es in dieser Welt alles gibt? Leute, die Schusswaffen kaufen und nicht …«

Colby verpasste ihm einen schnellen Ellbogenstoß in den Magen. »Steck mich nicht in eine Schublade mit denen.«

»Na gut, zeig mir, was du kannst, Fräulein Biochemikerin.« Er drückte ihr einen Kuss auf die Schläfe, bevor er sich zurückzog.

»Für dich ist das Ms. Biochemikerin. Ein bisschen mehr Höflichkeit darf ich jawohl noch erwarten.« Sie schenkte ihm ein breites Lächeln, bevor sie sich auf ihr Ziel konzentrierte. Sie stützte ihre Abzugshand und zielte vorsichtig. Einatmen, die ganze Luft ausatmen; gleichmäßig. Sie hielt einen gleichbleibenden Druck auf den Abzug und betätigte ihn. Das Geräusch des Schusses ließ sie wieder zusammenzucken, aber als sie die Augen öffnete, hatte sie ihr Ziel genau getroffen.

»Sehr schön. Das will ich noch mal sehen. Aber schneller. Wer wird dir Zeit zum Zielen und Feuern geben? Ein Krimineller«, er zeigte auf die Zielscheibe, »wird nicht darauf warten, dass du ihn erschießt. Er wird entweder auf dich zu rennen, vor dir weglaufen oder dir den Kopf wegpusten.«

Colby lächelte boshaft. »Halt die Klappe und setz deine Kopfhörer wieder auf.« Er schob seinen Gehörschutz wieder an seinen Platz, als sie ihre Glock wieder hob. Während sie zielte, zählte sie die Körperteile auf. »Kopf … Herz … Lunge … Abzugsarm … Leiste … Bein …« Jede Kugel traf ihr Ziel, eine nach der anderen, in schneller Folge. Als von dem Ziel nur noch ein zerfleddertes Stück Papier übrig war, entfernte sie das Magazin und überprüfte die leere Kammer. »Der wird nirgendwohin gehen«, stellte sie fest.

»Verdammt richtig, das wird er nicht.« Er schüttelte den Kopf. »Okay, wir brauchen hier auf dem Schießstand keine Zeit mehr zu verschwenden. Lass uns nach Hause gehen, du machst mich hart.« Er lachte und nahm seine Schießbrille ab. »Heilige Scheiße. Eine Frau, die schießen kann und gut im Bett ist. Wie viel Glück kann ich haben?«

»Fordere dein Glück nicht heraus.« Colby holte ihre orangefarbenen Ohrstöpsel heraus und steckte die Waffe in den Koffer. »Moment mal, nur gut?«

Er griff um sie herum, um den Koffer zu schließen, dann packte er ihre Handgelenke, bevor sie sich zurückziehen konnte. Er riss ihr die Arme über den Kopf und drückte sie mit seinen Hüften gegen die Betonwand der Schießbude, damit sie spürte, wie sehr er sie wollte.

Schnell warf sie einen Blick auf den Eingang der Kabine. Jeden Moment konnte jemand vorbeikommen. »Mace, jemand wird uns sehen.«

»Vielleicht.«

Sie sollte sich Sorgen machen, dass sie erwischt werden könnte. Er drückte sie gegen die Wand und stieß gegen sie. Aber das tat sie nicht. Stattdessen erregte sie die Möglichkeit, dass jemand sie sehen könnte.

Er knabberte an ihrem Hals, bevor er sich zu ihrem Ohr bewegte, und flüsterte: »Ich könnte dich genau hier ficken.«

Er küsste sie, ließ seine Lippen über ihre gleiten und vergrub seine Zunge in ihrem Mund. Er schmeckte so gut. Er nahm ihre beiden Handgelenke in eine Hand, fuhr mit den Fingern über ihre Brüste und strich über ihre Nippel.

»Bist du immer noch wund?«, fragte er an ihren Lippen und meinte damit ihren zarten Hintern, der von ihrem Nachmittagsvergnügen, das sie am Tag zuvor im Haus gehabt hatten, gezeichnet war.

»Ein bisschen.« Eigentlich mehr als ein bisschen, aber das war es wert gewesen. Allerdings litt sie danach unter einem leichten Anflug von Unzufriedenheit. Sie sagte sich, dass sie einfach für den Moment leben und das genießen sollte, was Mace ihr bot. Auch wenn es nur für eine kurze Zeit war.

Der Mann, um den es ging, fragte nicht, sondern öffnete einfach ihre Jeans. Er zog den Reißverschluss ganz auf und ließ seine Hand unter ihr Höschen gleiten, um ihre Pussy zu erkunden. Colby keuchte bei dem plötzlichen Eindringen seiner Finger, neigte aber ihre Hüften, um ihm besseren Zugang zu gewähren.

Er streichelte und zwickte sie, spielte an ihren feuchten Schamlippen und führte ein paar Finger ein, bevor er zu ihrem Kitzler ging, wo er das Spiel von vorn begann. Als sie aufschrie, legte er seine Lippen auf ihre und fing den Laut auf, um ihn zu unterdrücken. Er küsste sie intensiv, während er mit ihr spielte, und unterbrach nur, um zu sagen: »Das ist mein Dankeschön für gestern.«

Er krümmte seine Finger in ihr und fand ihren empfindlichen Punkt, den er reizte und neckte. Mit seinem Daumen drückte und strich er über ihren Kitzler, bis sie es nicht mehr aushielt. Als sie ihre Hüften ein letztes Mal gegen seine Hand stieß, keuchte und stöhnte sie in seinen Mund, während ihr Körper um seine Finger herum zuckte. Er ließ sie erst los, als sie sich beruhigt hatte.

Er drückte ihr einen leichten Kuss auf die Lippen. »Verdammt, ich muss mich noch öfter bei dir bedanken.«

Sie sammelte sich, während er ihre Ausrüstung zusammensuchte. Sie brauchte ein paar Minuten, um sich von der Wand zu lösen und auf eigenen Füßen zu stehen. Sie war sich sicher, dass sie das breiteste Lächeln auf ihrem Gesicht trug.

Auf dem Weg aus dem Waffenclub sagte Colby: »Ich

muss kurz anhalten und nach dem Bauunternehmer sehen, macht es dir was aus?«

Ihre Füße knirschten auf dem kiesigen Parkplatz, und sie bemerkte die um sie herum geparkten Autos. Es waren mindestens ein Dutzend. Wie konnten sie unentdeckt bleiben? Vielleicht waren sie es gar nicht. Sie war so in ihr Vergnügen vertieft gewesen, dass es ein großes Publikum hätte geben können und sie es nicht einmal bemerkt hätte. In diesem Moment war es ihr auch egal gewesen.

»Nein.« Er schloss den Wagen auf und öffnete ihr die Tür. »Ich würde ihn sowieso gern kennenlernen.«

Sie warf ihm angesichts des plötzlichen Testosteron- schubs einen überraschten Blick zu. »Warum?«

»Warum nicht? Darf ich den Mann, der an deinem Haus arbeitet, nicht kennenlernen?«

Sie kletterte auf den Beifahrersitz. »Ich hätte nicht gedacht, dass du dich so sehr für mein Haus interessierst. Ich weiß, wie grauenhaft du es findest.«

»Vielleicht will ich nur meine Konkurrenz kennenlernen. Ich weiß, wie sehr dich ein Mann mit einem Pinsel erregt.«

Nur du.

Sie versuchte, nicht laut loszulachen. *Warte, bis du den Bauunternehmer kennenlernst!*

Als sie zu dem Haus fuhren, war eine Gruppe von Männern mit der Arbeit an der Veranda beschäftigt.

Colbys Augen weiteten sich. Sie wartete kaum darauf, dass Mace den Wagen anhielt, bevor sie ausstieg.

»Hey, warte doch mal!«, rief er.

»Meine Veranda! Sie arbeiten an meiner Veranda!« Sie schenkte ihm durch die Windschutzscheibe ein Lächeln und lachte. Sie rannte förmlich zu den Eingangstreppen. Das Hämmern klang laut und herrlich. Sie liebte es. Das Geräusch dieser fleißigen Hände machte sie glücklich.

»Hallo, Ben!«, rief sie über den Krach hinweg.

Der ältere Mann drehte sich um und winkte ihr leicht zu. »Hallo, Ms. Parks. Hier läuft es wirklich gut.«

Colby hüpfte auf ihren Platz und rang ihre Hände. Dann führte sie einen Freudentanz auf. »Das kann ich sehen! Ihr habt fast alle Dielen ausgetauscht.« Sie sah wahrscheinlich wie eine Verrückte aus, aber das war ihr egal.

»Jupp, bald können Sie streichen.«

Das war Musik in ihren Ohren. Ein lautes Stöhnen kam von hinter ihr. In anderen Ohren war das wohl keine Musik.

»Habe ich schon wieder das S-Wort gehört?«

Sie drehte sich um und trabte auf Mace zu. »Beeil dich! Guck mal, wie weit sie gekommen sind.« Sie zerrte energisch an seinem Arm.

Langsam stapfte er den überwucherten Weg hinauf und tat so, als ob er sich elend fühlte. »Ja, das sehe ich. Das ist schön.«

Sie zerrte noch fester an seinem Arm, um ihn dazu zu bringen, das Tempo zu erhöhen. »Ben, das ist Mace Walker. Mace, das ist Ben Fine. Er ist mein Bauunternehmer.«

»Oh, echt? Ich dachte, er sammelt nur Holz für seinen Kamin.« Mace drehte sich um und musterte den grauhaarigen Mann. »Hallo, Ben.«

Die tiefen Falten um Bens Augen und Mund und seine wettergegerbte Haut stammten vom Alter und den Jahren der Arbeit in der Sonne. Sie beobachtete, wie sich Mace' Gesichtsausdruck entspannte, fast so, als wäre er erleichtert. Warum er ihren Bauunternehmer als Bedrohung empfunden hatte, war ihr ein Rätsel.

Mace streckte seine Hand aus und der ältere Mann schüttelte sie fest und erwiderte seinen Gruß. »Ist das Schlafzimmer schon fertig?«

Das Hämmern hörte auf und die Köpfe der fünf Arbeiter drehten sich alle im Einklang um und starrten Colby an. Ihr Gesicht brannte heiß und sie drehte sich zu Mace um. »Hör auf mit sowas«, flüsterte sie wütend.

»Was? Ich habe doch nur eine Frage gestellt.« Er grinste, legte einen Arm um ihre Hüften und zog sie an sich.

Colby schüttelte ihn ungeduldig ab und beschloss, ihn und sein kindisches Verhalten zu ignorieren. Als sie außen um die erhöhte Veranda herumging, betrachtete sie die vielen Renovierungsarbeiten. Die Arbeiter hatten kaputte Spindeln und verfaulte Pfosten ersetzt. Die Bodenbretter würden irgendwann alle neu sein. Die Stufen mussten noch repariert werden, aber es sah so aus, als würden sie am nächsten Tag fertig sein.

Sie umarmte sich selbst, konnte ihre Freude über den Fortschritt kaum zurückhalten, und dachte daran, wie es mit einem frischen Anstrich aussehen würde. Und mit der neuen Veranda-Schaukel, die sie sich wünschte. Bald! Bald wird sie auf ihrer eigenen Veranda schaukeln, mit einem Glas Limonade, einen Roman lesen und den Vögeln beim Zwitschern zuhören …

Eine Hand auf ihrer Schulter ließ sie aufschrecken. »Komm zurück, wo immer du bist«, murmelte sie leise neben ihrem Ohr.

Colby blinzelte zweimal, als sie in die Realität zurückkehrte, und drehte sich zu dem Mann neben ihr um. Wie passte er ins Bild?

»Ach, ich habe nur ein bisschen geträumt.«

Passte er überhaupt in das Bild?

»Ja, das konnte ich sehen. Du bist ins Nimmerland abgehauen.«

»Mace, du verstehst das nicht. Dieses Haus ist alles für mich. Es ist meins.«

Er legte einen Arm um ihre Schultern und drückte sie. »Das glaube ich dir. Also, wie schnell müssen wir streichen?«

MACE SCHLENDERTE um die Rückseite des alten Hauses. Colby unterhielt sich vorn immer noch aufgeregt mit Ben, also beschloss er, sich ein wenig an die Arbeit zu machen. Er lieh sich von einem der Männer einen Zimmermannsbleistift und ein Maßband und holte einen Zettel aus seinem Truck. Er musste den hinteren Eingang zur Küche ausmessen, da sie eine neue Sturmtür bestellen wollte.

Als er die zwei Holzstufen zu dem kleinen überdachten Eingang hinaufstieg, hielt er inne. Irgendetwas stimmte nicht. Instinktiv erstarrte er und suchte seine Umgebung ab. Aus den überwucherten Büschen auf der linken Seite des Hauses kamen schlammige Fußspuren. Nicht von der rechten Seite, wo die Einfahrt war. Und die leeren Farbdosen, die er in einer Ecke der Veranda gestapelt hatte, waren verstreut. Die umgestoßenen Dosen konnte er einem neugierigen, wilden Tier zuschreiben. Vielleicht einem Waschbären. Aber die Fußabdrücke waren eindeutig von einem Menschen. Und frisch.

Er würde die Arbeiter fragen, ob einer von ihnen selbst etwas erkundet hatte. Aber sein Instinkt sagte ihm, dass etwas nicht stimmte.

Er schüttelte den Kopf. Auch wenn sich sein Instinkt meldete, könnte die einfache Antwort ein Teenager sein, der ein leeres Haus suchte, um darin Party zu machen.

Genauso wie das Kind, das als Streich immer im Haus anruft.

Schließlich bewegte er sich und öffnete die äußere Sturmtür, um die innere Holztür genau zu untersuchen. Er untersuchte die kleinen rechteckigen Fensterscheiben. Eine davon wies deutliche Handabdrücke auf. Als hätte jemand durch die Hintertür geschaut, um etwas oder jemanden zu suchen.

Ob Teenager oder Bauarbeiter, er hatte ein ungutes Gefühl dabei. Aber er wollte nicht voreilig sein und Colby davon erzählen. Er wollte sie nicht ohne Grund verängstigen. Er würde einfach ein Auge auf sie und ihr Haus haben.

Colby warf einen Blick auf ihre Uhr. Ein Uhr dreizehn morgens. Sie hatte nie vorgehabt, solange auf der Arbeit zu bleiben. Aber sie war in ein Experiment vertieft und wollte es zu Ende bringen. Sie hasste es, Ergebnisse offen zu lassen. Außerdem wollte sie die Zeit aufholen, die sie letzten Montag früh verpasst hatte, als sie früher gegangen war, um mit Mace zum Schießstand zu gehen.

Ihre Schlüssel klirrten leise, als sie sie in die Tür steckte und langsam den Türknauf drehte. Sie ging davon aus, dass Mace schon vor ein paar Stunden ins Bett gegangen war, und sie wollte ihn nicht wecken, falls er schon schlief. Das einzige Licht im Eingangsbereich kam von einem dieser beleuchteten Duftstecker, die sie in eine Steckdose gesteckt hatte. Und das konnte man wohl kaum als Beleuchtung bezeichnen.

Sie glitt mit der Hand an der Wand neben der Tür entlang, bis sie den Schalter fand und ihn umlegte. Ein kleiner, überraschter Schrei entrang sich ihr, als sie sich umdrehte und Mace nur in einer Jogginghose am oberen Ende der Treppe sitzen sah. Wie lange hatte er dort schon gesessen?

Okay, es gibt kein Problem.

»Ich wollte dich nicht wecken. Ich habe versucht, leise zu sein. Tut mir leid«, flüsterte sie, obwohl das nicht nötig gewesen wäre, da nur sie beide im Haus waren.

Sie musste das Problem, welches er vermutete, ignorieren. Sie erinnerte sich daran, dass sie eine Erwachsene war, die einen Job hatte. Und als solche sollte es ihr möglich sein, lange zu arbeiten, ohne sich schuldig zu fühlen.

Nachdem sie die Haustür hinter sich geschlossen hatte,

schloss sie sie ab und stellte ihre Aktentasche vorsichtig auf den Tisch im Eingangsbereich. Sie schlüpfte aus ihren Schuhen und richtete sich auf, um ihn anzusehen. Seine verengten Augen waren dunkel. Colby erschauderte.

»Ich konnte nicht schlafen.«

Verdammt noch mal, sie musste niemandem Rechenschaft ablegen. »Oh, möchtest du einen Tee? Ich werde mir eine Tasse Kamillentee machen.«

Ohne seine Antwort abzuwarten, ging sie in die Küche und lauschte darauf, ob seine nackten Füße die Treppe herunterkamen. Als sie ihn nicht hörte, nahm sie an, dass er wieder ins Bett gegangen war.

Sie holte eine Tasse und eine Schachtel mit Kräuterteebeuteln aus dem Schrank. Nachdem sie den Kessel auf den Herd gestellt hatte, drehte sie sich um, um sich an den Tisch zu setzen. Mace war schon da. Colby zuckte zusammen und griff sich mit der Hand an die Brust. »Heilige Scheiße, hast du mich erschreckt. Ich habe dich gar nicht reinkommen hören.«

Als sich ihr Herzschlag verlangsamte, schnappte sie sich eine weitere Tasse und einen Teebeutel und stellte sie vor ihn hin. Dann ließ sie sich auf einen Stuhl gegenüber von ihm nieder und wartete darauf, dass das Wasser kochte.

Oder darauf, dass er explodierte.

Aber es gibt kein Problem. Überhaupt keins.

»Weißt du, wie spät es ist?« Seine Stimme klang tief und mürrisch.

Es gibt kein Problem.

»Ja, leider weiß ich das.«

Sie zog ihre Haarnadeln heraus und ließ ihr Haar um ihr Gesicht und über ihren Rücken fallen. Was für eine Erleichterung, ihr Haar nach einem langen Tag aus dem Zopf zu lösen. Sie kämmte ihre Finger durch die dicke Masse und entwirrte einige verhedderte Strähnen. »Ich bin total erledigt. Und wenn ich daran denke, dass ich in ein paar Stunden aufstehen und das Ganze noch mal machen muss.«

»Was machen?« Seine Augen fixierten sie und sie fühlte sich wie eine Motte, die sich in einer Flamme verfangen hat.

»Was machen? Arbeiten, natürlich.« Sie knöpfte den obersten Knopf ihrer Bluse auf.

»Du hast gearbeitet?«

Colby stand auf, um den pfeifenden Wasserkessel zu holen, und unterbrach seinen Blickkontakt. *Es gibt kein Problem.* Sie füllte ihre beiden Tassen mit dem dampfenden Wasser. »Was noch?«

»Ich weiß es nicht, warum sagst du es mir nicht?«

Sie stellte den Kessel zurück auf den Herd und drehte sich zu ihm um. *Okay, es könnte doch ein Problem geben.* »Mace, worauf willst du hinaus?«

»Ich habe mir nur ein bisschen Sorgen um dich gemacht.«

»Warum? Ich bin ein großes Mädchen.«

»Es war schon spät, oder sollte ich sagen früh. Ich dachte, du arbeitest normalerweise nicht so lange.«

Sie rührte ein wenig Honig in ihren Tee. »Tue ich auch nicht. Aber Martin und ich …«

»Martin!«, stieß er hervor.

Colby warf ihm einen ungläubigen Blick zu. *Es gibt doch ein Problem.* »Ja, *Martin*. Wir waren in ein Projekt verwickelt, an dem wir gerade arbeiten, und ehe wir uns versahen, war es schon spät. Da haben wir uns ein spätes Abendessen gegönnt und …«

Er hielt seine Hand hoch. »Genug. Ich habe genug gehört. Du musst dich nicht rechtfertigen.«

Sie knallte ihren Löffel auf den Tisch. *Oh, es gibt definitiv ein Problem!*

»Da hast du verdammt recht, das muss ich nicht!« Sie stand auf und schob ihren Stuhl zurück. »Ich gehe ins Bett.«

Sie stürmte aus dem Zimmer und versuchte, ihren Tee

nicht zu verschütten. Als sie ihn nach oben trug, hätte sie schwören können, dass sie »Das habe ich auch schon versucht« hörte.

Sie schlug ihre Schlafzimmertür zu und verriegelte sie, während sie versuchte, nicht zu schreien. Stattdessen begnügte sie sich mit einem leisen Wutanfall. In ihrem Kopf beschimpfte sie ihn nach allen Regeln der Kunst. Für wen hielt er sich eigentlich? Nur weil sie miteinander geschlafen hatten, glaubte er, sie gehöre ihm? Nein. Sie hatte schon einmal jemanden gehabt, der glaubte, ihm gehöre ihr Körper, ihre Seele und alles andere. Und jetzt sieh sich mal einer an, wohin sie das geführt hatte. Sie konnte es nicht gebrauchen, dass ein anderer Mann sie so behandelte.

Sie saß auf ihrem Bett und nippte an ihrem Tee, aber er schmeckte ihr nicht. Es gab nicht genug Kamille auf der Welt, um sie jetzt zu beruhigen. Ihr Türknauf drehte sich langsam. Sie grinste süffisant in Richtung Tür. Sie erwartete, dass er klopfen und sich entschuldigen würde, aber der Türknauf gab nach, und sie hörte nichts weiter.

Gut so. Soll er doch allein ins Bett gehen.

Obwohl, wenn er sich nicht wie ein Arsch benommen hätte, hätte sie die Gesellschaft gut gebrauchen können. Und alles, was damit verbunden gewesen wäre.

DER NÄCHSTE MORGEN kam für Colby viel zu früh. Nach kaum drei Stunden Schlaf war sie so erschöpft, dass sie sich glücklich schätzen konnte, auf der Arbeit überhaupt zu funktionieren.

Nachdem sie geduscht hatte, schlich sie die Treppe hinunter und bemühte sich, Mace nicht über den Weg zu laufen. Sie beschloss, das Frühstück auszulassen, und schnappte sich stattdessen ihre Autoschlüssel und ihre

Aktentasche, während sie sich unbemerkt aus der Tür schlüpfte.

Leider wurde ihre reibungslose Flucht jäh gestoppt, als ihr Cabrio nicht ansprang. Nachdem sie das Gaspedal wieder und wieder durchgedrückt hatte, gab sie schließlich auf. Sie kämpfte gegen die brennenden Tränen an und stützte ihre Stirn auf das Lenkrad. Sie hatte gerade die Wasserpumpe reparieren lassen und konnte es sich nicht leisten, noch mehr Geld in dieses Auto zu stecken; sie brauchte jeden Cent für ihr Haus.

Ein Klopfen an ihrem Fenster ließ sie aufblicken. *Mace.* Sie stöhnte auf. Das Letzte, was sie heute Morgen tun wollte, war, ihm gegenübertreten.

»Probleme mit dem Auto?«

»Es springt nicht an.«

»Mach die Motorhaube auf.« Nachdem sie das getan hatte, hob er die Motorhaube an und schaute in den Motorraum. Ein paar Sekunden später sagte er: »Warum meldest du dich nicht krank und ich schaue es mir später an?«

Colbys Augen verengten sich. »Ich melde mich nie krank.«

Er spähte um die offene Motorhaube herum. »Heute wirst du es tun. Tatsächlich werde ich es für dich tun.«

»Nein. Ich stecke mitten in einem Sonderprojekt. Ich lasse mich von jemandem fahren.«

»Von wem denn? Marty?«

Mace hatte ihr gesagt, dass er sich mit Autos auskannte. Er könnte etwas getan haben, damit ihr Auto nicht ansprang. Würde er so etwas Hinterhältiges tun, nur um sie von Martin fernzuhalten?

»Ja«, sagte sie und schaute auf ihre Uhr. »Ich kann ihn wahrscheinlich noch erwischen, bevor er losfährt.« Sie kletterte aus dem kleinen Sportwagen.

Wenn er Spielchen spielen wollte, würde sie das auch tun. Sie wusste, dass Martin höchstwahrscheinlich schon zur Arbeit gegangen war. Seine Fahrt zur Arbeit dauerte viel länger als ihre. Aber das wollte sie Mace nicht sagen.

Als Mace fluchte, befürchtete sie, dass ihre Vermutung richtig gewesen war.

»Mach dir keine Mühe. Hier.« Er warf ihr die Schlüssel seines Trucks zu. »Mach ihn nicht kaputt.«

Colby fing die Schlüssel auf und wandte sich schnell von ihm ab, um ihr Lächeln zu verbergen. »Danke.« Sie sprang in seinen Wagen und fuhr los, bevor er es sich anders überlegen konnte.

MACE WUSSTE, wie er sich in fast jeden Menschen verwandeln konnte. Er konnte überall untertauchen und eine Frau mit seinem Charme zu fast allem bewegen. Aber Colby war für ihn eine Herausforderung. Nicht, dass er vorhatte, so bald aufzugeben.

Leider ging sein Plan heute Morgen nach hinten los. Er wollte unbedingt, dass sie mit ihm zu Hause blieb, vor allem, nachdem er gestern Abend um seine Zeit mit ihr betrogen worden war.

Allerdings hatte er nicht damit gerechnet, dass sie mit Martin mitfahren würde. Nachdem sie in seinem Truck weggefahren war, zog er das Batteriekabel an ihrem Cabrio wieder fest. Zugegeben, das war eine dumme, idiotische Aktion gewesen. So verzweifelt war er nicht. Seine idiotische Eifersucht kam ihm in die Quere und könnte die Beziehung zu Colby ruinieren, wenn sie es nicht schon getan hatte. Und diese Eifersucht hatte ihn dahin gebracht, wo er jetzt stand.

Er beugte sich über den Schreibtisch der Praktikantin und schenkte ihr mit seinen strahlend weißen Zähnen ein breites Lächeln. Sie war eine junge Studentin.

Er würde kein Nein als Antwort akzeptieren. »Kommen Sie. Ich muss nur mit meinem Kumpel reden.«

Sie warf ihm einen unsicheren Blick zu. »Sir …«

»Mace«, korrigierte er sie.

»Sir«, beharrte sie und errötete. »Ich kann Sie nicht ins Labor lassen. Auch wenn Sie Martins *Kumpel* sind.«

Mace hatte ihr nie widersprochen, dass er Martins ›Kumpel‹ war, aber er fragte sich, warum sie jedes Mal die Betonung auf ›Kumpel‹ legte, wenn sie es sagte.

»Kommen Sie … Ich muss meinen Kumpel überraschen. Er hat heute Geburtstag!«

Die Augenbrauen des Mädchens zogen ihre Stirn hoch. »Ich wusste nicht, dass Martin Geburtstag hat. Und ich habe ihm nicht einmal eine Karte besorgt.« Sie steckte sich einen Daumennagel zwischen die Zähne und knabberte.

»Ich bin sicher, dass es ihm nichts ausmacht. Wenn Sie mich reingehen lassen, sage ich ihm, dass Sie ihm zum Geburtstag gratuliert haben.«

»Ich bin sicher, das werden Sie …« Sie schürzte ihre Lippen. »Okay, aber wenn ich in Schwierigkeiten gerate …« Nervös strich sie ihren Rock glatt, als sie ihren Schreibtisch verließ und zur verbotenen Tür ging – zur verschlossenen Tür zum vermeintlich geheimen inneren Heiligtum.

»Ich verspreche Ihnen, dass Sie keine Schwierigkeiten bekommen werden.« Hoffentlich konnte er sein Versprechen halten.

Sie hielt ihre Schlüsselkarte an das Kartenlesegerät an der Wand, und das Schloss klickte. Mace beugte sich vor und drückte ihr einen kurzen Kuss auf die Pausbäckchen. Er wandte sich ab, bevor er sehen konnte, wie ihr die Röte in den Nacken kroch.

Er ging den schmalen Flur entlang und las die Türschilder, während er voranschritt. Er hoffte, dass er über niemanden stolperte, denn er wollte nicht, dass man ihn fragte, warum er sich im Labor herumschlich. Als er auf eine offene Tür stieß, lächelte er. Auf dem Namensschild stand »Martin McConnell«.

Er schlüpfte in das Büro, bevor er entdeckt werden konnte, und schloss leise die Tür hinter sich. Genau der, nach dem Mace gesucht hatte.

Martin blickte erschrocken auf. »Kann ich Ihnen helfen?«

Er war ganz anders, als Mace erwartet hatte. Das straßenköterblonde Haar des Mannes war zerzaust, als würde er sich ständig mit der Hand dadurch durch das Haar fahren. An einer Seite stand sogar ein Teil davon senkrecht ab. Und sein Haar hatte einen lila Schimmer.

Auf seinem Schreibtisch lag ein halb aufgegessenes Erdnussbutter-Marmeladen-Sandwich. Ein Teil der Marmelade war herausgespritzt und hatte das Papierhandtuch, auf dem es lag, teilweise verfehlt. Mace musste kein Ermittler sein, um zu erkennen, dass Martin ein chaotischer Kerl war. Ein großer Klecks Marmelade wippte auf dem ehemals weißen Laborkittel, den der Mann trug. Er schien mehr von seinem Mittagessen zu tragen, als gegessen zu haben.

Martins Brille hockte gefährlich tief in seinem Gesicht, der Steg saß am Ende seiner Nase. Unter dem Laborkittel trug er ein rotkehlcheneiblaues Hemd mit einer dunkelblauen Krawatte, aber die Krawatte wies alte Flecken auf. Dass er ein unordentlicher Esser war, schien für den Typen nichts Neues zu sein.

Martin schob sich die Brille wieder auf die Nase und stand auf. »Kann ich Ihnen helfen?«, fragte er erneut und klang diesmal verärgert – so als wäre er nicht glücklich über die Unterbrechung.

»Ich bin Mace Walker.«

Nach einem kurzen Zögern ersetzte ein wissender Blick die Verwirrung im Gesicht des anderen Mannes. Er räusperte sich und streckte seine rechte Hand aus. »Martin. Martin McConnell.«

Mace starrte auf seine ausgestreckte Hand. Erdnussbutter klebte an seinen Fingern. Martin folgte seinem Blick.

»Oh. Entschuldigung.« Er wischte seine Hand an der Seite seines Laborkittels ab und hinterließ einen Fleck mit Erdnussbutter. Er streckte sie wieder aus, dieses Mal etwas sauberer.

Mace ergriff seine Hand und schüttelte sie kräftig. Martins Hand fühlte sich schlaffer an, als es sich für einen Mann gehörte und erinnerte ihn an den Händedruck einer Frau.

»Du bist Colbys … äh …« Eine Röte stieg in Martins Nacken auf.

»Ja, das bin ich.« Mace lehnte sich mit der Hüfte an den vollgestopften Schreibtisch. »Setz dich, setz dich.«

Martin setzte sich. »Was machst du hier? Besuchst du Colby?«

Mace schenkte ihm ein schiefes Lächeln. »Eigentlich bin ich gekommen, um dich zu sehen.«

»Oh.« Die Augenbrauen des Assistenten zogen sich zusammen. »Warum?«

Mace entdeckte eine Ecke eines Fotorahmens, der unter einem Stapel Papiere vergraben war, und kramte ihn heraus. Auf dem Foto war ein kniender Mann, der nicht Martin war, zu sehen, wie er einen Golden Retriever umarmte. Der Hund war gut aussehend. Der Mann? Nicht so sehr. Nicht, dass er beurteilen konnte, wie gut Männer aussahen. Er stieß ein lautes Husten aus – ein tiefes Husten, das ihn an seine Männlichkeit erinnerte.

»Bruder?«, fragte er eine Sekunde später und drehte den Rahmen zu Martin, der den Kopf schüttelte.

»Nein. Entschuldigung, aber warum bist du hier?«

Mace warf den Rahmen auf einen Berg von Akten in

der Ecke des Schreibtischs. »Ich wollte nur den Mann kennenlernen, mit dem Colby ... ständig *abhängt*.«

»Nun, ich weiß nicht, ob ich das abhängen nennen würde. Wir arbeiten zusammen.«

»Und *hängt* zusammen *ab*.«

»Gelegentlich.«

»Ja, ihr geht gerne auf Flohmärkte.«

»Auktionen«, stellte Martin klar. »Wir schätzen beide Antiquitäten und gute Geschäfte.«

»Marty ...«

»Martin«, korrigierte er und seine Brille rutschte wieder bedenklich nahe an seine Nasenspitze.

»*Martin.* Gibt es etwas, worüber ich mir Sorgen machen muss?«

»Das verstehe ich nicht.«

Offensichtlich nicht. Die Augenbrauen des Mannes zogen sich so stark zusammen, dass sie zu einer einzigen Braue wurden.

»Warum hast du die Rosen geschickt?«

Die Augenbraue wanderte bis zu seinem Haaransatz. »Rosen? Ich weiß nichts von Rosen.«

»Du hast Colby keine Dutzend Rosen geschickt?«

»Nein. Warum sollte ich?«

Fast hätte er gesagt: *Um sie in die Kiste zu kriegen*, aber stattdessen sagte er: »Sie ist eine schöne Frau.«

»Ja, das ist sie. Aber ...«

Mace wartete. Und wartete. Er beobachtete, wie die Farbe in Martins Wangen dunkler wurde. Der andere Mann räusperte sich und zappelte auf seinem Sitz herum. Wenn Mace lange genug schwieg, würde der andere Mann alles ausplaudern. Schweigen war ein effektiveres Ermittlungsinstrument als jemanden mit Fragen zu löchern.

Martin schloss die Augen und atmete tief ein und aus. Er schnappte sich das Foto, das Mace vorhin in der Hand gehabt hatte, und hielt es hoch. »Wenn ich jemandem Blumen schicken würde, dann ihm.«

Scheiße! Jetzt ergab diese Eigenart einen Sinn. »Oh. Also …«

Mace stand auf und schritt vor dem Schreibtisch umher. Er, der dumme Arsch, der er war, hatte die Beziehung zwischen Martin und Colby völlig falsch eingeschätzt. *Fuck!* Er wurde rostig. Nachlässig. Er hatte gedacht, dass Colby vielleicht auf Nerds stand. Doch Mace war erleichtert, dass er sich geirrt hatte, denn er gehörte ganz sicher nicht zu dieser Kategorie.

Er blieb direkt vor dem Schreibtisch stehen. Martin warf ihm einen missbilligenden Blick zu. »Du dachtest, Colby und ich … Das …«

»Nein. Nein.« Er fuhr sich mit einer Hand durch das Haar. »Okay, vielleicht. Ich war mir nicht sicher.«

»Wir sind nur Freunde und Arbeitskollegen.«

Mace zog eine Grimasse. Okay, jetzt musste er Schadensbegrenzung betreiben. Martin würde damit sicher zu Colby laufen. Und sie würde nicht glücklich darüber sein.

Fuck! Er würde es ihr zuerst sagen müssen.

Verdammt! Martin war also nicht derjenige. Jetzt hatte er keinen blassen Schimmer, wer die Blumen geschickt hatte. Diese Nachricht. Die subtile Drohung. Er hoffte, dass es niemand aus seiner Vergangenheit war. Es sollte eigentlich niemand wissen, dass er wieder in der Stadt war. Es sei denn, jemand war auf der Suche nach ihm. Oder jemand war auf der Suche nach Colby.

Wie auch immer, er würde sie im Auge behalten und dafür sorgen, dass sie in Sicherheit war. Er würde es einfach ertragen müssen, wenn er dadurch mehr Zeit mit ihr verbringen konnte.

Mace lächelte.

Eine heiße, dampfende Tüte erschien neben Colby. Es roch wunderbar. Mittagessen. Ihr Magen hatte den ganzen Morgen geknurrt, seit sie das Frühstück ausgelassen hatte.

»Danke, Martin«, sagte sie, ohne ihren Blick von dem Mikroskop abzuwenden. Sie holte einen Stift aus der Tasche ihres Laborkittels und machte sich ein paar Notizen auf einem Block.

Martin antwortete nicht. Als sich die Haare in ihrem Nacken aufstellten, lehnte sie sich zurück und blickte Mace an. »Was machst du denn hier?«

»Was, kein Hallo?«

Was machte er in ihrem Labor? »Nein!« Sie stand abrupt auf, sodass er ihren Stuhl auffangen musste, bevor er nach hinten fiel.

»Ich bin gekommen, um dir Mittagessen zu bringen und dein Auto abzuliefern. Ich habe es repariert. Jetzt möchte ich meinen Wagen zurück.«

»Von mir aus.« Sie kramte in der Tasche ihres Laborkittels und hielt ihm die Schlüssel hin. »Hier. Nimm!«

Mace griff nach ihnen und packte stattdessen ihre Hand. Sie versuchte wegzugehen, aber er hielt sie fester.

»Wer hat dich reingelassen? Dieser Bereich ist für Besucher tabu.«

»Martin hat mich reingelassen. Wir hatten ein langes Gespräch.«

»Warum? Worüber?« Sie hatte das ungute Gefühl, dass sie es wusste.

»Über dich. Du hast mir nichts von seinen sexuellen Vorlieben erzählt.«

Sie zog eine Augenbraue zu ihm hoch. »Und er hat es dir erzählt?«

Mace hatte wenigstens den Anstand, schuldbewusst zu schauen, als er sagte: »Ich glaube nicht, dass ich ihm eine Wahl gelassen habe.«

Colby zog schließlich ihre Hand von seiner weg und

seufzte. »Oh, Mace. Was stimmt denn nicht mit dir? Er ist ein guter Freund und Arbeitskollege. Das ist alles.«

»Das ist mir jetzt klar.« Er starrte sie mit einem anklagenden Blick an. »Warum hast du mir nicht gesagt, dass er keine Frauen mag? Ich meine … Du weißt schon, was ich meine.«

»Was macht das für einen Unterschied?«

»Ich dachte …«

»Du hättest nicht denken sollen! Du hast mit dem falschen Teil deines Körpers gedacht. Männer!«

»Aua, das ist nicht fair.«

»Fair? Ist es fair, dass du meinen Arbeitskollegen terrorisierst?«

»Nein. Es tut mir leid.« Er machte einen Schritt auf sie zu, worauf sie einen zurückwich.

»Tut mir leid!« Sie machte einen weiteren halben Schritt zurück, bis ihr Hintern gegen den Tresen drückte. Sie konnte nirgendwo anders hin, es gab keinen Ausweg.

»Ja, und ob du es glaubst oder nicht, ich habe mich bei Martin entschuldigt. Ich habe ihm sogar ein Mittagessen spendiert. Er wird für eine Weile weg sein. Ich habe ihm gesagt, er soll eine schöne, lange Mittagspause machen.« Er rückte näher und zwang sie, ihren Stand zu verbreitern, um sich seinem größeren Körper anzupassen.

»Du hattest kein Recht dazu.« Sie drückte ihm eine Hand auf die Brust, als er sich an sie lehnte. *Was zum Teufel.*

Er neigte sich nah genug, um seine Lippen auf ihre Ohrmuschel zu legen und zu flüstern: »Ich weiß, aber ich habe ihm auch gesagt, wie hungrig ich gerade bin, und er hatte Verständnis.«

O Gott. Hitze leckte an ihren Wangen. Sie würde Martin nie wieder in die Augen sehen können.

Seine Zunge streifte kaum den Rand ihres Ohres, aber gerade genug, um ihr Verlangen nach ihm zu wecken. Warum konnte er sie so leicht erregen? Sein Schenkel schmiegte sich zwischen ihren und seine Erektion drückte gegen ihren Bauch. Sie bewegte ihre Hüften und ihr Becken stieß gegen seinen guten Oberschenkel. Sie biss sich auf die Lippe, um den Schrei zu unterdrücken, den sie so gern ausstoßen wollte.

»Du siehst wirklich sexy aus in diesem Laborkittel. Hast du darunter noch was an?«

»Ja«, zischte sie und drehte ihren Kopf weg. So leicht würde man ihm nicht verzeihen. Nope.

Er griff nach ihrem Zopf und drehte ihren Kopf wieder zu sich. Sein Atem vermischte sich mit ihrem, als er »Nicht mehr lange« in ihren Mund murmelte.

Colby schmolz gegen den Schreibtisch und er nutzte die Gelegenheit, um seinen Oberschenkel fest an ihren Schamhügel zu pressen, wobei er sich gerade genug bewegte, um ihren Kitzler zu reiben.

»Äh … Was hast du vor?«

Mace fuhr mit seiner Zunge über ihre Lippen und tauchte sie für einen kurzen Zungenschlag ein, bevor er sich zurückzog. »Willst du, dass ich dir zuerst davon erzähle oder soll ich es einfach tun?«

Sie musste sich unter Kontrolle bringen. Sie war ein Profi, um Himmels willen. »Mace. Das ist ein Labor!«, erinnerte sie ihn und auch sich selbst.

»Ich weiß. Ich wette, das ist eine deiner Fantasien, nicht wahr?« Er fuhr mit seiner Hand unter ihren Laborkittel und an ihrer Bluse entlang, bis sein Daumen eine ihrer harten Brustwarzen berührte. Er kreiste, kreiste, kreiste und kniff dann zu.

Colbys Zehen krümmten sich in ihren Schuhen. Sie könnte fast direkt kommen. Das ist nicht möglich. »N-nein. Die Tür …«

»Wir sind allein.« Er schob sein anderes Knie zwischen ihre Beine und zwang sie, sie zu spreizen.

Heiliger Gott im Himmel, dieser Mann machte ihr

Höschen ganz nass. Je weiter er ihre Beine spreizte, desto höher rutschte ihr Rock bis zu ihren Oberschenkeln. Er drückte sie mit seinen Hüften an den Tresen und stieß einmal, zweimal gegen sie. Dann wanderten seine Hände auf die Rückseite ihrer Oberschenkel und er hob sie hoch, sodass ihr Hintern auf der Tischplatte saß. Er bewegte seine Hüften noch einmal, damit sie den langen Schaft an der durchnässten Stelle ihres Höschens spüren konnte.

»Mace ... oh, oh, Scheiße ... wenn wir erwischt werden ...« Ihr Herz hämmerte gegen ihre Brust und ihr Atem kam in schnellen Zügen. »Das ist nicht wie auf dem Schießplatz. Ich kenne diese Leute, ich arbeite hier.«

Sie versuchte, ihre Atmung zu verlangsamen und einen klaren Kopf zu bekommen, aber die harte Linie seines Schwanzes drückte genau auf die richtige Stelle.

»Das ist ja gerade das Aufregende. Colby, ich will dich. Ich will dich so sehr, dass es wehtut.«

Ihre Schenkel bebten und sie spürte einen neuen Schwall Wärme zwischen ihren Beinen. »Dein Bein ...«

»Vergiss mein Bein. Das ist nicht das, was wehtut.«

»O Gott.« Sie stöhnte auf. »Mace ...«

»Ich weiß, Baby.«

Er knöpfte ihren Laborkittel auf und dann ihre Bluse. Er küsste ihren Hals, genau an der empfindlichen Stelle hinter ihrem Ohr, bevor er den Verschluss ihres BHs öffnete und ihre Brüste freigab. Ihre prallen Brustwarzen schmerzten, als er seinen Kopf senkte und eine davon mit seiner Zunge streichelte. Einen Moment später schenkte er der anderen Brustwarze die gleiche Aufmerksamkeit. Die warme Nässe in Kombination mit der rauen Oberfläche seiner Zunge brachte sie wieder einmal fast um den Verstand. Sie griff mit ihren Fingern in sein Haar und hielt ihn fest, während er erst die eine und dann die andere in den Mund nahm – sanftes Knabbern und Küsse, die schnell auf das Schaben seiner Zähne folgten. Sie stieß ein leises, langgezogenes Stöhnen aus.

Das war Folter. Aber Folter hatte sich noch nie so gut angefühlt.

Ungeduldig schob er Colby weiter zurück auf den Arbeitstisch und warf dabei unbeabsichtigt ihren Papierkram auf den Boden. Sie wollte protestieren, aber als er mit einem Finger über den durchnässten Rand ihres Höschens glitt, blieb jedes Wort im Halse stecken. Und als er erst einen und dann einen zweiten Finger tief in sie einführte, keuchte sie auf. Zum Teufel mit ihrem Papierkram.

»Ich«, seine Finger glitten heraus und an ihren Pussy-Lippen entlang, »werde«, sie fuhren wieder tief hinein, »dich«, er wölbte seine Finger tief in ihr, »nehmen«, er streichelte diese Stelle, »genau hier«, diese süße, süße Stelle, »genau jetzt.«

Colby keuchte erneut und war kurz davor zu kommen. Gerade als sie den Beginn der Krämpfe spürte, verschwanden seine Finger. *Verdammt!* Er riss ihr das Höschen bis zu den Knien herunter. Sie versuchte, es abzuwerfen, aber es blieb an einem Knöchel hängen. Sie war nicht in der Lage, das Problem zu beheben, und ehrlich gesagt war es ihr in diesem Moment auch völlig egal. Sie hörte, wie er den Reißverschluss seiner Jeans öffnete, und dann, *oh* … glitt die nackte Krone seines Schwanzes über ihren geschwollenen Kitzler und ließ sie erschaudern. Eine winzige Bewegung ihrer Hüften, und er wäre in ihr drin. Er musste ihre Gedanken gelesen haben, denn er bewegte sich plötzlich und ließ seine ganze harte Länge stattdessen über ihr erhitztes Fleisch gleiten. Sein Schwanz wurde feucht von ihrer Erregung.

»Willst du es?« Er zupfte noch einmal an ihren Brustwarzen.

»Ja.«

»Wie viel?«

»Ich …«

»Wie viel?«, fragte er mit zusammengebissenen Zähnen. Warum hat er gezögert? »G-ganz viel.«

»Du bist so verdammt nass. Heb deine Hüften.«

Er lehnte sich leicht zurück, als sie es tat.

Colby versuchte, mit ihren Beinen nach seinen Hüften zu greifen, um ihn näher zu ziehen. Aber er fummelte an seiner Jeans herum, die über seine Hüften gezogen war. Der Jeansstoff umrahmte seinen steifen Schwanz, die dunklen lockigen Haare und seine Eier so schön. Aber sie wollte nicht sehen, wie hart er war; sie wollte ihn spüren. In sich. »Jetzt«, stöhnte sie.

»Noch nicht.« Er kramte nach seiner Brieftasche.

»Jetzt!«

»Nein.« Er zog eine Grimasse und fluchte, als sich die Verpackung nicht öffnen ließ.

»Mace …« Sie schnappte sich das Kondom, riss es mit den Zähnen auf und rollte es ungeduldig über seinen heißen, stählernen Schwanz, wobei sie ihn gleichzeitig streichelte. Als sie die Wurzel seines Schwanzes erreichte, umfasste sie seine Eier und drückte leicht zu.

»Heilige Scheiße, Colby!«, keuchte er. Er umfasste seinen Schwanz und bewegte seine Faust auf und ab – einmal, zweimal, und sein ganzer Körper erbebte daraufhin. Er griff nach ihrem Handgelenk und unterbrach den Kontakt, als ihre Nägel leicht über seine Eier strichen. »Fuck!«

Er hielt ihre Hüften fest umklammert, neigte sie ein wenig nach oben und schob sich mit einem Grunzen tief in sie. Als die Luft aus ihnen beiden herausprudelte, vergaß Colby zu atmen. Er vergrub sich bis zum Anschlag in ihr und machte kleine Stoßbewegungen, sodass seine Eier gegen ihren Anus stießen, während sein Becken gegen ihren Kitzler drückte. Die kleinen Stöße machten sie verrückt. Sie musste kommen. Sie hielt es nicht mehr länger aus.

Mit einem Grunzen sagte er: »Halte durch.«

»Ich kann nicht …«

»Warte!« Er ließ seine Stirn auf ihre Brust sinken und schnappte nach Luft.

Ihr Herz würde ihr aus der Brust springen, wenn sie nicht bald käme. »Mace!«

Er fluchte, warf seinen Kopf zurück, während er seinen Rücken krümmte, und stieß mit seiner ganzen Länge in sie, wieder und wieder und wieder. Colby krallte sich an der Schreibtischplatte fest und stieß einen leisen Schrei aus.

»Jetzt!« Er kam mit voller Wucht, und ihre Krämpfe zogen ihn noch tiefer, bis sie beide erschöpft waren.

Einen Moment später holte er mühsam wieder Luft. Sein Brustkorb hob sich, als er praktisch über ihr zusammenbrach, wobei der Großteil seines Gewichts nur von seinen Unterarmen auf dem Tresen gehalten wurde.

Als sein Atem gleichmäßiger wurde, küsste er ihre Nase, ihre Augenlider und ihre Lippen, bevor er über die Vertiefung ihres Schlüsselbeins leckte. Sie war sich sicher, dass es salzig schmeckte.

»Verdammt«, flüsterte sie, als sie wieder zu Atem kam. »Das war eine verdammt gute Mittagspause.«

Mace lachte leise gegen ihre Schulter, die immer noch in ihr vergraben war. »Dein Essen wird kalt.«

Sie strich ihm das feuchte Haar von der Stirn. »Ich bin nicht mehr hungrig.«

Kapitel Zehn

Er hatte Colby versprochen, dass er sie im Haus treffen würde. Sie wollten heute mit dem Streichen der Veranda beginnen, aber Mace war später dran als erwartet. Der Baumarkt war unterbesetzt und sehr überfüllt gewesen. Schlimmer noch, seine Bestellung von acht Dosen Farbe machte sie nicht glücklicher, vor allem, weil er sie zuerst in die Rührmaschine geben wollte. Und das, *nachdem* sie die speziell angefertigte Cremefarbe mischen mussten, in die sich Colby verliebt hatte.

Wenigstens hatte sie genug Farbe im Haus, um anzufangen, bevor er ankam. Er konnte sich vorstellen, wie sie bereits mit Farbe bespritzt war – in ihrem feurigen Haar, auf ihrer Kleidung und auf den Sommersprossen auf ihrer süßen Nase.

Als er seinen Truck um die Ecke in Colbys von Bäumen gesäumte Straße lenkte, bemerkte er das hintere Ende eines alten Autos, das aus ihrer Einfahrt ragte. Das überwucherte Gestrüpp an der Grenze des Grundstücks verdeckte den Rest. Aber es war genug von dem Fahrzeug zu sehen, dass Mace einen Caprice aus den frühen Neunzigern erkennen konnte. Grau grundiert.

Er kämpfte gegen den Drang an, Gas zu geben, zum Haus zu eilen und so schnell wie möglich zu Colby zu kommen. Stattdessen fuhr er an den Bordstein und sammelte sich. Er rammte den Schalthebel in die Parkstellung, bevor er aus dem Truck sprang.

Seine Instinkte setzten ein, während er am Rande des Grundstücks entlang schlich, wobei er sich dicht an der Nachbarseite des Gebüschs hielt. Als er die hintere Ecke des Grundstücks erreichte, kletterte er durch die Vegetation und schlich sich vorsichtig durch die Hintertür des Hauses.

COLBY KONNTE ihre Gedanken nicht von Mace abwenden, sosehr sie sich auch anstrengte. Sie war glücklich. Wirklich glücklich. Zumindest im Moment. Jedes Mal, wenn sie daran dachte, mit ihm Sex zu haben – den besten Sex ihres Lebens – bei ihm zu Hause, bei sich im Haus, im Labor, wo auch immer, schmolz sie fast zu einer Pfütze zusammen.

Aber er frustrierte sie auch. In der einen Minute tat er etwas, das sie verärgerte, in der nächsten drehte er sich um und brachte ihr Herz – und ihre Pussy – zum Pochen. Sie war sehr verliebt …

Sie versuchte, sich dagegen zu wehren. Ihm zu widerstehen. Aber nach nur ein paar Wochen konnte sie es nicht mehr. So etwas hatte sie noch nie gefühlt. Niemals. Sie war verliebt … in seine Art von Sex. Nur das, versuchte sie, sich einzureden. Vor über einem Jahr hatte sie sich geschworen, dass sie nie wieder in eine ähnliche Falle tappen würde. Sie würde ihr eigenes Versprechen nicht brechen.

Aber sie würde sich erlauben, Mace und alles, was er ihr bot, zu genießen. Das war die Grenze. Sie würde seine Zärtlichkeit, seine Wildheit und seine Rauheit genießen. Er glaubte nicht, dass er länger als ein paar Monate da sein würde. Sie würde sich diese Tage gönnen. Und diese Nächte.

Sie bemalte die Veranda mit langen, beruhigenden Strichen. Lange, satte Linien aus Farbe. Vor und zurück. Colby schloss ihre Augen und atmete tief und zittrig ein. Sie stellte sich Mace' Körper über ihr vor, seinen Schwanz hart und bereit, wie er in sie eindrang und sie öffnete.

»Hey, Babe.«

Colby erstarrte und der Pinsel purzelte aus ihren Fingern. Hilflos sah sie zu, wie er auf den neuen Verandaboden fiel und Farbe verspritzte. Sie konnte sich nicht bewegen. Konnte nicht atmen. Nichts. Aber sie schloss noch einmal die Augen und zwang sich, einen weiteren tiefen Atemzug zu nehmen. Ein langsamer, tiefer Atemzug zwischen bebenden Lippen.

»Was für eine Art von Begrüßung ist das?«

Die vertraute Männerstimme brachte ihre Welt ins Wanken. Sie klammerte sich an den Türpfosten, um sich zu beruhigen, und ihre Nägel gruben sich in das Holz.

»Willst du dich nicht wenigstens umdrehen und mich umarmen?«

Seine Hand packte ihren Oberarm und drehte sie mit Gewalt herum. Colby öffnete ihre Augen und blickte direkt in die Hölle. *Craig.*

Sein straßenköterblondes Haar war immer noch kurz und ordentlich gestutzt. Blaue Augen und schlanke Muskeln machten seine einen Meter dreiundachtzig große Statur aus; das war es, was sie von Anfang an angezogen hatte. Aber es waren nicht nur schlanke Muskeln, sondern durch und durch böse Muskeln. Und wie Mace konnte er jede Frau bezirzen. Aber nur, wenn er es wollte.

»Ich habe dich unglaublich vermisst.«

Unglaublich war nicht das richtige Wort. Teuflisch schon eher. Der Grund, warum sie die Waffe gekauft und gelernt hatte, damit zu schießen, stand vor ihr. Er war der einzige

Grund, warum sie ihre Heimatstadt – in der sie geboren worden war und ihr ganzes Leben verbracht hatte – verlassen hatte, um hierherzuziehen. Ihr kleines, neu gefundenes Paradies verwandelte sich schnell in ihre lebende Hölle. Wieder einmal.

»Hast du deine Zunge verschluckt?«, schnurrte er. Er streckte seine Hand aus und strich ihr mit einem Fingerknöchel über die Wange.

Sie verbiss sich ein Wimmern. Wenn sie auch nur einen Hauch von Angst zeigte, würde er nur noch brutaler werden.

Er mochte Angst. Er ernährte sich von ihrer Angst. Sie schüttelte ihren Kopf, wobei sie seine Hand von sich stieß.

Das war nicht möglich. Sie hatte zu lange gemalt, und die Dämpfe hatten sie beeinflusst. Das bildete sie sich nur ein. Richtig? Richtig? *Richtig!*

Falsch!

Craig Jones senkte seinen Kopf, sodass er nur noch eine Haaresbreite entfernt war, und atmete tief ein. »Dein Haar riecht so gut, Babe. Verdammt, habe ich dich vermisst.«

»C-Craig. Was machst du denn hier? Wie hast du mich gefunden?«

Er lachte. In Colbys Ohren klang es grausam und bissig. »Das war nicht schwer. Es gibt nicht viele Orte, an denen eine Biochemikerin einen Job finden kann.«

»Warum?« Sie drückte sich an den Türrahmen und versuchte, so weit wie möglich von ihm wegzukommen. Er rückte näher und legte den Kopf schief. Er stützte eine Hand auf den Türpfosten, die Finger waren nah genug, um ihren französischen Zopf in einem Sekundenbruchteil zu greifen.

»Warum? Was für eine dumme Frage. Ich habe es dir doch gerade gesagt. Ich vermisse dich.« Er schenkte ihr ein kaltes Lächeln.

»Was ist mit Rhonda passiert?«

»Rhonda.« Er schüttelte den Kopf und grinste. »Die ist mir egal. Ich will sie nicht mehr. Ich will dich zurück.«

Ihr Herz krampfte sich zusammen, als ob sie einen Infarkt erleiden würde. Zum Teufel, sie wünschte sich, einen Herzinfarkt zu bekommen. Egal was. Alles, um von diesem Mann wegzukommen.

Ich will dich zurück.

Ich will dich zurück.

Ich will dich zurück.

»Nein«, flüsterte Colby und rutschte den Türpfosten hinunter auf den Boden.

Craig packte ihre Handgelenke und zerrte sie wieder nach oben, sein Gesicht war nur Zentimeter entfernt. Er zog weiter an ihren Armen, bis sie sich über ihr ausstreckten und ihre Handgelenke an den Türrahmen geklemmt waren. Er hielt sie so fest, dass ihre Finger schnell taub wurden.

»Nein? Warum nicht, Babe? Wir waren gut zusammen. Du hast mich geliebt! Ich habe dich geliebt. Das tue ich immer noch.«

Irgendetwas in ihr zerriss. Sie sollte ihn nicht provozieren, aber sie konnte sich nicht zurückhalten. Sie konnte nicht anders, als den Bienenstock anzustupsen.

»Du hast mich *geliebt*, Craig? Hast du mich deshalb geschlagen? Mich getreten? Meine Rippen und meinen Arm gebrochen? Du hast mich fast zu Tode geliebt!«

»Ich habe dich nur geschlagen, weil du mich mit deinem Misstrauen und deinen Anschuldigungen frustriert hast!«

Sie lachte, was sogar in ihren eigenen Ohren geisteskrank klang. »O Gott, Craig. Du hattest andere Frauen hinter meinem Rücken. Warum hätte ich dir trauen sollen? Alle meine Anschuldigungen waren wahr.«

»Aber, Babe, sie bedeuteten nichts. Ich habe nur dich geliebt.« Er sagte es so langsam, dass Colby darum kämpfte, den Inhalt ihres Magens unter Kontrolle zu halten. Dieser Mann war psychotisch. Das Schicksal hatte ihr einen bösen Streich gespielt, als es ihn in ihr Leben gebracht hatte.

Craig ließ ihre Handgelenke so plötzlich los, dass sie nach hinten gegen die Hauswand fiel. Ihr Kopf knallte gegen die Ecke des Türpfostens. Sie ignorierte den Schmerz, sie musste Stärke zeigen und bloß keine Schwäche. Sonst war sie am Ende. Er würde ihr nie verzeihen, dass sie ihn verlassen hatte, dass sie sich in der Nacht aus dem Krankenhaus geschlichen hatte.

Er ging ein paar Schritte von ihr weg, bevor er sich umdrehte und sie mit seinem Blick fixierte. »Du liebst mich nicht mehr?«

Sie ballte ihre Finger zu Fäusten und wollte ihm ins Gesicht spucken. »Nein. Ich liebe dich nicht mehr, seit du mir das erste Mal ein blaues Auge verpasst hast.«

»Colby, Babe, ich habe mich für all das entschuldigt. Ich habe dir gesagt, dass ich es nie wieder tun werde. Ich habe es versprochen.«

Hysterisches Gelächter sprudelte auf. *Ich habe es versprochen.* Wie oft hatte sie diese leeren Versprechen schon gehört? Sie hatte sie gehört, bis ihre Ohren von seinen Ohrfeigen klingelten.

Sie warf einen wilden Blick in Richtung Einfahrt auf ihr geparktes Auto. Darin lag die Waffe. Und sie wollte diesen verdammten Wichser am liebsten wegpusten.

Aber sie würde es nie bis zum Auto schaffen. Niemals. Sie holte tief Luft, um sich zu stärken. »Das ist mein Grundstück, Craig. Ich will nicht, dass du hier drauf bist.«

Er schenkte ihr ein schiefes Lächeln. »Babe, bitte, das meinst du doch nicht ernst.«

»Craig, ich warne dich. Verschwinde von meinem Grundstück, bevor ...«

»Bevor was? Was willst du denn machen? Wer soll mich denn aufhalten?«

»Ich.«

Dieses eine Wort – diese drei kleinen Buchstaben – brachten Colby ein Gefühl der Erlösung.

Heilige Scheiße. Mace' tiefer Tonfall hatte noch nie so gut geklungen. Sie konnte seine Anwesenheit hinter sich in der offenen Tür spüren. Seine Stärke, seine Anwesenheit, war alles, was sie brauchte. Sie brauchte ihn noch nie so sehr wie in diesem Moment.

Sie brauchte ihn, und er war da. *Er war da.*

»Und wer zum Teufel bist du?«, brüllte Craig. Seine Brust blähte sich auf, er stemmte die Hände in die Hüften und ging einen Schritt auf sie zu.

»Dein schlimmster Albtraum. Glaub mir, Arschloch, ich hatte schon mit wesentlich minderwertigeren Abschaumschweinen zu tun als dir. Und ich sage dir, ich habe sie wie Wanzen zerquetscht. Wenn du mir nicht glaubst, probier dein Glück mit mir. Es wird mir Spaß machen, dir jeden verdammten Knochen in deinem Körper zu brechen.«

Mace trat um Colby herum und direkt vor Craig. Er blockierte sie mit seinem Körper. Seine Stimme senkte sich zu einem tiefen Grummeln. »Wenn du *jemals* wieder auf dieses Grundstück kommst oder auch nur daran denkst, Colby zu belästigen, dann *schwöre ich* dir, dass du nie wieder laufen wirst. Nie wieder. Und das ist keine leere Drohung.«

Colby zweifelte nicht an seinen Worten. Und Craig anscheinend auch nicht.

Zum ersten Mal sah sie, wie ihr Ex vor Angst schrumpfte. Sie selbst hatte das schon so oft getan. Jetzt hatte sich das Blatt gewendet.

»Und jetzt solltest du besser von hier verschwinden. Wenn ich dein Gesicht noch einmal sehe, wird meins das letzte sein, das du jemals siehst.« Mace' Worte waren hart wie kalter Stahl und machten deutlich, dass man sich nicht mit ihm anlegen sollte.

Colby erschauderte, als sie die ungeheure Kraft in diesen Worten hörte. Davon angespornt, richtete sie sich auf und sah Craig direkt in die Augen. »Du solltest besser gehen, Craig, wenn du weißt, was gut für dich ist. Lass mich aber eine Sache deutlich machen, bevor du gehst. Ich bin nicht an dir interessiert. Halte dich aus meinem Leben raus.«

»Aha, ich verstehe. Du hast einen neuen Mann.« Craig verzog das Gesicht, während er die Verandastufen hinunterging. Wäre er ein Hund gewesen, hätte er seine Rute zwischen die Beine geklemmt.

Sie standen schweigend da, bis er außer Sichtweite war.

Die Stille fühlte sich jedoch angespannt an, und Mace' Körper war immer noch von gewalttätiger Energie durchdrungen. Sie wartete.

»Wer zum Teufel war das?«

Colby wich zurück. Sie konnte mit seiner Wut nicht umgehen. Nicht jetzt. Sie wollte, dass er sie festhielt, während sie vor Erleichterung schluchzte, bis sie nicht mehr weinen konnte.

»Colby! Sieh mich an! Warum hast du mir nicht von ihm erzählt? Warum hast du mich nicht gewarnt?«

»Ich … ich dachte nicht, dass er mich finden würde. Oder dass er mich überhaupt finden wollte.«

Mace stand steif da und ballte und löste seine Fäuste. »Unglaublich. Was, wenn ich nicht hier gewesen wäre? Was dann, Colby?«

Sie presste den Handrücken gegen ihre zitternden Lippen. »Ich weiß es nicht. Ich war zu weit weg von meiner Waffe.«

Er warf ihr einen ungläubigen Blick zu. »Deine Waffe? Deshalb hast du eine? *Verdammte Scheiße, noch mal!* Ich meine … ich wusste, dass dir jemand wehgetan hat. Ich wusste es.« Er wurde wütend und ging auf der Veranda auf und ab. »Ich wusste nur nicht, dass es körperlich war. Verdammter Wichser«, stieß er hervor. »Was wolltest du denn tun, Colby? Ihn erschießen?«

»Ich weiß es nicht.«

»Doch, das weißt du. Du hättest ihn umgebracht, wenn du die Chance dazu gehabt hättest.«

Er hatte recht. Sie hätte es getan. »Ja.«

Mace stöhnte und zog sie zu sich, schlang seine Arme um sie und schaukelte sie hin und her. Ihr Körper zitterte, versteifte sich und brach schließlich zusammen, als ihr ein Schluchzen entwich.

»Ich hasse ihn.«

»Ich weiß«, flüsterte er in ihr Haar. Er strich mit seinen Händen über ihren Rücken und drückte sie fester an sich. »Er ist jetzt weg.«

»Vielleicht kommt er zurück.« Sie zitterte und schniefte. Sein T-Shirt wurde feucht von ihren Tränen. Sie benahm sich albern, aber sie konnte es nicht ändern.

»Das wird er nicht. Ich verspreche es.« Mace legte seine Lippen auf ihre Stirn. Colby wusste, dass das Versprechen echt war: Craig würde nie mehr zurückkommen. Sie war sich sicher, dass er als FBI-Agent »ein paar Anrufe tätigen« konnte. Aber ehrlich gesagt war es ihr egal, was mit dem Mistkerl passierte.

Als sie versuchte, sich die Tränen mit dem Handrücken wegzuwischen, hielt er sie auf und küsste sie weg.

»Wie viel hast du gehört?«, fragte sie mit immer noch zittriger Stimme.

»Genug.« Er setzte sich auf die oberste Verandastufe und schloss sie in seine Arme. »Du hättest es mir sagen sollen.«

»Ich konnte nicht.«

»Warum?«

»Ich …« Frische Tränen kullerten über ihre Wangen. Es hatte keinen Sinn, ihm gegenüber nicht ehrlich zu sein. »Ich habe mich geschämt.«

»Du hast es niemandem erzählt?«

Colby schüttelte den Kopf.

Mace' Kiefer verkrampften sich, sie hörte, wie er tief

Luft holte, dann spürte sie, wie die Anspannung seinen Körper so schnell verließ, wie sie gekommen war. »Colby, lass uns nach Hause gehen.«

Ich bin zu Hause, dachte sie, als er sie noch fester umarmte.

MACE LEHNTE sich mit dem Rücken an die Wohnzimmercouch, die nackten Füße auf den Couchtisch gestützt, während im Hintergrund die Abendnachrichten aus dem Fernseher dröhnten. Colby saß schweigend neben ihm, während er das Rechtsdokument in seinen Händen zu Ende las.

Er stieß ein bitteres Lachen aus und warf die Papiere vor sich auf den Tisch. »Was für ein beschissener Witz. Du weißt, dass diese Schutzanordnungen nutzlos sind, nicht wahr? Was willst du denn machen? Ihn damit bewerfen? Ihm einen Papierschnitt verpassen?«

»Besser als nichts, denke ich.« Man hatte ihr gesagt, die Schutzanordnung würde sie, nun ja, schützen. Das war ein großer Irrtum gewesen.

»Ja, verdammt, das hat dir heute wirklich geholfen, nicht wahr?« Er ballte eine Faust in seinem Schoß. »Selbst wenn du den Notruf hättest wählen können, hätte er dich ernsthaft verletzen oder sogar entführen können, bevor irgendein Donut-Lover vor Ort eingetroffen wäre. Diese Papierfetzen können eine Kugel nicht aufhalten.«

»Es war dumm von mir, mein Handy nicht dabei zu haben.«

»Es tut mir leid. Ich wollte es nicht noch schlimmer machen. Mach dir keine Vorwürfe. Du tust das, was du tun solltest: weitermachen und dein Leben leben.«

Er griff nach seiner Bierflasche auf dem Beistelltisch, nahm einen großen Schluck, dann noch einen, bevor er sie zurück auf den Untersetzer mit der Aufschrift *FBI: Female Body Inspector* stellte. Er sagte, die Untersetzer seien ein Gag-Geschenk seiner Schwester gewesen, als er die Akademie abgeschlossen hatte.

»Wo ist der Rest davon?«

Ohne zu fragen, wusste sie, was er wollte. Sie beugte sich vor und hob die Akte auf, die sie neben der Couch auf den Boden geworfen hatte. Sie reichte ihn ihm wortlos. Er nahm sie und legte sie auf seinen Schoß, ohne sie zu öffnen.

Stattdessen betrachtete er ihr Gesicht, während er fragte: »Sind das Kopien oder Originale?«

»Von beidem ein bisschen.«

»Willst du wirklich, dass ich sie sehe?«

Ohne zu zögern, antwortete sie ihm wahrheitsgemäß. »Nein.«

»Aber du lässt mich einen Blick darauf werfen«, sagte er mit versteinerter Miene.

»Ja.«

Sie schnappte sich ihr Weinglas vom Tisch neben seinen Füßen und trank die zwei verbliebenen Schlucke aus. Es war eine falsche Hoffnung; sie glaubte nicht, dass der Alkohol ihr helfen würde, das hier zu überstehen. Das war wie das Stochern in einer heilenden Wunde. Sie wollte es nicht noch einmal erleben.

Schließlich riss er seinen Blick von ihrem Gesicht los und öffnete die Akte. Als er das erste Foto in die Hand nahm, wandte Colby den Blick ab. Sie brauchte sich die Bilder nicht anzusehen, um sich zu erinnern. Alles, was sie tun musste, war, ihre Augen zu schließen, und schon konnte sie nicht mehr vergessen.

Sie wandte ihre Aufmerksamkeit dem Fernseher zu und versuchte, sich auf einen Nachrichtenbeitrag über einen Stadtrat zu konzentrieren, der in Schwierigkeiten geraten war.

»Heilige Scheiße.« Was als schockiertes Flüstern begann,

endete keine Minute später in einem explosiven: »Dieser Wichser!«

Er schleuderte die Akte quer durch den Raum und die Dutzende Fotos verteilten sich wie Konfetti auf dem Teppich. Eines landete vor ihren Füßen und ihr eigenes Gesicht, das vor lauter Schwellungen und Verfärbungen kaum noch zu erkennen war, starrte sie an. Colby schloss ihre Augen und kämpfte gegen die Tränen an.

»Es tut mir leid. Es tut mir leid.« Er stemmte sich hoch und ging durch den Raum, um die Fotos einzusammeln und sie in die Akte zurückzustecken. Er nahm die Schutzverordnung vom Couchtisch und steckte sie ebenfalls in die Akte, bevor er das Ganze auf den Sitz des nahegelegenen Sessels warf.

Er ließ sich neben ihr auf der Couch nieder und nahm einen weiteren langen Zug an seinem Bier. »Es tut mir leid, Colby.«

Sie wollte ihn fragen, warum, aber sie war sich nicht sicher, ob sie das wirklich wissen wollte. Es tat ihm wahrscheinlich leid, dass sie sich zum Opfer gemacht hatte. Es tat ihm wahrscheinlich leid, dass sie Craig nicht früher verlassen hatte. Es tat ihm wahrscheinlich leid, dass sie zu schwach war, um sich vor Schaden zu schützen. Vielleicht tat es ihm leid, dass sie so verzweifelt war, jemanden zu lieben, dass sie sich die falsche Person ausgesucht hatte. Vielleicht tat es ihm auch einfach nur leid, dass er die Beherrschung verloren und ihre Akte, ihre schmerzhafte Erinnerung, quer durch den Raum geworfen hatte.

»Es tut mir leid, dass du so verletzt wurdest. Ich wünschte, ich hätte dich schon viel früher gefunden.« Der letzte Satz war so leise, dass er sie stark berührte. Sie wünschte sich auch, sie hätte ihn schon viel früher getroffen.

»Deine Kampfnarben sind viel schlimmer«, erinnerte sie ihn.

Er zögerte ein paar Herzschläge lang, und seine Augen

wurden von einer gewissen Traurigkeit getrübt. »Ich habe meine von jemandem, der mich so sehr hasste, dass er meinen Tod wollte. Deine kommen von jemandem, der dich angeblich geliebt hat.«

»Vielleicht werden wir alle in die Irre geführt.«

»In Bezug auf was?«

»In Bezug auf die Liebe. Vielleicht suchen wir so verzweifelt nach der Zuneigung von jemandem, dass wir eine Verbindung sehen, wo es keine gibt.«

»Vielleicht. Aber ich glaube, dass Liebe möglich ist. Ich glaube, sie ist da draußen für die richtigen Leute.« Er strich ihr mit der Hand über das Kinn und schob ein paar verirrte Strähnen aus ihrem Zopf hinter ihr Ohr. »Meine Eltern haben sich sehr geliebt. Ich habe es jeden Tag an ihrem Verhalten und ihrem Umgang miteinander gesehen. Manchmal reichte schon ein Blick zwischen den beiden aus. Aber es war genug, dass sogar ein Teenager es bemerken würde. Nachdem mein Vater gestorben war, war meine Mutter so untröstlich, dass sie keine zwei Monate später selbst starb.«

»Sie starb an einem gebrochenen Herzen?«

»So ähnlich.« Er umfasste ihr Gesicht und beugte sich vor, um sie zu küssen.

»Ich hätte es nicht für möglich gehalten.«

»Ich fange an zu glauben, dass es möglich ist.« Er küsste sie sanft, schob mit seiner Zunge ihre Lippen auf und erkundete sie.

Sie wollte in seine Bemerkung nichts hineininterpretieren. Sie wollte nicht, dass die Dinge kompliziert wurden. Verdammt, sie wollte nicht zugeben, dass sie es bereits waren. Sie erwiderte seinen Kuss, ihre Zunge rang mit seiner, bevor sie sich löste und sein Kinn küsste. Sein Bartschatten fühlte sich rau an ihren Lippen an.

· · ·

Colbys Lippen wanderten an seinem Kiefer entlang, dann fuhr ihre Zunge seinen Hals hinunter und hinterließ eine warme, feuchte Spur.

Das war genau das, was er nach dem Vorfall heute Nachmittag brauchte, um sich von dem abzulenken, was mit Colby hätte passieren können. Wenn er nicht im Bild gewesen wäre …

Scheiße!

Sie knabberte an der Stelle, wo seine Schulter auf seinen Hals traf, und er lehnte seinen Kopf gegen die Lehne der Couch, genoss jede Sekunde und gab ihr jede Gelegenheit, mit ihm zu machen, was sie wollte. Er gehörte ihr ganz allein.

Sie küsste, knabberte und leckte hier und da über seinen Hals. Sie schob sein T-Shirt hoch und entblößte seine Brust, um mit ihren Neckereien an seinen Brustwarzen fortzufahren. Er beugte sich vor, packte sein T-Shirt am Rücken und riss es sich über den Kopf. Er warf es auf den Sessel und bedeckte damit die verdammte Akte. Wieder einmal erinnerte es ihn daran, was hätte passieren können.

Aber das war nicht passiert, und jetzt waren sie hier: im Begriff, ein bisschen Spaß miteinander zu haben. Oder eine ganze Menge Spaß, wenn es nach ihm ginge.

Er verlor seinen Gedankengang, als sie mit ihren Nägeln leicht über seine Brustwarzen strich.

»Scheiße.« Er griff nach dem Ende ihres Zopfes, während sie fleißig über seinen Bauch und seine Brust strich und küsste. Er zog das kleine Gummiband vom Ende ab und kämmte mit seinen Fingern durch den Zopf, um ihr Haar aus der Enge zu befreien. Er arbeitete sich nach oben, während sie sich nach unten arbeitete und der Linie seiner dunklen Haare bis zum oberen Rand seiner Jeans folgte. Der Knopf war bereits offen, da er seine Jeans nach der Dusche noch nicht zugemacht hatte.

Er ertappte sie dabei, wie sie ihn musterte, während sie

langsam den Reißverschluss seiner Jeans öffnete. Er sah wahrscheinlich genauso entgeistert aus, wie er sich fühlte. Er bezweifelte, dass noch Blut in seinem Gehirn war, es schien alles in seinen Schaft zu fließen.

Colby lehnte sich plötzlich zurück und warf ihm einen strengen Blick zu. »Zieh deine Hose aus!« Das war keine Bitte. Nein, das war es nicht. »Sofort!«

Verdammt, wenn er noch härter werden könnte, als er schon war … Unmöglich.

Er stemmte sich auf die Füße und fing sich ab, als er das Gleichgewicht verlor. Sein Oberschenkel protestierte lautstark. Aber das war ihm scheißegal. Nicht heute Nacht.

Morgen würde er dafür büßen. Aber heute Abend würde er auf seine Kosten kommen, auch wenn er in der nächsten Woche zweimal am Tag trainieren müsste.

Er schob seine Jeans bis zu den Knien hinunter, bevor er sich wieder auf die Couch setzte, um sie ganz auszuziehen und sie irgendwo in den Raum zu werfen. Er hatte heute Abend auf die Boxershorts verzichtet, in der Hoffnung, etwas Action zu bekommen. So saß er nackt da, sein Schwanz so steif wie ein Fahnenmast. Alles, was er brauchte, war die rothaarige Sexbombe, die vor ihm stand, um die Fahne zu hissen.

Seine Fahnenschwingerin sagte kein einziges Wort. Ihr Blick hatte sich kurz erweicht, als er gestrauchelt war, war aber schnell wieder streng geworden. Sie erinnerte ihn an die erste Nacht, in der er nach Hause gekommen war. Er stellte sie sich wieder wie eine Lehrerin vor: äußerlich streng und anständig, innerlich aber wild wie ein Tier.

Sie stieß sich von der Couch ab und stellte sich zwischen seine geöffneten Knie, ohne sich jedoch zu berühren. Sie schaute ihn direkt an – kein Lächeln, sondern ein ernster Blick. Ihr Ausdruck allein hielt ihn davon ab, seinen pochenden Schwanz selbst zu bearbeiten.

Einen Moment später schüttelte sie den Kopf. Ihr Haar

flog wild um ihre Schultern und über ihren Rücken. Sie öffnete ihre Jeans und schlüpfte aus ihr, aber er konnte nicht erkennen, ob sie ein Höschen trug, da ihr langes Kragenhemd bis zur Hälfte ihrer Oberschenkel herunterhing. Aber es war trotzdem verdammt sexy.

Scheiße, er wollte sie so richtig durchficken. Aber er streckte seine Hand nicht aus. Stattdessen wartete er ab, um zu sehen, was sie vorhatte. Die Vorfreude würde ihn umbringen, aber er liebte sie.

Sie leckte sich über die Lippen, mehr aus Nervosität als aus Neugierde, vermutete er. Aber als eine Hand begann, ihr Hemd aufzuknöpfen, während die andere zu ihrem Mund wanderte, stellte er seine eigene Theorie infrage. Sie schob einen Finger zwischen ihre Lippen, saugte daran und zog ihn dann langsam wieder heraus.

Er wusste nicht, wohin er schauen sollte: auf den Finger, den sie mit ihrer Zunge umspielte, oder auf den, der die Knöpfe aus ihrer Verankerung befreite. Ihr Hemd klaffte jetzt so weit, dass er einen Blick auf einen dunkelgrünen BH erhaschen konnte, der fast die gleiche Farbe wie ihre Augen hatte.

Er musste sich nicht entscheiden, wohin er schauen sollte, als sie ihren nassen Finger in ihr geöffnetes Hemd und weiter nach unten in ihr Höschen gleiten ließ. Er konnte es vielleicht nicht sehen, aber er konnte es sich vorstellen.

Das veranlasste ihn dazu, eine Hand um seinen Schaft zu legen, der bereits leckte und an dessen Krone die Lusttropfen perlten.

Colby hielt inne und gab ein deutliches »Nein!« von sich.

Mace zuckte bei ihrem Tonfall zusammen, überrascht, dass er von ihr kam, und ließ sofort seinen Schwanz los.

Verdammt!

Aber er würde sich nicht beschweren. Wenn sie heute

Abend die ganze Kontrolle haben wollte, dann würde er sich nicht dagegen wehren.

Sie knöpfte ihr Hemd mit einer Hand weiter auf und als sie den letzten Knopf öffnete, gab ihr offenes Hemd genug preis, dass er sehen konnte, dass ihre andere Hand definitiv, *definitiv* in ihrem Slip steckte. Dieser hatte zufällig die gleiche Farbe und den gleichen Stoff wie ihr BH, aber das war ihm egal. Ihn interessierte nur, was sich unter dem grünen Stoff abspielte. Er konnte sehen, wie sich ihre Finger bewegten, wie sich die Knöchel hoben und ihr Handgelenk unter die Baumwolle glitt. Sie fuhr mit der freien Hand über ihren BH und schob das Hemd weiter zur Seite, um ihm einen besseren Blick zu gewähren. Sie warf ihren Kopf zurück und stöhnte.

Dann knickten ihre Beine ein. Bevor er die Hand ausstrecken konnte, um sie vor dem Sturz zu bewahren, fiel sie auf die Knie und umklammerte seine Knöchel, sodass er bei der unerwarteten Berührung zusammenzuckte.

Sie fuhr mit ihren Fingern seine beiden Waden hinauf, an seinen gebeugten Knien vorbei und über seine Oberschenkel, wobei sie auf seine Verletzung achtete. Sie rückte näher und drückte sich zwischen seine Beine, während sie ihre Hände um seine Hüften, über seinen verkrampften Bauch und wieder nach unten gleiten ließ. Zwei Finger umschlossen die Wurzel seines Schwanzes, und sie drückte zu.

Mace presste die Lippen zusammen, um nicht wie ein Idiot zu stammeln, während sich sein Bauch noch mehr zusammenzog und seine Finger sich in das Sofakissen gruben. Ein Grund war, dass er nicht kommen wollte. Der andere Grund war, dass er sie nicht über seinen Schoß ziehen wollte, um sie auf sich aufzuspießen.

Scheiße, nichts erregte ihn mehr, als ihr feuerrotes Haar in seinem Schoß zu sehen. Es strich über seine Oberschenkel, fegte über seine Leistengegend und kitzelte seinen

Unterbauch. Eventuell würde er kommen, wenn sie ihr Haar weiter gegen seinen Schwanz streichen würde. So seidig …

Er holte tief Luft und seine Hüften hoben sich von der Couch, als ihr heißer kleiner Mund sich über seine Krone legte. Wie ein Kätzchen, das Sahne aufsaugt, leckte sie mit ihrer Zunge jeden Lusttropfen weg. Sie nahm ihn ganz in sich auf, fast bis zur Wurzel. Ihre Lippen stießen gegen ihre eigene Faust, bevor sie wieder nach oben glitt und ihre Zunge einen Moment lang den kleinen Schlitz neckte, bevor ihr heißer, heißer, *heißer* Mund wieder fast seine ganze Länge einnahm.

Oh. Fuck!

Als sie ihm einen Blick zuwarf, merkte er, dass er das vielleicht laut gesagt hatte. Nicht einmal einen Moment später nahm sie mit ihrer Zunge und ihren Lippen einen Rhythmus auf und streichelte sein Glied, während ihre Faust seine Wurzel drückte.

Er lehnte den Kopf zurück und konnte nicht hinsehen, sonst würde er vielleicht durchdrehen. Er brauchte nicht zu sehen, was sie tat. Auf keinen Fall. Die Vision hatte sich in sein Gehirn eingebrannt. Daran würde er sich noch lange Zeit erinnern.

Als ihre andere Hand sanft seine Eier umfasste und drückte, flogen seine Augen auf und er hörte jemanden aufschreien. Dieser Jemand war er.

Sein Gehirn war so verwirrt, dass sie ihm sagen konnte, er solle springen und er würde sie nicht einmal fragen, wie hoch. Er würde alles tun, alles, was sie ihm sagte. Vor allem, wenn sie an seinem Kopf leckte wie an einem Lolli, um zu sehen, wie oft sie lecken musste, um die Mitte zu erreichen. Entweder war er sehr lecker oder sie sehr hungrig …

Ihr gleichmäßiger Rhythmus über seine Länge begann wieder, und er konnte nicht widerstehen: Er versenkte seine Finger in ihrem Haar und begann zu stoßen. Seine Hüften hoben sich bei jedem Zug und kamen ihr entgegen. Seine Finger verkrampften sich in ihrem Haar und er spannte sich an, bereit, seine Ladung zu verspritzen. Er brauchte Erlösung. Seine Eier wurden so verdammt eng und es half nicht, dass sie weiter mit ihnen spielte, sie quetschte und zwischen ihren schlanken Fingern rollte.

Sie zog ihren Kopf weg und sagte: »Nein, ich will, dass du in mir kommst.«

Sie sah wunderschön aus, mit ihren geröteten Wangen und ihren geschwollenen, glitzernden Lippen. Er wäre glücklich gewesen, genau jetzt zu kommen, wo er war. Aber sie hatte beschlossen, der Boss zu sein.

Und das sollte sie auch sein.

Sie erhob sich auf ihre Füße und trat zwischen seinen Beinen zurück, gerade außerhalb seiner Reichweite. Ihr Hemd rutschte auf den Boden und nun stand sie da und sah in ihrem grünen BH und dem passenden Höschen einfach zum Anbeißen aus. Ein Höschen, das am Scheitelpunkt ihrer Beine noch ein wenig dunkler war. Und das brachte ihn zum Lächeln.

»Ich brauche Hilfe.«

Mace hob fragend eine Augenbraue. Er wollte, dass sein Gesichtsausdruck schelmisch wirkte, aber in Wahrheit bekam er kein Wort über den Kloß in seinem Hals.

»Ich möchte, dass du mir die hier ausziehst«, sagte sie und wandte sich von ihm ab. Sie trat wieder näher an ihn heran, bevor sie ihr Haar nach oben und aus dem Weg schob.

Er fuhr mit seinen Fingern über die glatte, helle Haut ihres Rückens, entlang der Kante ihrer Träger und griff nach dem Verschluss. Er öffnete ihn mit einem *Plopp* und ließ ihren BH nach vorn fallen.

Er fuhr mit seinen Handflächen an ihren Seiten entlang, bis er den oberen Rand ihres Höschens erreichte, dann schob er seine Finger unter den Rand des Gummibandes und nach vorn, sodass er fast ihre Taille umarmte. Mit seinen Händen an ihren Hüften schob er es nach unten. Langsam. Seine Berührung verweilte hier und dort – über ihre Hüften, ihre Oberschenkel hinunter, an ihren Knien vorbei, bis der grüne Stofffetzen bis zu ihren Knöcheln fiel. Sie hob einen Fuß an, bevor sie den Slip mit dem anderen wegstieß.

Immer noch mit dem Rücken zu ihm verschränkte sie ihre Arme über ihren Brüsten und ihr Haar bedeckte ihren Rücken wie ein Umhang aus Feuer. Sie konnte jetzt nicht mehr schüchtern sein. Beim Sex verlor sie ihre Hemmungen, mehr bekam sie nicht. Also konnte sie sich nicht vor ihm verstecken.

Und, *oh Scheiße*, das tat sie auch gar nicht.

Als sie sich zu ihm umdrehte, knetete sie ihre eigenen Brüste und zupfte an beiden Brustwarzen, wobei sie ihre Unterlippe zwischen die Zähne klemmte. Sie fuhr mit einer Hand über ihren Bauch zu der feurigen Stelle darunter und öffnete ihre Pussy-Lippen …

»Nicht …«, platzte er heraus und ließ sie innehalten. »Oh, verdammt, mach das nicht«, stöhnte er und verfluchte sich dann selbst.

»Gefällt es dir nicht?«

»Oh, doch, es gefällt mir. Mir gefällt so einiges. Aber das wird nur dazu führen, dass ich mich selbst beschieße.«

»Rutsch zurück.«

Das tat er. Er drückte sich an die Rückenlehne der Couch und bot ihr seine Hände an. Sie nahm das Angebot an und nutzte seine Arme, um das Gleichgewicht zu halten, während sie auf ihn kletterte und ein Knie auf jede Seite seiner Hüfte legte. Er erhaschte einen Hauch von ihrem Duft, heiß und moschusartig und so verdammt weiblich. Am liebsten hätte er sein Gesicht zwischen ihren Beinen vergraben und sie gekostet. Aber so würde es heute Abend nicht laufen. Heute Abend hatte sie das Sagen.

Sie verweilte über ihm und stützte ihr Gewicht auf ihre Schienbeine. Sie war so weit über ihm. Zu weit. Sie musste näher dran sein. Viel näher.

»Kondom?«, quietschte er. Er hielt sich an ihren Oberarmen fest und sorgte dafür, dass sie sich noch nicht herabließ. Nicht, bevor nicht eine wichtige Angelegenheit erledigt war.

»Ich bin vorbereitet.«

»Okay, äh …«

Colby beugte sich vor, legte ihre Lippen auf sein Ohr und flüsterte: »Ich habe die ganze Zeit die Pille genommen, aber ich war mir vorher nicht sicher … Jetzt bin ich es. Ich will dich, nur dich, in mir, nichts zwischen uns.«

Mace stöhnte vor Vorfreude; das klang für ihn nach einem guten Plan. Was für ein verdammt guter Plan. Der beste, den er je gehört hatte. Sein Schwanz zuckte und streifte ihre feuchten Locken, was ihn dazu veranlasste, seine Hüften nach oben zu schieben.

Colby lachte heiser. »Runter, Junge.«

Sie stützte eine Hand auf seine Brust, um das Gleichgewicht zu halten, und griff mit der anderen nach seinem Schaft, den sie an der Öffnung rieb, um ihn noch feuchter zu machen, falls das überhaupt möglich wäre. Sie brachte ihn in die perfekte Position, und er war bereit, so bereit, ihn nach Hause zu befördern.

Sie machte kleine Kreise mit ihren Hüften und senkte sich. Sie ging einen Zentimeter tiefer, kam wieder hoch, bis nur noch die Krone in ihr steckte, ging zwei Zentimeter tiefer und kam wieder hoch. Dann ging sie einen Zentimeter tiefer, bevor sie wieder hochkam, während sie ihre inneren Muskeln anspannte und ihre Hüften kreisen ließ.

Er war kurz davor, ohnmächtig zu werden. Er würde jeden Moment einfach tot umfallen. Und das mit dem breitesten Grinsen auf seinem Gesicht.

Als sie schließlich auf ihn sank und ihn komplett

verschlang, verlor er seinen Gedankengang. Er wickelte seine Arme um ihren Rücken und hielt sie dort fest. Sie kreiste auf seinem Schoß und er drückte sein Gesicht zwischen ihre Brüste, während die Luft aus seiner Lunge zischte. Er hatte Mühe, wieder zu Atem zu kommen, als sie sich gegen ihn stemmte und kleine Stöhnlaute und Luftstöße ausstieß. Ihre Geräusche vibrierten durch ihre Brust und trafen auf seine Wange, während er sich an ihre Brust schmiegte, bis er eine Brustwarze in den Mund nahm und an dem festen, harten Nippel zog. Je schneller sie schaukelte, desto härter saugte er.

Plötzlich wurden ihre Bewegungen hektisch, und innerhalb von Sekunden versteifte sie sich, verkrampfte ihre inneren Muskeln um ihn und stieß einen langen Schrei aus. Er stieß zu und spürte die Hitze, die ihn durchströmte. Er entlud sich tief in ihr und sein Schwanz zuckte zusammen mit ihrem Orgasmus.

Er dankte seinem Glücksstern, dass sie so schnell gekommen war. Denn er hätte es nicht viel länger ausgehalten.

Als Colby an seiner Brust zusammenbrach, schlang sie seufzend ihre Arme um seinen Hals. »Wow«, flüsterte sie in sein Haar.

Er lachte. »Jupp.« Er kuschelte sich an ihren Hals und küsste ihre feuchte Haut.

Sie sagte: »Ich muss von deinem Bein runter.« Doch sie machte keine Anstalten, das zu tun.

»Nein. Du sitzt gut. Ich will nicht, dass du dich bewegst.« Sein Bein krampfte nur leicht. Es würde sich bald wieder beruhigen.

Das Telefon klingelte und Colby zuckte zusammen. Sie schaute besorgt auf das Telefon. »Und wie sieht es jetzt aus?«

»Immer noch gut.« Er beugte sich vor und nahm das schnurlose Telefon vom Beistelltisch. »Hallo?« Stille begrüßte ihn. Er versuchte es ein weiteres Mal. »Hallo?« Ein leises Lachen antwortete ihm, bevor er ein Klicken und das Freizeichen hörte. Mace wurde flau im Magen.

Er drückte auf die Auflegen-Taste des Telefons und knallte es auf die Tischplatte. »Tja, jetzt wissen wir, wer diese Anrufe nicht getätigt hat.«

Er musste die Telefongesellschaft anrufen und den Dienst kündigen. Dann sollte er alle Telefone im Haus mit einem Vorschlaghammer zertrümmern.

Colbys Arme legten sich um ihn und sie vergrub ihr Gesicht an seinem Hals. Er fuhr mit seinen Fingern die Furche ihrer Wirbelsäule auf und ab.

Zuerst hatte er gehofft, dass irgendein dummes Kind dem Haus einen Streich gespielt hatte. Nachdem Craig aufgetaucht war, hatte er gehofft, dass es nur dieser Bastard gewesen war. Aber er hatte ein sehr schlechtes Gefühl bei der Sache. Jetzt war er an dem Punkt, an dem er die Anrufe vom FBI zurückverfolgen lassen würde.

Er umfasste Colbys Arschbacken. Er wollte der Sache so schnell wie möglich auf den Grund gehen.

Kapitel Elf

COLBY GING DURCH DIE GÄNGE, die auf den ersten Blick, mit Gerümpel gefüllt waren. Das war es aber nicht. Antiquitäten und andere Haushaltsgegenstände lagen in langen Reihen auf der Wiese. Ab und zu fiel ihr etwas ins Auge – ein einzigartiges Möbelstück oder ein besonderer Schnickschnack – und sie zögerte, sah es sich an und inspizierte es.

Wenn es ihr gefiel, kam es auf ihre Liste, zusammen mit dem Wert, den sie dafür veranschlagte, oder zumindest mit dem, was sie beim Bieten nicht überschreiten würde. Da sie nur begrenzte finanzielle Mittel hatte, um das Haus einzurichten, musste sie ihre Ausgaben unter Kontrolle halten. Renovierungen hatten für sie Priorität. Ein nicht undichtes Dach über dem Kopf war wichtiger als ein antikes Sofa.

Auktionen neigten dazu, sie in den Bann zu ziehen, und ehe sie sich versah, hatte sie viel zu viel für einen Gegenstand ausgegeben. Auktionen machten Spaß, aber auch süchtig.

Sie konnte nicht glauben, dass Mace heute mit ihr und Martin mitkommen wollte. In letzter Zeit hielt er sich immer in ihrer Nähe auf. Jedes Mal, wenn sie eine Besorgung machen musste, bestand er entweder darauf, sie für sie zu erledigen, oder wollte zumindest mitkommen.

Sie wusste nicht, ob er ihr helfen wollte oder einfach nur übermäßig besitzergreifend war. Wie auch immer, heute begleitete er sie. Aber schon kurz nach ihrer Ankunft gingen Martin und Mace weg und unterhielten sich darüber, welche Möbelstücke gut zu den Vertäfelungen und Holzleisten in ihrem Haus passen würden.

Normalerweise bevorzugte sie die Auktionen, die unter der Woche und tagsüber stattfanden, weil es dann weniger Konkurrenz für die Objekte gab, die sie haben wollte. Doch bei dieser Auktion wimmelte es nur so von Menschen, denn es war ein schöner Samstagmorgen.

Das Grundstück war nur etwa eine Meile von ihrem entfernt und die Auktion wurde vom Erben des verstorbenen Besitzers veranstaltet. Das Haus selbst wurde versteigert, aber es war in einem sehr schlechten Zustand, noch schlechter als ihres, in dem Moment als sie es gekauft hatte. Wer auch immer dieses Haus hier heute kaufen würde, müsste es höchstwahrscheinlich abreißen und von vorn anfangen. Aber obwohl das Haus in schlechtem Zustand zu sein schien, waren die alten Holzmöbel gut erhalten geblieben. Der Hof war mit klassischen, wunderschönen Stücken übersät.

Als sie einen weiteren Gang entlangschlenderte, entdeckte sie ein bestimmtes Stück, das sie im Auktionskatalog gesehen hatte – eine wunderschöne viktorianische Kommode aus Nussbaumwurzelholz.

Sie zog eine Schublade auf, um die Schwalbenschwanzverzahnung zu prüfen. Der Spiegel war groß, und das Holz um das Glas herum war handgeschnitzt. Die weiß profilierte und bunt gemusterte Marmorplatte bildete einen schönen Kontrast zu der kräftigen Walnussfarbe des Holzes. Für ein Möbelstück, das seit den 1860er-Jahren überlebt hatte, war es in ausgezeichnetem Zustand.

Colby trat zurück und sah es sich an. Sie wollte es unbedingt haben, aber sie wusste, dass es einen stolzen Preis haben würde. Sie seufzte enttäuscht. Irgendein Sammler würde es sich schnappen, und zwar zu einem Preis, der weit über ihren finanziellen Möglichkeiten lag.

»Schön, nicht wahr?«

Sie zuckte zusammen, als sie die tiefe Männerstimme direkt über ihrer Schulter hörte, und drehte sich zu dem Fremden um. »Ja. Ich würde es gern haben, aber ich glaube nicht, dass ich es mir leisten kann.«

»Woher wollen Sie wissen, dass Sie es sich nicht leisten können? Das hier ist eine Auktion. Bei einer Auktion kann man immer gute Schnäppchen machen.«

Der große, stämmige Mann hatte dunkelbraune Augen und ebenso dunkles Haar. Sein Teint war dunkler als der von Mace, eher olivfarben und unverkennbar ethnisch, auch wenn er keinen Akzent hatte. Irgendetwas an ihm war ihr nicht geheuer. Vielleicht, weil er ihr zu nahe stand und in ihre Privatsphäre eindrang.

Colby wich zur Seite aus, um etwas mehr Platz zwischen ihnen zu schaffen. Sie zuckte mit den Schultern. »Ich habe gesehen, was ähnliche Stücke eingebracht haben. Ich mache mir keine Hoffnungen, das zu ersteigern.«

»Aber Sie werden mitbieten?«

Sie dachte einen Moment nach. »Ja, bis es mein Budget übersteigt.«

»Und das wäre?«

Sie fühlte sich nicht wohl dabei, mit einem völlig Fremden über Geld zu reden, also wich sie der Frage aus. »An welchen Stücken sind Sie interessiert?«

Er zuckte leicht mit den Schultern und vergrub seine Hände in den Taschen seiner Hose. Aber nicht bevor sie die teure Uhr an seinem Handgelenk bemerkte. Eine Rolex. Könnte eine Fälschung sein.

»Ich bin nur zum Beobachten hier.«

Beobachten? Das war ein wenig seltsam. Die meisten Leute kamen zu einer Auktion, weil sie entweder ein gutes Geschäft machen oder ein bestimmtes Objekt erwerben wollten, nicht nur um zu beobachten. »Sind Sie mit dem Anwesen verwandt?«

»Nein. Ich bin nur vorbeigefahren, als ich die Autos und das Auktionsschild gesehen habe. Ich dachte, ich schaue mir das mal an.«

Ja, es standen eine Menge Autos wahllos auf der Straße, auf dem Rasen und in den Einfahrten der Nachbarn geparkt. Ein typischer Auktionstag eben. Aber diese Straße war keine Durchfahrtsstraße, keine Abkürzung, und sie wurde auch nicht für den Berufsverkehr genutzt. »Sie sind also aus der Gegend?«

Diese dunklen, plötzlich kalten Augen fixierten sie einen Moment lang und Colby kämpfte gegen den Drang an, zu frösteln. Warum sollte ihn eine einfache Frage wie diese beunruhigen?

»Nein. Ich bin nur zu Besuch bei … Freunden.« Er legte den Kopf schief und ließ seinen Blick langsam über sie gleiten, als wäre sie eine der kostbaren Antiquitäten, die zum Verkauf standen.

Diesmal konnte sie sich nicht dagegen wehren und ein Schauer lief ihr den Rücken hinauf. Und das lag nicht daran, dass er Interesse an ihr zeigte. Ein Gefühl von ›irgendwas stimmt hier nicht‹ überkam sie. Aber sie konnte es nicht genau zuordnen. Sie tat so, als würde sie sich für den Spiegel der Kommode interessieren, und fuhr mit ihren Fingern über die schlangenförmigen Schnitzereien.

»Exquisite Holzarbeiten, nicht wahr?«, fragte er.

Ohne zu antworten, schaute Colby in den Spiegel. Der Mann stand direkt hinter ihrer rechten Schulter, aber über ihre linke Schulter konnte sie Martin und Mace ausmachen. Sie standen nur zwei Gänge entfernt und unterhielten sich angeregt. Es sah sogar so aus, als würden sie über eine Badewanne mit Löwenfüßen diskutieren.

Wäre es wirklich auffällig, wenn sie sich umdrehte und den beiden hektisch zuwinkte?

Aber zum Glück musste sie das nicht. Mace schaute plötzlich auf, als hätte er ihren Blick und ihr leises Flehen gespürt. Er entdeckte den Mann in ihrer Nähe, richtete sich auf und kam schnell auf sie zu, wobei sein entschlossener Schritt keine Anzeichen von Hinken aufwies.

Wenn sie sich vorher keine Sorgen um diesen Fremden gemacht hatte, dann jetzt. Mace' Gesichtsausdruck wirkte ein wenig panisch, und seine Körpersprache verriet eine gewisse Dringlichkeit. Er bemühte sich, beides zu verbergen, aber es gelang ihm nicht.

Dafür, dass er ein Undercover-Agent war und seine Gefühle so deutlich zeigte …

Das bewies nur, dass sie sich bewegen musste, und zwar sofort. Wie ein Trottel dazustehen, würde ihr nichts nützen, wenn dieser Mann ihr etwas antun wollte. Aber … was zum Teufel? Warum sollte dieser Kerl ihr etwas antun wollen?

Sie drehte sich um und sah den Mann an. Er war verschwunden. Einfach so, *puff*. Sie schaute sich um, konnte ihn aber nicht finden, auch nicht in den nahen Gängen.

Mace stürzte auf sie zu und packte ihren Oberarm fester als nötig.

»Au. Was soll denn das?«

Sein Blick suchte die Umgebung ab, und er zog sie fest an sich. Martin machte sich auf den Weg zu ihnen, wobei er den anderen Auktionsteilnehmern auswich, die sich in der Nähe des Podiums versammelt hatten und auf den Beginn der Auktion warteten.

»Wer war das?«, fragte Mace sie und schenkte ihr endlich seine ganze Aufmerksamkeit.

»Ich habe keine Ahnung. Irgendein Auktionsteilnehmer,

schätze ich.« Zumindest hatte sie das gedacht. Jetzt war sie sich nicht mehr so sicher.

»Hat er dir seinen Namen gesagt?«

»Nein. Hätte er das tun sollen?« Mace antwortete nicht. Er starrte wieder in die Menge. »Mace, was zum Teufel ist hier los?«

Er entspannte sich sichtlich und strich ihr leicht mit den Lippen über die Stirn, als ob er sie beschwichtigen wollte.

Als ob so etwas Einfaches ausreichen würde.

»Nichts. Nur ein bisschen Eifersucht.«

Er log. Er mochte gut darin sein, aber es war ihr klar. Er war nicht der Typ Mann, der jemals zugeben würde, eifersüchtig zu sein. Niemals.

»Martin und ich hatten ein interessantes Gespräch«, platzte er heraus und versuchte offensichtlich, das Thema zu wechseln.

»Ach, ja?«

»Ja.« Er packte sie am Ellbogen und führte sie von der Menge weg. Er zog sie zu einer Reihe von Bäumen und schaffte so etwas Privatsphäre. Dort angekommen, drückte er sie mit dem Rücken gegen einen Baum, sodass sie von den anderen Besuchern nicht mehr gesehen werden konnte. »Er hat mir was erzählt, das mich beunruhigt hat«, sagte Mace, sein Gesicht nur Millimeter von ihrem entfernt.

Sie versuchte immer noch, den plötzlichen Themenwechsel zu begreifen. Sie abzulenken, würde nicht funktionieren. »Okay, willst du mich in der Schwebe halten? Oder wirst du es mir sagen?«

»Er wusste alles über Craig.«

Scheiße. Vielleicht würde es *doch* funktionieren, sie abzulenken. »Na ja, er ist mein Kumpel, mein Arbeitskollege. Ich habe mich ihm anvertraut.«

»Aber mir konntest du nichts von ihm erzählen. Mich konntest du nicht warnen.«

»Ich habe dir gesagt, warum.« Craig war kein Thema,

über das sie gern sprach, denn er war ein peinlicher Teil ihrer Vergangenheit, den sie vergessen wollte, besonders jetzt, nachdem Mace ihn verjagt hatte.

»Du hast dich bei mir nicht wohl genug gefühlt, um es mir zu sagen.« Das war keine Frage, sondern eine Feststellung.

Okay, das ärgerte ihn mehr, als sie je gedacht hätte. »Mein Gott, Mace. Bist du wirklich so verärgert darüber?«

Einen langen Moment lang sagte er nichts, sondern betrachtete nur ihr Gesicht. Dann senkte er seinen Kopf, bis sich ihre Lippen trafen. Zuerst war es ein sanfter Kuss, aber er wurde immer intensiver. Er vergrub seine Finger in ihrem Zopf, bewegte seinen Mund über ihren und tauchte seine Zunge zwischen ihre Lippen. Sein Knie schob sich zwischen ihre Schenkel, bis es gegen ihren Schamhügel drückte. Im nächsten Moment drückte er seinen Oberschenkel gegen ihren Kitzler und ließ sie in seinen Mund stöhnen.

Er zog sich ein Stück zurück und sein Atem vermischte sich mit ihrem. »Verdammt, Colby, ich will, dass du mir vertraust.«

Sie antwortete nicht. Sie wollte ihm ebenfalls vertrauen.

Er atmete aus und strich ihr eine Haarsträhne hinters Ohr, bevor er ihr ein beruhigendes Lächeln schenkte. »Komm schon. Wir müssen sehen, ob wir ein paar Teile finden, mit denen wir dein großes, leeres Haus auffüllen können.« Mit diesen Worten stieß er sich von ihr ab und ging zurück in die Menge.

Er versuchte, seine Angst vor etwas zu verbergen. Es ging um mehr als nur darum, dass sie sich mit einem Fremden unterhalten hatte. Und da sie nicht wusste, was ihn beunruhigte, machte sie sich Sorgen.

Kapitel Zwölf

MACE STRECKTE DIE HAND AUS, um auf das lästige Objekt zu schlagen. Das vibrierende Handy tanzte wieder einmal über die glatte Oberfläche des Nachttisches. Widerwillig nahm er es in die Hand und hielt es an sein Ohr. »Was?«

Totenstille herrschte, bis er merkte, dass er das Handy verkehrt herum hielt. Er drehte es zurecht und wiederholte seine schroffe Begrüßung.

»Halt deine Augen offen, Walker. Wir haben Berichte erhalten – zuverlässige Berichte – dass Spinozi und seine Männer nach dir suchen.«

Na, wenn das mal kein Weckruf war, wusste Mace nicht, was es war. Er setzte sich leicht auf und lehnte sich gegen das Kopfteil. »Warte, warte.« Er warf einen Blick auf das Kissen neben sich, um sich zu vergewissern, dass Colby noch schlief. Er legte seine Hand um seinen Mund und das Handy und flüsterte: »Okay, was zum Teufel geht hier vor sich?«

»Es ist ein Preis auf deinen Kopf ausgesetzt.«

Tja, welch eine Überraschung. »Ein Kopfgeld? Was ist der Preis?«

»Das wirst du nie erraten.«

»Dann sag es mir einfach.«

»Zweieinhalb.«

»Tausend?«

Der Mann am anderen Ende lachte.

»Zweieinhalbhunderttausend?« Mace bekam immer noch keine Antwort. Er schüttelte ungläubig den Kopf. »Nein.«

»Jupp. Ich bin fast versucht, dich selbst umzulegen.«

Mace fuhr sich mit einer Hand durch sein zerzaustes Haar. »Zweieinhalb Millionen? Heilige Scheiße, Spinozi muss wirklich sauer sein.«

»Hmm. Ich würde sagen, das ist eine Untertreibung. Ich hoffe, du erholst dich schnell, denn ich sage dir nur ungern, dass du auf dich allein gestellt bist, Kumpel. Ich würde dir ein paar Männer schicken, um dich zu decken, aber ich habe niemanden übrig. Und außerdem bist du doppelt so gut wie mein zweitbester Mann. Ich denke, du wirst mit diesem kleinen Hindernis allein fertig.«

»Mit dem kleinen Hindernis?« Ein kleines Hindernis war es nicht, kaltblütig von irgendeinem Handlanger eines Mafiabosses erschossen zu werden.

»Um deinetwillen und um ihretwillen solltest du das Mädchen loswerden und dich in einen sicheren Unter-schlupf begeben. Der Vertrag ist noch frisch, wenn sie also noch nichts von ihr wissen, ist sie in Sicherheit. Aber warte nicht. Es ist nur eine Frage der Zeit.«

Mace fluchte leise, als das Telefon verstummte. Er steckte es unter sein Kopfkissen und drehte sich um, um Colby beim Schlafen zuzusehen. Ihre Atmung blieb tief und gleichmäßig, sodass er keinen Grund zu der Annahme hatte, dass sie etwas davon gehört hatte.

Verdammt! Wie sollte er sie nur aus seinem Leben bekom-men? Die letzten Wochen waren die besten, die er je erlebt hatte. Colby war großartig … sexy und klug … und der Sex war unglaublich. Biochemikerin am Tag, Betthäschen in der

Nacht. Sie war offen für seine Vorschläge und bereit, jede Nacht etwas Neues auszuprobieren. Und auch jeden Morgen.

Allerdings zahlte er den Preis für ihren täglichen Bettentango. Tagsüber, wenn sie bei der Arbeit war, arbeitete seine Physiotherapeutin an den starken Beinkrämpfen, die er aufgrund der erhöhten Aktivität hatte. Robin sagte ihm, er solle aufhören, sich zu foltern, und er sagte ihr, das könne sie vergessen. Die Krämpfe waren es wert, auch wenn Colby nicht wusste, wie sehr ihn das belastete.

Scheiße! Was sollte er jetzt tun? Mit ihr Schluss machen? Er konnte es nicht tun. Er musste nachdenken. Wie konnte er sie in Sicherheit bringen und sie trotzdem in seinem Leben behalten?

Fuck! Das konnte er nicht.

Der kleine Zusammenstoß mit dem Fremden auf der Auktion war Beweis genug, dass er sie nicht rund um die Uhr beschützen konnte. Der Typ war vielleicht nur ein zufälliger Fremder, aber …

Er wollte nicht an das *Aber* denken.

Verdammt, er würde sich von ihr trennen müssen, und sie würde den wahren Grund auch nicht erfahren. Er konnte ihr nicht sagen, dass er einen Auftrag am Hals hatte. Das Letzte, was er wollte, war, dass sie in Panik geriet. Wenn jemand, der nur als Streich hier im Haus anrief, sie schon so gestresst hatte …

Na ja, vielleicht war das aber auch zu erwarten. Ursprünglich dachte sie, dass es Craig gewesen war. Er konnte ihr nicht verübeln, dass sie Angst vor dem Bastard hatte, nach dem, was er auf den Fotos gesehen hatte.

Aber es wäre besser für sie, wenn sie keine Angst hätte. Um sich selbst. Um ihn. Jetzt, da Craig Jones endlich aus ihrem Umfeld verschwunden war, konnte sie ihr Leben in Sicherheit und Geborgenheit genießen. Aber wenn Spinozi Aufträge auf seinen Kopf ausstellte, könnte ihre kleine sichere Welt zusammenbrechen. Und sie hatte etwas Besseres verdient. So viel besser.

Wenn Spinozi auch nur eine Ahnung hätte, was er für Colby empfand, würde der fette Bastard nicht zögern, sie umzubringen. Oder noch schlimmer.

Okay, denk nach, denk nach, denk nach! Wie konnte er sich plötzlich distanzieren, ohne von ihr ausgefragt zu werden?

Was wäre plausibel, nach allem, was zwischen ihnen beiden passiert war? Sie hatten sich eine Routine angewöhnt: Sie arbeitete unter der Woche, während er zum Physiotherapeuten ging, sie aßen abends zusammen, und am Wochenende waren sie in ihrem Haus und richteten es her.

Mace stöhnte auf. Er würde ein kaltherziger Bastard sein müssen. Er müsste in seine Rolle schlüpfen und zu jemandem werden, den sie hasste.

Er würde Craig werden müssen.

Fuck! Warum musste er das tun? Wenn es einen anderen Weg gäbe …

Colby legte ihren Arm über ihn, als sie sich streckte. Das Laken rutschte weg und gab den Blick auf eine nackte Brust frei. Er schloss die Augen gegen die Verlockung. Vielleicht konnte er damit warten … Nein, er musste es jetzt tun. Sie hatte es nicht verdient, in seinem Chaos verwickelt zu werden.

Sie rollte sich auf die Seite und schenkte ihm ein breites Lächeln. »Guten Morgen.«

Er wollte das nicht tun. Das wollte er wirklich nicht. Er holte tief Luft und sah in ihr strahlendes Gesicht. Er kniff kurz die Augen zusammen und schlüpfte widerwillig in seine Rolle.

»Ist es das?« Seine Stimme war kurz und kalt.

Verwirrung machte sich in ihrem Gesicht breit, ihre Augenbrauen zogen sich zusammen. »Stimmt irgendwas nicht?«

»Was sollte nicht stimmen? Es ist doch alles perfekt. Alles läuft so, wie du es dir vorstellst.« Er stand aus dem Bett auf und zeigte mit dem Finger auf sie. »Warum bringst du deine Sachen nicht einfach hierher? Warum brauchst du überhaupt dein eigenes Zimmer? Warum machst du dir überhaupt die Mühe, diese Todesfalle von einem Haus zu renovieren?«

Sie zog das Laken über ihre Brust, ihr Gesicht war blass. »Mace, was ist los? Tut dein Bein weh? Habe ich irgendwas getan?«

»Ich muss duschen. Wirst du nicht zu spät zur Arbeit kommen?«

Sie schaute mit großen Augen auf die Uhr. »Nein.«

»Warum bist du dann nicht unten und machst mir Frühstück?«

Mace stürmte aus dem Schlafzimmer und ließ Colby mit herunterhängender Kinnlade allein in seinem Bett zurück.

Er knallte die Badezimmertür hinter sich zu und ging auf und ab. Er brauchte Zeit, um sich einen Plan zurechtzulegen, um die Sache glaubhaft zu machen. Wenn er es vermasselte, könnte das ihr Todesurteil sein. Oder seins.

Nachdem er aus der Dusche gestiegen und angezogen war, stapfte er die Treppe hinunter und in die Küche. Colbys Gesicht war immer noch aschfahl; ihr Haar hing ungewöhnlich locker um ihre Schultern. An ihrer Bluse war ein Knopf offen, und sie hing schief. Am liebsten hätte er ihr die Bluse zurechtgerückt und wieder zugeknöpft, aber stattdessen ballte er seine Finger zu Fäusten.

Sekunden nachdem er sich an den Tisch gesetzt hatte, stellte sie einen Teller mit Essen vor ihm ab. Er starrte auf das Gemüseomelett und das trockene Vollkornbrötchen, bevor er den Teller energisch von sich wegschob. Er rutschte mit einem Klirren den Tisch hinunter und das Brötchen flog auf den Boden. Colby wirbelte herum, als sie gerade dabei gewesen war, ihm Kaffee einzuschenken, und schrie auf, als die brennende Flüssigkeit über ihre Hand schwappte.

Er knallte mit der Handfläche auf den Tisch, sodass sie zusammenzuckte. »Das nennst du Frühstück? Kann ich nicht mal normalen weißen Toast haben? Und Speck? Warum bist du so ein verdammter Tollpatsch? Du hast Kaffee über den ganzen Boden verschüttet. Jetzt mach ihn verflucht noch mal sauber, bevor das Flecken auf dem Boden hinterlässt. Ich gehe aus zum Frühstück. Zum Abendessen werde ich auch nicht zu Hause sein.«

»Mace ...«, flüsterte sie mit zittriger und atemloser Stimme.

Er ließ Colby zurück, die ihre verbrannten Finger unter dem Wasserhahn abkühlte. Ihm waren die Tränen in ihren Augen nicht entgangen, aber er durfte sich davon nicht beeinflussen lassen. Er konnte es einfach nicht. Es war nur zu ihrem Besten. Auch wenn sie es nicht wusste. Es musste so sein.

Es musste sein.

Fuck!

IM HAUS WAR es so still. Mace war gestern Abend wirklich nicht zum Essen nach Hause gekommen. Und heute Abend auch nicht. Er war überhaupt nicht nach Hause gekommen.

Colby musste mit ihm reden. Sie wollte wissen, was ihn beunruhigte. Warum er sich gestern Morgen so verhalten hatte. Hatte sie irgendwas falschgemacht?

Vielleicht wollte er keine Frau, die mit so viel Ballast kam. Vielleicht hatte er nach dem Vorfall mit Craig, der Schutzverordnung und den schrecklichen Fotos erkannt, dass sie mehr Ärger machte, als sie wert war. Vielleicht hat ihn seine Wut endlich eingeholt und er war sauer, dass sie Craig vor ihm geheim gehalten hatte. Er hatte auch deutlich gemacht, dass er nicht glücklich darüber war, dass Martin über ihre Vergangenheit Bescheid wusste, dass sie persönliche Dinge mit ihrem Assistenten teilte, aber nicht mit Mace, ihrem Geliebten.

Vielleicht war ihre Beziehung aber auch zu schnell zu kompliziert für ihn geworden und er musste sich zurückhalten.

Jetzt, nur noch eine halbe Stunde bis Mitternacht, stand sie vor seiner geschlossenen Schlafzimmertür. Sie versuchte es mit dem Knauf und war überrascht, dass sie nicht verschlossen war. Der Raum war dunkel, als sie die Tür hinter sich schloss. Sie tastete sich zum Bett hinüber und schaltete die Lampe ein. Das Licht beleuchtete die zerwühlten Laken und erinnerte sie an das Vergnügen, das sie in Mace' Armen gefunden hatte. Nur dass es sich jetzt in die Hölle verwandelt hatte.

Er hatte eine Hölle – Craig – aus ihrem Leben verjagt, nur um eine andere in ihr Leben zu bringen.

In den letzten zwei Tagen war es ihr unmöglich gewesen, sich bei der Arbeit zu konzentrieren. Ihr Magen hatte sich zu einer festen Kugel zusammengezogen und sie hätte genauso gut gar nicht da sein können. Martin hatte sich zwar besorgt gezeigt, sich aber schnell wieder zurückgezogen, als sie ihn angeschnauzt hatte.

Sie betrachtete Maxis gerahmtes Bild. Sie vermisste ihre Freundin, aber sie wollte sie nicht nerven und ihr frisch verheiratetes Glück trüben. Trotzdem brauchte sie jemanden, mit dem sie reden konnte. Um zu fragen, was schiefgelaufen war. Vielleicht hatte er schreckliche Schmerzen gehabt. Sie hoffte, dass es so war, auch wenn sie nicht wollte, dass er litt.

Colby fuhr mit einer Hand über die zerknitterten Laken. Kalt. Genau das Gegenteil von all den heißen gemeinsamen Nächten.

Sie ging zu seiner Kommode hinüber und nahm sein

Parfüm in die Hand. Als sie an der Flasche schnupperte, verkrampfte sich ihr Unterkörper durch den unverkennbaren Duft. Sie sammelte seine Sweatshirts vom Boden auf, faltete sie zusammen und legte sie auf das Ende seines Bettes, während sie sich fragte, ob er heute zu seiner Physiotherapie gegangen war. Vielleicht würde er sich danach besser fühlen und alles würde wieder normal werden.

Seufzend ließ sie sich durch das Zimmer treiben und berührte die Bilderrahmen, die an der Wand hingen. Unter den Bildern befanden sich seine Highschool- und College-Diplome. Colby trat näher heran, um sie zu lesen; er hatte seinen Bachelor in Strafjustiz.

Eine dunkle Linie in der Wand, eine kleine Öffnung, lenkte ihre Aufmerksamkeit auf einen winzigen Kleiderschrank, dessen Tür angelehnt war. Es war nicht der normale Schrank, in dem er seine Kleidung aufhängte, sondern ein Schrank, der ihr noch nie aufgefallen war. Die zwei Meter hohe Tür, die in der gleichen Farbe wie die Wände gestrichen war und die weder einen Knauf noch Scharniere hatte, die sie verraten hätten.

Sie durchquerte den Raum, zögerte aber, als sie Schuldgefühle überkamen. Sie sollte nicht herumschnüffeln, aber sie wollte mehr über diesen Mann erfahren. Mehr über den Mann, den sie so gut kannte, aber offen gestanden, kaum kannte. Er war so voller Geheimnisse, sprach nie über seine Arbeit oder frühere Beziehungen. Nichts.

Er konnte also nicht sauer sein, dass sie Craig als kleines, schmutziges Geheimnis für sich behalten hatte. Das konnte er nicht sein; das würde keinen Sinn ergeben. Sie musste aufhören zu spekulieren. Sie musste einfach dieses Missverständnis aufklären – wenn es denn eines war –, wenn er nach Hause kam.

Die kleine Tür knarrte, als sie sie langsam aufzog und in das dunkle Fach spähte, um einen Blick hineinzuwerfen. Ein paar Kartons mit Akten und ein kleiner Aktenschrank füllten den engen Raum. Colby zerrte an einer Schublade. Alles verschlossen. Sie griff nach der nächstgelegenen Bankbox, zog sie ins Licht und riss den Deckel ab. Er war vollgestopft mit Aktenmappen, auf denen mit Filzstift ein Name stand.

Obenauf lag eine dicke Mappe, als wäre sie erst vor Kurzem herausgenommen und in aller Eile wieder hineingeworfen worden. In schwarzer Blockschrift stand der Name *Manni Spinozi.*

Spinozi. Obwohl ihr der Name bekannt vorkam, konnte sie ihn nicht genau zuordnen.

Sie öffnete die Mappe und fand auf der einen Seite der Hülle ein Foto und auf der anderen Seite ein Profil des Mannes, festgebunden. Sie betrachtete das Foto eines dunkelhäutigen, gut gekleideten Mannes. Es war offensichtlich eine Momentaufnahme und er schien nicht zu wissen, dass dieses Foto gemacht worden war. Sie erinnerte sich, seinen Namen in den Nachrichten gehört zu haben, konnte sich aber nicht erinnern, warum.

Als sie das Profil scannte, hörte sie Stimmen aus dem Flur. Sie erkannte die von Mace, aber die andere – eine Frau – kannte sie überhaupt nicht.

Mit rasendem Herzen warf sie die Akte zurück in die Schachtel und schlug mit zitternden Händen den Deckel zu. Sie schob die schwere Kiste zurück in den Schrank und schloss schnell die Tür. Sie richtete sich auf, als die Schlafzimmertür aufknallte.

Mace blieb in der Tür stehen, den Arm um eine wasserstoffblonde Frau geschlungen.

Sie starrte die beiden überrascht an, und sie starrten sie zurück. Keiner atmete, bis die Blondine kicherte.

»Was machst du in meinem Zimmer?«

Colby blinzelte. »Ich …« Und blinzelte wieder, weil ihr die Worte fehlten. Ihr Gehirn verstand nicht, was sie sah. »Ich …«

Seine Augen musterten sie, und sie fühlte sich plötzlich unwohl in dem übergroßen T-Shirt, in dem sie manchmal schlief. Die Frau, die Mace anlächelte, trug einen kurzen, schwarzen Lederrock und ein kleines, glänzendes, goldenes Neckholder-Top. Eines, das ihre Brüste nicht vollständig bedeckte. Das Outfit sah ein bisschen billig aus. Nein, sehr billig, aber wesentlich aufreizender als Colbys unförmiges T-Shirt.

»Hast du auf mich gewartet wie ein einsamer …«

Ihre Aufmerksamkeit richtete sich wieder auf Mace. *Denk nach, denk nach, denk nach!* »Nein! Ich … habe etwas von mir hier liegen lassen. Ich bin hierhergekommen, um es zu holen.«

»Hast du es gefunden?«

Sie beobachtete, wie Mace' baumelnde Hand über die Brüste der Blondine streifte. Sie waren kaum zu verfehlen, so wie sie heraushingen. Sie nickte, konnte aber wegen des Kloßes in ihrer Kehle keinen Ton herausbringen.

»Gut. Jetzt möchten wir allein sein.« Er grinste sie an. »Raus hier!«

Sie konnte ihren Blick nicht von den beiden abwenden, die Hüfte an Hüfte in der Schlafzimmertür standen. Als Mace sich herunterbeugte und der Blondine einen ausgiebigen, feuchten Kuss auf die knallroten Lippen gab, wandte Colby den Blick ab.

»Verstehst du den Wink mit dem Zaunpfahl nicht?«

Sie näherte sich dem Paar, das die Tür blockierte, hielt aber inne, um die Luft zu schnuppern. »Bist du betrunken?«

Mace stieß einen explosiven Fluch aus, schob die Blondine zur Seite und griff nach Colby. Er packte sie am Arm und zerrte sie in den Flur. Sein fester Griff tat ihr weh, aber sie konnte nicht entkommen. Er machte ihr Angst. Das war nicht der Mann, für den sie ihn gehalten hatte.

Verdammt, es war wieder wie bei Craig! Sie hatte sich geschworen, nie wieder in eine solche Lage zu kommen, sich nie wieder unterdrücken zu lassen, weder mental noch körperlich. Und jetzt …

Seine leisen, bedrohlichen Worte machten ihr noch mehr Angst. »Du erstickst mich, Frau! Ich halte das nicht aus! Ich will, dass du dieses Haus verlässt. Morgen.«

Colby riss endlich ihren Arm los. »Keine Sorge, ich bin heute Abend hier weg.«

Sie stürmte den Flur entlang und in ihr Schlafzimmer, wo sie sich auf ihr Bett warf und ihre heftigen Schluchzer im Kopfkissen versteckte. Als sie nachließen, fühlte sie sich leer und wütend. Auf sich selbst.

Verdammt noch mal. Sie hatte sich verliebt. Und zwar heftig. Aber es gab niemanden, dem sie die Schuld geben konnte, außer sich selbst. Sie hatte sich oft gesagt, dass sie sich nicht auf jemanden einlassen sollte, besonders nicht auf einen Mann wie Mace. Aber sie hatte es wieder getan. Und wieder einmal war sie am Ende die Verliererin.

Mit zittrigen Fingern umklammerte sie die Bettdecke. Es war ihre eigene Dummheit. Sie war dumm genug, um …

Verdammte Scheiße, sie hatte sich in diesen Mann verliebt! In den Mann, der in diesem Moment mit einer anderen Frau in seinem Schlafzimmer am Ende des Flurs war und ihr das Herz aus dem Leib riss. Sie schniefte und schnappte sich ein Taschentuch, um sich die Nase zu putzen. Sie musste sich zusammenreißen. Sie hatte schon einmal eine miese Beziehung überlebt, sie konnte es wieder tun. Sie musste es tun.

Sie würde einfach ihre Sachen aus ihrem Zimmer holen – nein, das war sein Zimmer – und in ihr eigenes Haus ziehen. Es war zwar noch nicht fertig, aber sie konnte nirgendwo anders hin. Ironischerweise hatte sie zu diesem Zeitpunkt schon mehr geschafft, als sie ursprünglich geplant hatte, denn Mace hatte ihr geholfen, einen Großteil der Arbeit zu erledigen. Sie würde das schon schaffen.

Nachdem sie ihre Klamotten in die Koffer gepackt

hatte, musste sie nur noch ihre persönlichen Sachen aus dem Bad holen, das sich leider gegenüber von Mace befand.

Als sie den Flur hinunterschlich, hörte sie Kichern, Stöhnen und leidenschaftliche Schreie.

Colby wollte sich die Ohren mit den Händen zuhalten, aber sie tat es nicht. Sie musste die Wahrheit über diesen hinterhältigen, niederträchtigen Mann erfahren. Und es gab keinen besseren Weg, als dem Mann, den sie liebte, beim Sex mit einer anderen Frau zuzuhören.

Sie schloss die Badezimmertür hinter sich, bevor sie laut schluchzte.

MACE HÖRTE das Quietschen der Reifen des Cabrios. Sie war weg.

»Okay, hör auf damit.«

Die Blondine blickte überrascht von dem auf, was sie gerade tat … nämlich zu versuchen, seine Hose aufzukriegen. »Was ist los, Baby?«

»Nichts. Ich habe dich dafür bezahlt, die Rolle zu spielen. Nicht, dass du es wirklich tust.« Er riss sich von ihr los und richtete sich auf.

»Es macht mir nichts aus, Süßer, wenn du ein bisschen spielen willst.« Sie griff mit ihren rot lackierten Fingernägeln nach ihm. »Du bist irgendwie niedlich.«

Er trat vom Bett zurück und steckte sein Hemd wieder in die Hose. »Es macht mir aber was aus.«

Das Letzte, was er brauchte, war, dass diese Frau ihre Krallen in ihn schlug, da sie wahrscheinlich so etwas wie eine Petrischale war. Aber sie war die Beste, die er in dieser Stadt finden konnte; es gab nicht allzu viele Stripclubs, aus denen er wählen konnte.

»Ach, komm schon! Du kannst es einem Mädchen nicht verübeln, dass sie es versucht.«

Mace kramte in seiner Gesäßtasche und holte seine Brieftasche heraus. Er warf einen Fünfziger auf das Bett.

»Für fünfzig Dollar kannst du ein bisschen mehr bekommen als nur Schauspielerei.« Sie lächelte ihn an, leckte sich über die Lippen und zwinkerte ihm übertrieben zu.

Verdammt noch mal. Sie war nichts für ihn. Ganz und gar nicht. »Nein danke, ich werde dir ein Taxi rufen.«

»Spielverderber.«

Er schloss die Augen. Colby hatte ihn einmal einen Spaßverderber genannt. Ja, vielleicht war er das auch. Aber er war nicht in der Stimmung, mit dieser Frau zu *spielen*. Er wollte Colby. Er wollte sie so sehr, dass ihm das Herz brannte. Sie gehörte in seine Arme. Und in sein Bett.

Aber jetzt war sie weg. Obwohl es das Beste war.

Ja, dass sie weg war, war das Beste. Das musste er sich nur immer wieder einreden.

Fuck!

Kapitel Dreizehn

COLBY SCHLENDERTE über ihre neu gestrichene Veranda und genoss die Abendbrise. Sie begutachtete den Vorgarten. Ihr Landschaftsgärtner hatte gute Arbeit geleistet. Der Rasen sah langsam wie ein richtiger Garten aus. Die Büsche wurden gestutzt und die Bäume zurückgeschnitten, um mehr Licht um das Haus herum zu ermöglichen. Bald würden kleine Blumenbeete sprießen und den Bäumen, dem Weg und den Laternenpfählen etwas Farbe verleihen.

Sie seufzte. Es würde wunderschön werden. Schade, dass sie niemanden hatte, mit dem sie es teilen konnte.

Bei der Arbeit hatte Martin ihre Stimmung bemerkt und ihr sogar ein Blind Date vorgeschlagen. Obwohl sie jedes Mal ablehnte, ließ er nicht locker. Er kannte den perfekten Kerl und wer hätte das gedacht? Er war auch noch hetero. Colby musste über seine Bemerkung lachen, was Martin zum Lächeln gebracht hat. Endlich hatte er ihre traurige Ader durchbrochen. Wenn auch nur für einen kurzen Moment.

Schließlich stimmte sie dem Blind Date zu, denn sie sah keinen Sinn darin, jeden Abend im Haus zu sitzen und

Trübsal zu blasen. Es war drei Wochen her, dass sie Mace' Haus verlassen hatte.

Drei Wochen. Drei lange, miserable Wochen. Sie vermisste ihn.

Verdammt, sie liebte ihn. Der Idiot hatte sie dazu gebracht, sich in ihn zu verlieben. *Verflucht möge er sein.*

Wahrscheinlich trieb er es mit jeder Tussi, die er finden konnte. Sie war nichts weiter als eine Ablenkung für ihn gewesen. Ein vorübergehendes Spielzeug. Praktisch, da sie in seinem Haus gewohnt hatte. Sie hatte gekocht, geputzt und sogar seine Wäsche gewaschen. Ganz zu schweigen davon, dass sie ihm bei seiner Physiotherapie geholfen hatte. Was für eine verdammte Närrin sie doch gewesen war.

Einmal eine Närrin, immer eine Närrin. Wie oft hatte sie schon gehört, dass Frauen, die missbraucht worden waren, sich immer wieder einen anderen Missbraucher suchten? Ob sie es nun wollen oder nicht.

Mace war vielleicht kein Missbraucher, aber er war definitiv ein Ausnutzer.

Jetzt stand sie hier und wartete auf ein Blind Date. Was war nur los mit ihr? Sie sollte das männliche Geschlecht komplett aufgeben.

Ein silberner viertüriger Wagen fuhr die Einfahrt hinauf. Ein elegant gekleideter Mann stieg aus und winkte ihr freundlich zu.

»Robert?« Sie ging auf ihn zu und betrachtete ihn eingehend. Sein braunes Haar war nicht annähernd so dunkel wie das von Mace. Er war auch viel kleiner und stämmiger, aber er hatte ein nettes Lächeln.

»Hallo, du musst Colby sein.« Er nahm ihre Hand und strich mit seinen Lippen über ihre Fingerknöchel. Ein echter Gentleman. »Du bist noch schöner, als Martin gesagt hat.«

Hitze kroch in Colbys Wangen. »Danke.«

»Bist du bereit?«

Sie nickte und schenkte ihm ein gezwungenes Lächeln.

Als Robert ihr die Autotür öffnete, stieg sie ein und murmelte: »So bereit, wie ich nur sein könnte.«

MACE LIEF vor dem Restaurant auf und ab, seine Fäuste ballten und lösten sich in rasendem Tempo. Er hielt noch einmal inne, um durch das Fenster zu schauen.

Was tat sie da? *Fuck!* Wer war das bei ihr?

Was zum Teufel hatte er hier überhaupt zu suchen? Mein Gott, war er dumm. Ganz zu schweigen davon, dass er so verdammt unvorsichtig war.

Er trat vom Fenster weg und verschwand in der Dunkelheit. Er lehnte sich an das Backsteingebäude, die Fäuste immer noch schmerzhaft geballt, während er versuchte, sich einen Reim darauf zu machen. Als er sie aus seinem Bett, seinem Haus … seinem Leben vertrieben hatte, hatte er nicht erwartet, dass sie so schnell in die Arme eines anderen Mannes fallen würde.

Wie konnte sie mit diesem Kerl ein Date haben? Und es sah so aus, als würde sie sich amüsieren. Sie lächelte ihn immer wieder an, obwohl der Typ wie ein Nerd aussah. Wie ein Wissenschaftler-Kollege … Er stöhnte.

Mace musste sich zurückhalten, um nicht in das Restaurant zu stürmen und sie hinauszuzerren. Am liebsten hätte er sie sich über die Schulter geworfen und sie nach Hause getragen. Zurück zu ihm. Zurück in sein Bett.

Er atmete tief ein und legte den Kopf in den Nacken, um in den Nachthimmel zu schauen, der teilweise von der Straßenlaterne verdeckt wurde. Er sollte nicht hier sein. Er musste aufhören, sie zu beschatten. Das brachte nichts, außer Kummer für ihn selbst. Und für sie war es definitiv unsicher. Er wusste es besser.

Er dachte mit seinem Herzen und seinem Schwanz, nicht mit seinem Kopf.

Nachdem er sich von der Wand weggedrückt hatte, warf er einen letzten Blick in das Fenster. In diesem Moment bemerkte er das Auto. Nicht nur sein eigenes dummes Arschgesicht spiegelte sich im Fenster, sondern auch ein langer schwarzer Lincoln mit dunkel getönten Scheiben.

Er verkrampfte sich. Jeden Moment konnte ihn eine Kugel treffen und er würde mit heruntergelassenen Hosen erwischt werden. So wie er Colby gefolgt war, war er auch verfolgt worden. Spinozis Männer wussten genau, wo er war.

Sie wussten, dass er Colby hierher gefolgt war.

Sie wussten es, verdammt.

Colby würde in Gefahr sein, und das war seine Schuld. Es war alles seine Schuld.

Er musste da raus und sie von Colby wegführen. Er konnte nicht riskieren, sie zu warnen, nur weil sie vielleicht nicht gemerkt hatten, dass Mace ihr gefolgt war. Vielleicht.

Er konnte es nur hoffen.

Er warf einen letzten Blick in das Restaurant und verschwand in der Gasse.

ROBERT BEGLEITETE Colby die Veranda hinauf und zur Haustür, wo sie sich ihm zuwandte. »Nun, danke für den schönen Abend.«

Er nahm eine ihrer Hände in seine. Seine fühlte sich viel weicher und kleiner an als die von Mace. Er hatte auch keine Schwielen.

»Es war ein wunderbarer Abend. Ich hoffe, du hast ihn genossen. Ich habe es auf jeden Fall.«

Er schaute auf ihren Mund und ihr wurde klar, dass er versuchen könnte, sie zu küssen. Sie zog ihre Hand behutsam weg und trat einen Schritt zurück. »Gute Nacht.«

Robert sah aus, als wollte er etwas sagen, hielt sich aber

zurück. Stattdessen lächelte er sie an und nickte wissend. »Ja, gute Nacht, Colby. Wenn es dir nichts ausmacht, würde ich dich gern wieder anrufen.«

Sie nickte leicht und sah zu, wie er zu seinem Auto ging. Sie schloss die Haustür erst auf, als er weggefahren war. Sie ließ einen lauten Seufzer los.

Robert konnte Mace nicht das Wasser reichen. Sie hatte heute Abend wirklich versucht, Robert zu mögen.

Sie hatte über seine Witze gelacht und über seine Komplimente geschmunzelt. Alles. Sie hatte es versucht. Aber es war nichts da. Nicht einmal ein Hauch von einem Funken. Verflucht war Mace, weil er sie dazu brachte, ihn zu wollen.

Und nur ihn.

Sie öffnete die Tür und griff nach dem Lichtschalter.

»Colby«, flüsterte es nahe an ihrem Ohr. Sie riss ihre Hand zurück und kreischte überrascht auf.

»Pst. Ich bin's.«

»Mace!« Ihre Augen gewöhnten sich langsam an die Dunkelheit, aber sie konnte seine Gestalt im Foyer kaum ausmachen. »Was zum Teufel machst du hier? Wie bist du hier reingekommen?«

»Ich werde jetzt nicht mit dir das Frage-Antwort-Spiel spielen. Ich muss mit dir reden.«

»Wenn du hier bist, um um Vergebung zu bitten …«

Mace' heftiger Fluch ließ sie erstarren. *Ich schätze nicht.*

»Warum kann ich das Licht nicht anmachen?«, fragte sie genervt. Sie brauchte Licht, um sicherzugehen, dass sie ihr Ziel traf, wenn sie ihm in seine betrügerischen Nüsse trat.

»Weil ich nicht will, dass jemand sieht, dass ich im Haus bin.«

»Wer soll das denn sehen?«, fragte sie und verlor die Geduld mit diesem Spiel, das er spielte.

»Niemand, hoffentlich. Das ist der Punkt.«

»Hast du vor, mir zu sagen, was hier los ist?«

»Gibt es einen Ort, wo wir uns hinsetzen können?«

Aha, er hatte also bemerkt, dass das Wohnzimmer noch keine Möbel hatte. So weit war sie noch nicht gekommen. »Die Treppe.«

Er ergriff ihren Arm und führte sie durch die Dunkelheit zu ihrer Treppe. »Setz dich.«

Sie setzte sich. »Mace …«

»Colby, lass mich zuerst sprechen. Es ist sehr wichtig. Ich bin hier, um dich zu warnen.«

»Mich warnen? Wovor?«

»Vor eincm Fall, an dem ich gearbeitet habe.«

»Manni Spinozi.« Die plötzliche Stille ließ sie erstarren. Sie wünschte, sie könnte sein Gesicht sehen.

Er ließ sich auf der Stufe neben ihr nieder. »Was weißt du über ihn?« Sein kalter Tonfall traf sie ins Mark.

»Nicht viel. Ich habe gehört, dass er ein großer Mafiaboss ist. Er steht auf der Liste der zehn Meistgesuchten des FBI. Die Sicherheitsbehörde für Geldwäsche und Terrorismusbekämpfung und die Drogenfahndung würden ihn auch gern in die Finger kriegen.«

»Wo hast du das gehört?«

»In den Nachrichten. Er wurde ein paar Mal in den Nachrichten erwähnt. Ist er derjenige, der auf dich geschossen hat?«

»Nein. Sein Bruder.« Er fluchte wieder, und zwar heftig. »Es tut mir leid, Colby. Es tut mir so leid.«

»Was denn?« Warum konnte sie das Licht nicht anmachen? Dass sie sein Gesicht nicht lesen konnte, machte sie verrückt. Es machte ihr Angst. Sie hatte das Gefühl, dass sie die Hälfte der Geschichte verpasst.

»Weil ich dich da reingezogen habe.«

»In die Sache mit dir?« Es wurde auch langsam Zeit, dass er sich entschuldigte.

»In das hier. Diesen Schlamassel.«

»Wie …«

»Allein das Zusammensein mit mir könnte dich in Gefahr bringen. Wenn sie eine Ahnung haben, was ich empfinde für …« Seine Stimme verstummte. Er stieß einen langen, stürmischen Seufzer aus.

»Für was?«, bohrte sie nach.

»Hoffentlich wissen sie nichts von dir. Ich hoffe, ich habe dich rechtzeitig aus meinem Haus gebracht.«

»Aus deinem Haus gebracht«, wiederholte sie. Langsam wurde ihr alles klar. »Du hast mich mit dieser … *dieser Frau* vertrieben? Willst du mir sagen, dass es wegen dieses Typen war?«

»Er ist Grund genug. Colby, du kennst *den Kerl* nicht. Ich schon. Ich habe seine *Familie* infiltriert. Jetzt weiß er es und hat es auf mich abgesehen. Ich kann auf mich selbst aufpassen, aber es wird schwer sein, dich zu beschützen, es sei denn, ich schließe dich in ein Zimmer ein.«

Colbys Rückgrat versteifte sich. »Was? Ich hoffe, du hast nicht …«

»Nein. Scheiße, nein. Das werde ich nicht tun. Ich hoffe, ich habe heute Abend nichts Dummes gemacht, was deine Sicherheit gefährdet.«

»Was zum Beispiel?«

»Zum Beispiel … *Scheiße*. Ich bin dir zu deinem Date gefolgt.« Die Worte sprudelten nur so aus ihm heraus und überraschten Colby. »Ich habe versucht, mich fernzuhalten, aber ich habe versagt. Ich hatte nicht vor, dir etwas zu sagen. Ich wollte dich nicht warnen. Verdammt, ich wollte nicht, dass du involviert wirst. Es ist jetzt schon riskant für mich, hier zu sein. Aber ich muss dich warnen. Ich muss es tun.« Es hörte sich so an, als ob er mehr versuchte, sich selbst zu überzeugen als sie. »Ich habe etwas Dummes getan und du musst es wissen.«

»Du bist mir gefolgt.« Das war keine Frage, sondern eher ein Ausdruck des Unglaubens. Sie stand auf und ging in der Dunkelheit umher, um sich zu orientieren.

»Colby, ich habe einen Fehler gemacht.«

»Einen Fehler. Bin ich der Fehler? War es ein Fehler, das blonde Flittchen mit nach Hause zu bringen? Oder bist du nur sauer, weil du zugeben musstest, dass du mir gefolgt bist?«

In der Dunkelheit konnte sie sehen, dass er seinen Kopf in den Händen hielt, aber nicht viel mehr. Er antwortete ihr nicht. Sie wusste sowieso nicht, ob sie die Antworten auf ihre Fragen wirklich wissen wollte.

»Mace, du warst nachlässig. Selbst ich – wie würdet ihr mich nennen – als *Zivilistin* kann das sehen. Kein Wunder, dass du im Einsatz angeschossen wurdest. Unvorsichtige Menschen werden verletzt.« Sie wollte ihm wehtun, ihm so wehtun, wie er ihr wehgetan hatte. Durch ihre gehässigen Worte fühlte sie sich nicht besser. Sie fühlte sich eher noch schlechter.

»Ich … ich gehe ins Bett.« Sie schob sich an ihm vorbei die dunkle Treppe hinauf. Am oberen Ende der Treppe hielt sie inne. »Du kennst den Weg nach draußen.«

Kapitel Vierzehn

MACE BLIEB WIE ANGEWURZELT SITZEN, während er dem Klicken ihrer High Heels lauschte, als sie den Korridor hinunterging. Es war keine Überraschung, dass eine Tür zuknallte.

Das war nicht ganz so gelaufen wie geplant. Aber was war schon nach Plan verlaufen, seit er sie getroffen hatte?

Er hatte heute Abend alles vermasselt, und er konnte sich keine weiteren Fehler leisten. Sie hatte recht. Er war unvorsichtig gewesen, und genau diese Unvorsichtigkeit hatte ihn verletzt und fast seine Karriere gekostet. Er musste sich zusammenreißen. Seine Gefühle für Colby machten ihn leichtsinnig und brachten sie beide in Gefahr.

Der Riegel an der Haustür rutschte an seinen Platz und dann ging er systematisch durch das Erdgeschoss und vergewisserte sich, dass alle Fenster gesichert waren. Morgen früh würde er eine Sicherheitsfirma anrufen.

Nachdem er mindestens ein halbes Dutzend Mal gegen die Versuchung angekämpft hatte, die Treppe hinauf und in ihre Arme zu rennen, schlüpfte er ein paar Minuten später durch die Hintertür aus dem Haus und vergewisserte sich, dass die Tür hinter ihm abgeschlossen war.

Er fuhr nach Hause und war mehr denn je entschlossen, sich aus Colbys Leben zurückzuziehen.

Die einzige Möglichkeit, die Mace kannte, um Spinozis Männer von ihr fernzuhalten, war, die Stadt zu verlassen — es sei denn, er tötete sie alle, was selbst für ihn unmöglich war. Sie würden ihm folgen, wie es gute kleine Handlanger eben taten. Und es gab keinen Zweifel, dass er verfolgt wurde. Mace wusste, dass sie auf den richtigen Moment warteten, um ihn zu erwischen.

Er wusste auch, dass sie ihn nicht schnell und einfach töten würden. Spinozi wollte, dass er litt.

Er war ein leichtes Ziel, wenn er in seinem Haus blieb. Der Anschlag bewies, dass sie seinen richtigen Namen kannten und wussten, wo er wohnte. Er musste ein Geist werden. Und zwar sofort.

Im Haus angekommen warf er ein paar Sachen in seine Tasche. Er musste sich mit seinem Boss in Verbindung setzen, um einen neuen Auftrag zu bekommen.

Er würde nicht mehr Macen Jeffrey Walker sein, sondern jemand anderes. Joe Schmoe, wenn es sein musste. Es würde noch ein paar Jahre dauern, bis Mace Walker wieder auftauchen würde, wenn überhaupt.

Natürlich würde er Maxi warnen, bevor sie von ihrer Reise zurückkam. Er würde ein Maklerbüro beauftragen, das Haus für ihn zu verkaufen. Er und auch Maxi könnten hier nie wieder sicher leben.

Am meisten bedauerte er, dass er seine Schwester nicht sehen oder mit ihr sprechen konnte. In der Zukunft würde er einen Weg finden müssen, sie zu kontaktieren. Wenn und falls es jemals sicher war. Mit ihrem neuen Ehenamen würden Spinozi und seine Gang vielleicht gar nicht merken, dass sie verwandt waren. Und er würde es gern dabei belassen.

Das Klingeln des Haustelefons riss ihn aus seinen

Gedanken. *Fuck!* Warum hatte er sie noch nicht alle zerschlagen?

Als er den Hörer widerwillig ans Ohr hielt, hörte er sofort ein unkontrolliertes Schluchzen am anderen Ende. Das war nicht Colby, die einfach nur wegen heute Abend sauer auf ihn war. *Scheiße.* Ihm brach der kalte Schweiß aus, er sank auf den Boden und umklammerte das Telefon so fest, dass seine Fingerknöchel weiß wurden.

Eine schroffe Stimme befahl: »Sag was, du verdammte Schlampe!« Das Schluchzen wurde lauter. »Verdammt noch mal, sag was!«

Mace hörte eine laute Ohrfeige, gefolgt von Stille. Dann endlich hörte er gemurmelte Flüche im Hintergrund.

»Du verdammter Wichser«, murmelte Mace. »Verdammter Wichser! Wenn du ihr verdammt noch mal wehtust …«

Plötzlich ertönte ein Lachen in der Leitung, das Mace einen Schauer über den Rücken laufen ließ. »Was dann? Willst du etwa die Cops rufen, Rico? Ich meine Macen Walker. Dein Name ist nicht Rico, oder?«

Er antwortete nicht. Das konnte er nicht. Er würde niemals seine Geheimnisse verraten. Niemals. Selbst wenn es den Tod bedeuten würde. Aber Colby hatte den Schwur nicht abgelegt. Sie hatte es nicht verdient zu sterben.

»Wo bist du?«, stieß Mace hervor.

»Aah. In einer hübschen gelben Küche. Eine frisch gestrichene. Schade, dass das Haus bald wie ein Feuerwerk abbrennt und dein kleines Lovergirl mitnimmt. Ist sie gut, Rico? Im Bett, meine ich.«

Mace knallte das Telefon auf den Boden. Er schnappte sich seine Waffe und steckte sie hinten in seinen Hosenbund, während er aus dem Haus rannte.

MACE' Pick-up kam fast einen Block vom Haus entfernt zum Stehen. Es war noch nicht einmal eine Stunde vergangen, seit er vorhin dort gewesen war. Nicht einmal eine verdammte Stunde! Er hätte bleiben sollen.

Nein, er hätte wegbleiben sollen.

Er kletterte aus dem Pick-up und lief schnell den Bürgersteig hinunter, dicht an den Büschen entlang, die Waffe in der Hand. Als er die Ecke zwischen ihrer Einfahrt und dem Gebüsch erreichte, blieb er stehen und holte tief Luft. *Ruhig bleiben und nachdenken.* Er konnte nicht einfach hineinstürmen, sonst würden sie beide sterben.

Spinozis Männer wollten ihn. Er war das Ziel. Colby war nur der Köder. Er musste da reinkommen, ohne dass Colby getötet wurde. Sie würden nicht zweimal darüber nachdenken, ihr das Leben zu nehmen. Vielleicht würden sie es sogar einfach nur aus Spaß an der Freude tun. Er trat von den Sträuchern weg auf die dunkle Einfahrt und war entschlossen, bis zur letzten Sekunde unentdeckt zu bleiben.

Der explosive rote Blitz blendete ihn und der Einschlag schleuderte ihn von den Füßen. Er landete hart auf dem Rücken und konnte nicht mehr atmen, da er keinen Sauerstoff in seinen Lungen hatte. Seine Waffe war ihm aus der Hand geflogen und rutschte über den Bürgersteig.

Eine Sekunde lang lag er da, keuchend und um Atem ringend. Schließlich zwang er sich auf die Knie. Mit beiden Händen stützte er sich auf dem Boden ab und richtete sich auf. Doch als er die Verwüstung sah, hatte er Mühe, den Boden unter den Füßen zu behalten.

Das Haus war weg. Komplett weg. Flammen schossen aus den Trümmern empor. Von dem Haus, das Colby so sehr geliebt hatte, waren nur noch brennende Holzsplitter übrig.

Das Haus war komplett verschwunden. *Colby.*

Er sank auf die Knie, grub seine Finger in sein Haar und zog daran, um die Qualen zu lindern, die sich in seinem Kopf festsetzten. Er schrie, bis ihm die Luft ausging und er seinen Kopf in die Hände sinken ließ.

Die Hitze des brennenden Holzes erinnerte ihn daran, was er zu tun hatte. Wer er war.

Verflucht waren diese Leute. Sollten sie doch alle in der Hölle schmoren. Sie würden sterben. Alle. Jeder einzelne von diesen Wichsern.

Hände packten ihn von hinten, an seinen Armen, um seinen Hals. Er versuchte, sich loszureißen. Er suchte nach seiner Waffe. Da er in der Unterzahl war, brachte ihn sein Kampf nicht weiter. Dann trat ihm jemand von hinten gegen den Kopf.

Die Welt wurde schwarz.

***

Stöhnen. Jetzt lauter. Mace schüttelte seinen Kopf, um ihn wieder klar zu bekommen, aber das brachte nur einen splitternden Schmerz mit sich.

Er hatte Mühe, seine geschwollenen Augen zu öffnen. Durch die Schlitze konnte er kaum den Metallstuhl sehen, an den er gefesselt war. Warme Flüssigkeit rann ihm die Stirn hinunter und tropfte in sein Auge. Seine Zunge schien doppelt so dick zu sein wie sonst und sein Mund fühlte sich an, als wäre er mit Watte gestopft.

Blutgetränkte Watte.

Bei einem mentalen Körpercheck fragte er sich angesichts der starken Schmerzen in seiner Seite, ob sie ihm die Rippen gebrochen hatten. Das Stechen an seinem Hinterkopf und sein steifes Haar bedeuteten höchstwahrscheinlich, dass er eine böse Platzwunde hatte. Sein Gesicht triefte vor Blut, das teilweise schon verkrustet war, und eine Seite konnte er nicht einmal mehr spüren. Vielleicht war es auch besser so. Er versuchte, seine trockenen, rissigen Lippen zu lecken, aber es war unmöglich. Seine Zunge war eingeschnitten, wahrscheinlich von seinen eigenen Zähnen.

Er sah sich um, so gut er es mit seiner eingeschränkten Sicht vermochte. Wer auch immer ihn hierhergebracht hatte, saß hinter ihm und redete leise. Mace versuchte, durch das Klingeln in seinem rechten Ohr hindurch zu verstehen, was er sagte. Er drehte den Kopf leicht, aber nicht so weit, dass er auf sich aufmerksam machte, damit sein gutes Ohr das Gespräch mitbekommen konnte.

»Er wird bald hier sein. Er will, dass wir warten, bis er hier ist. Er will den Mann, der seinen Bruder getötet hat, sterben sehen.«

»Wir holen uns besser das verdammte Kopfgeld.«

»Wir werden es bekommen. Er wird sein Wort halten.«

Wieder das laute Stöhnen. Er drehte seinen Kopf ein wenig in Richtung des Geräusches und verdammte seine Sicht, als sie für einen Moment verschwamm.

Fuck!

Colby. Sie war am Leben.

Der ganze Sauerstoff verließ ihn, aber seine Erleichterung war nur von kurzer Dauer. Sie befanden sich in einer schlimmen, schlimmen Situation. Er bezweifelte, dass er sie da herausholen konnte. Sie waren am Arsch. Am Arsch war noch milde ausgedrückt, so wie er Spinozis Männer kannte.

Colby saß gefesselt auf einem anderen Metallstuhl, der schräg gegenüber von ihm stand. Klebeband verschloss ihren Mund. Ihr Gesicht, das auf einer Seite von Schwellungen entstellt war, färbte sich bereits lila. Ihr Kopf hing herunter, als ob sie ihn nur mit Mühe heben könnte. Oder sie war gnädigerweise bewusstlos. Er konnte es nur hoffen.

»Colby!«, schrie er, bevor er sich zurückhalten konnte. Er musste einfach wissen, ob es ihr … gut ging. Dumm, aber wahr.

Ihr Kopf hob sich leicht, und als sie ihn bemerkte,

weiteten sich ihre leeren Augen vor Überraschung und dann vor Kummer.

Mace hörte ein Schlurfen der Füße, bevor eine tiefe Stimme direkt hinter ihm sagte: »Halt die Klappe!«

Er schaffte es noch, ein »Fick dich!« hervorzubringen, bevor alles wieder schwarz wurde, als ihm etwas Hartes unsanft an den Hinterkopf geschlagen wurde.

DIE WELT KLÄRTE sich wieder etwas, als eine Hand in sein Gesicht schlug. Und noch einmal schlug.

»Wach auf! Wach auf, du wertloses Stück Scheiße!«

Das Pochen in seinem Kopf wurde noch heftiger, als er die Augen öffnete und das Licht ihn vorübergehend blendete. »Meine Güte«, stöhnte er.

»Niemand hat dich gebeten, zu sprechen. Zumindest nicht, bis du angesprochen wirst.« Der Mann selbst stand vor ihm. Tiefer als in diesem Moment konnte er nicht in die Scheiße sinken. »Für wen arbeitest du?«, fragte Spinozi.

»Für niemanden.«

»Du willst bis zum Ende loyal sein, nicht wahr? Das werden wir ja sehen.« Spinozi nickte den Handlangern hinter Mace zu. »Schneide sein linkes Hosenbein ab. Ich will den Schaden sehen, den mein Bruder angerichtet hat, bevor dieses Arschloch ihn umgebracht hat.«

Einer von Mace' Geiselnehmern schnitt mit dem Messer in seine Jeans und entblößte den verstümmelten Oberschenkel.

»Ich bin beeindruckt, dass du das Bein noch benutzen kannst, *Macen Walker*. Da müssen wir wohl etwas unternehmen. Tut es weh?«

Mace sagte nichts, stattdessen schaute er zu Colby. Sie war jetzt bei vollem Bewusstsein und beobachtete mit großen Augen, was vor sich ging. Sie sah sehr, sehr verängstigt aus. Er konnte es ihr nicht verdenken. Er fühlte sich selbst nicht besonders mutig.

Er würde sterben, und das wusste er. Es spielte keine Rolle, was er heute Abend sagte, er würde trotzdem sterben. Das Einzige, was sich ändern konnte, war, wie lange es dauern würde. Er hatte das Gefühl, dass sie sich Zeit lassen würden.

Spinozi setzte den Absatz seines Schuhs auf Mace' entblößten Oberschenkel und drehte ihn hin und her, als würde er eine Zigarette ausdrücken. Er biss die Zähne zusammen, was seinen geschwollenen Kiefer noch mehr schmerzen ließ. Er würde nicht reagieren. Er wollte nicht.

Er. Würde. Diesem Bastard … niemals … diese Genugtuung geben.

Mace hatte Mühe, den Augenkontakt mit Colby aufrechtzuerhalten. Trotz des Abstands zwischen ihnen konnte er nicht übersehen, dass ihr die Tränen aus den Augenwinkeln rannen. Sie versuchte, etwas zu sagen, aber das Klebeband dämpfte ihre Stimme. Sie zerrte an ihren Fesseln, aber es war sinnlos. Selbst wenn sie sich befreien könnte, was könnte sie tun?

Unzufrieden mit Mace' Reaktion, fluchte Spinozi und stoppte. Er drehte sich um und musterte Colby. Als Spinozi Mace' größte Angst erkannte, wusste er, dass er sie gegen ihn einsetzen würde. Der fette Bastard würde sie benutzen, um ihn zu brechen. Mace würde sich lieber ewig von dem Bastard quälen lassen, als dass er sie auch nur einmal berührte.

»Ich nehme an, dass sie schöner war, bevor meine Männer sie erwischt haben, oder? Es ist eine Schande, so ein hübsches Gesicht zu ruinieren«, sagte Spinozi mit einem leichten Schmunzeln auf den Lippen. Er ging zu Colby hinüber, achtete aber darauf, dass er Mace nicht die Sicht versperrte. Spinozi strich ihr mit dem Finger über die Wange und verschmierte die frischen Tränen mit dem bereits getrockneten Blut. »Sieh mal, Walker, sie weint um dich.« Er lachte, woraufhin Colby sich gegen ihre Fesseln stemmte. »Sie hat einen schönen kleinen Körper, nicht wahr? Würde es dir etwas ausmachen, sie mit meinen Männern zu teilen?«

Mace verkrampfte sich und stieß hervor: »Wenn du sie anfasst, dann …«

Spinozi und seine Männer lachten. Das Lachen dröhnte durch das große, leere Lagerhaus und hallte zu ihm zurück, um zu unterstreichen, was er bereits wusste. Er hatte es verbockt. Er hätte seinen Mund halten sollen. Was er gesagt hatte, war dumm gewesen. Er konnte seine Drohungen nicht wahr machen. Er konnte nichts weiter tun, als zuzusehen, was sie mit Colby anstellten. Jetzt wünschte er sich tatsächlich, sie wäre tot. Tot wäre sie besser dran als gefoltert.

Spinozi packte Colbys Bluse und riss sie auf, wobei die Knöpfe in verschiedene Richtungen flogen. Das Gelächter um ihn herum verstummte schnell. Seine Männer wussten, was jetzt kommen würde. Er hielt seine Hand nach dem Messer aus. Als er es bekam, schlitzte er ihren BH auf und entblößte ihre Brüste. Eine dünne Blutspur erschien dort, wo das Messer ihr Brustbein getroffen hatte. Aus Versehen? Nichts, was Spinozi tat, war ein Versehen.

Colby presste ihre Augen zusammen. Ihre Demütigung überwältigte ihn und frustrierte ihn nur noch mehr.

»Wie wäre es, wenn du zusehen würdest, wie deine Geliebte vor deinen Augen von sechs Männern gefickt wird, hm?« Spinozi grinste verrucht. »Vielleicht gefällt es dir ja sogar. Euch beiden. Schmeckt sie süß, Walker? Hast du ihren Honig gekostet?«

Der Gangsterboss ging hinter Colby und legte ihr eine Hand auf die Schulter. In der anderen Hand erschien eine Pistole und er drückte sie ihr an die Schläfe. »Vielleicht möchtest du lieber sehen, wie ihr Hirn über dich spritzt.«

Spinozi beugte sich hinunter und flüsterte ihr etwas ins Ohr. Das Klebeband, das ihren Mund bedeckte, blähte sich auf und saugte sich wieder ein, während ihr Atem schneller und hektischer wurde.

Mace zerrte an den Seilen, die seine Hände fesselten, bis er spürte, wie ein Rinnsal Blut an seinen Fingern herunterlief. Nutzlos. »Verdammt noch mal! Wenn du sie töten willst, dann tu es einfach. Sie weiß nichts; sie hat nichts damit zu tun! Quäl sie nicht unnötig!«

Spinozi hob eine dunkle Augenbraue. »Bettelst du etwa um ihr Leben?«

»Wenn du mich willst, hast du mich. Foltert mich, wenn ihr jemanden foltern wollt.«

»Es gibt kein *Wenn*.«

»Dann foltere mich, du dummes Arschloch, nicht sie!«

Mace' Versuch, Spinozi zu verärgern, schien zu funktionieren. Der Mann ließ Colby los und trat näher an ihn heran, wobei er Mace die Waffe an die Lippen presste. »Pass auf, was du sagst, sonst puste ich dir das Gesicht weg!«

»Tu es!«, stachelte er ihn zwischen zusammengepressten Lippen an.

»So einfach wird das nicht, Walker. Auf keinen Fall. Ich habe es nicht eilig und du und deine Freundin könnt nirgendwo anders hin.«

COLBY KNIFF ihre Augen fest zusammen. Jeden Moment würde sie aufwachen und das alles würde ein schlimmer Albtraum gewesen sein. Sie hatte solche Szenen schon in Filmen gesehen. So etwas passierte im echten Leben nicht.

Das konnte einfach nicht wahr sein.

Aber das war es.

Sie öffnete ihre Augen, als sie ein Geräusch hörte, das sie nicht einmal erraten wollte. Die Galle drohte ihr in die Kehle zu steigen.

Das halbe Dutzend Männer hinter Mace starrte immer wieder auf ihre nackten Brüste. Das kranke, böse Grinsen auf ihren Gesichtern änderte sich auch nicht, als sie sich wieder dem Leiden von Mace widmeten. Sie war sich nicht sicher, wovon die Typen mehr erregt wurden. Aber ihre entblößten Brüste waren die geringste ihrer Sorgen.

Mace steckte in ernsten Schwierigkeiten. Sie würden beide sterben. Aber nicht, ohne vorher zu leiden. Da war sie sich sicher. Wie zum Teufel konnte sie ihm oder sich selbst helfen? Selbst wenn sie sich befreien könnte, hatte sie keine Ahnung, wo sie waren. Vielleicht in einer Garage oder einem Lagerhaus. Es könnte in einem anderen Staat oder sogar in einem anderen Land sein. Sie wusste nicht, wie lange sie ohnmächtig gewesen war, bevor sie an diesen verdammten Metallstuhl gefesselt aufwachte.

Colby beobachtete die Gewalt gegen Mace wie durch einen Schleier. Sie wusste nicht, wie lange es andauerte. Eine Stunde. Zwei? Es könnten auch zwanzig Minuten gewesen sein, soweit sie wusste.

Sie verlor das Zeitgefühl. Sie presste ihre Augen gegen das Grauen zusammen und schaukelte langsam hin und her, soweit es die Fesseln zuließen.

Zu viele Fragen blieben unbeantwortet. Die einzigen Antworten, die Spinozi auf seine Prügel bekam, waren die leisen Schmerzenslaute, die gelegentlich von Mace' Lippen kamen. Sie schlugen ihn, stachen auf ihn ein, schnitten und verbrannten ihn. Wieder und wieder. *Kein Mensch könnte das aushalten*, dachte sie verzweifelt. Mace wollte oder konnte nicht auf die Fragen antworten, die sie ihm entgegen schrien.

Sie wusste, selbst wenn er antwortete, würden sie sowieso keine Gnade walten lassen. Sie war nicht dumm.

»Jetzt kommt der beste Teil der Nacht«, verkündete Spinozi mit einer schwungvollen Bewegung. »Binde seine rechte Hand los. Lass die andere gefesselt.«

Sie hörte ein Raufen und dann ein Stöhnen, als eine von Mace' Händen befreit wurde. »Nimm sie!«, befahl Spinozi. »Nimm sie!«

Colby wollte nicht hinsehen, aber sie konnte es nicht verhindern. Mace, dessen Gesicht fast bis zur Unkenntlichkeit angeschwollen war, streckte langsam die Hand aus, um die Pistole zu nehmen.

Erschieß den Bastard, Mace! Erschieß diesen fetten Bastard!

»Richte sie auf sie.«

»Fick dich!« Die Worte waren nicht mehr als ein gequältes Flüstern. Seine Stimme war nicht wiederzuerkennen. Es war nicht mehr viel übrig von dem Mann, den sie kannte. Und liebte.

Spinozi setzte ein Messer an sein Ohr und vergoss Blut. »Richte das Ding auf sie! Es ist einfacher, sie zu töten, als mir dabei zuzusehen, wie ich ihr die üppigen Körperteile abschneide, während sie bei vollem Bewusstsein ist. Stimmt's, *Rico*?«

Mace hob die Waffe, seine Hand zitterte. Die sechs Männer, die hinter ihm standen, hatten ihre Gewehre ebenfalls gezogen. Die eine Hälfte zielte auf sie, die andere auf Mace. Sie waren so oder so dem Untergang geweiht.

»Erschieße sie! Erschieße sie jetzt!«

Mace hielt sich die Waffe stattdessen an die Schläfe. Das würde er nicht tun. Es musste ein Trick sein.

»Dummer Mann«, knurrte Spinozi. Er umkreiste Mace. »Wirst du sie dann mit uns allein lassen? Drück den verdammten Abzug, du Feigling. Tu es!«

Colby beobachtete, wie sich seine Hand um die Waffe verkrampfte und sein Finger vor den Abzug glitt. Er würde sie nicht einfach so im Stich lassen. Das würde er nicht tun.

Mace begegnete ihrem Blick. Aber sie sah nur einen leeren Schatten seines früheren Ichs. Colby wollte schreien, aber das verdammte Klebeband verhinderte, dass sie den

Mund aufmachte. Sie wollte ihm sagen, dass er aufhören soll. Ihn anflehen, nicht abzudrücken.

Seine Lippen formten die Worte: *Ich liebe dich.*

Colby kniff ihre Augen zusammen. Jetzt war der richtige Zeitpunkt, um es ihr zu sagen – jetzt, wo sie kurz vor dem Tod standen. Sie kämpfte gegen das hysterische Lachen an, das aus ihrer Kehle aufstieg. Sie konnte nicht zusehen. Das konnte sie nicht. Gott, sie liebte ihn. Sie liebte ihn.

Sie liebte ihn.

Aber er würde sterben.

Die Waffe ging los, und Colby sprang auf, ihre Ohren klingelten schmerzhaft. Es war vorbei. Sie war als Nächstes dran.

Das Klingeln in ihren Ohren wollte nicht verschwinden. Sie konnte auch ihre Augen nicht öffnen. Sie brannten vor Tränen, Rauch und Hass. Sie wollte nicht sehen, dass die Waffe auf sie gerichtet war. Sie konnte nichts hören, aber nach ein paar Augenblicken spürte sie die Körperwärme von jemandem in ihrer Nähe. Das Klebeband wurde von ihrem Mund gerissen. Der stechende Schmerz war nichts im Vergleich zu den Schmerzen in ihrem Herzen.

Colby öffnete die Augen und sah Männer, die sie umschwärmten. Sie trugen dunkelblaue Westen und baseballähnliche Mützen, auf denen in großen gelben Buchstaben FBI standen.

Sie waren zu spät. Zu spät!

Jemand schnitt ihre Fesseln durch. Der plötzliche Blutfluss in ihren Füßen und Händen verursachte ein stechendes Gefühl. Einen schrecklichen, stechenden Schmerz. Aber der Schmerz, dass Mace tot war, war schlimmer.

Ihr Gehör musste noch immer von den Schüssen beeinträchtigt sein, denn es dauerte ein paar Mal, bis sie die Worte des dunkelhaarigen Mannes vor ihr verstehen konnte. »Ma'am. Hier, ziehen Sie das an.«

Colby versuchte, nach der angebotenen Jacke zu greifen,

aber ihre Arme weigerten sich, sich zu bewegen. »Ich kann nicht.« Ihre raue Stimme klang heiser, und sie versuchte, sich zu räuspern.

Der Agent half ihr, die Arme in die Ärmel zu stecken, und zog die Jacke zu, um ihre blanke Haut zu bedecken. Sie wollte aufstehen, aber ihre Beine zitterten so stark, dass sie es zweimal versuchte, bevor der Mann sie hochhob. Obwohl sie für seine Hilfe dankbar war, konnte sie sich nicht bedanken, denn wenn sie noch einmal den Mund aufmachte, würde sie unkontrolliert heulen und dann müsste man sie betäuben. Oder sie in eine Zwangsjacke stecken.

Von außerhalb des Gebäudes hörte sie schließlich die Sirenen. Wegen ihrer Hörminderung hatte sie sie vorher nicht wahrgenommen. Aber jetzt hörte sie die hohen Töne gut.

Sie schaute sich um und sah, wie die Beamten Spinozis Männer aus der Tür zerrten, gefesselt wie die Tiere – die sie auch waren. Sie wünschte, sie hätte ihre Glock dabei, um jedem von ihnen zwischen die Augen zu schießen. Sie entdeckte die Waffe im Holster des Agenten. Sie war zum Greifen nah.

Er musste ihren Blick bemerkt haben, denn er drehte seine Hüfte von ihr weg und sagte: »Der Krankenwagen ist da, Ma'am. Meinen Sie, Sie können laufen? Ich werde Ihnen helfen.«

Er nahm ihren Arm und stützte sie, während sie zur Tür hinausging, wobei er darauf achtete, dass sie an seiner linken Seite blieb, weg von seiner Waffe.

»Es gibt nur noch einen Krankenwagen, Ma'am. Sie müssen also bei jemandem mitfahren.« Der Mann schenkte ihr ein sanftes Lächeln, als er sie an die Sanitäter übergab, die ihr halfen, hinten in den Krankenwagen zu steigen.

»Setzen Sie sich hierhin«, sagte einer von ihnen und deutete auf einen Sitz neben der Trage.

Benommen setzte sie sich und schaute nach, mit wem sie

mitfuhr. Wenn es Spinozi war, würde sie ihn umbringen, bevor sie im Krankenhaus ankamen. Sie brauchte die Waffe des Agenten nicht; sie würde ihn mit bloßen Händen töten. »O mein Gott …«, flüsterte sie. Sie wandte sich an den Sanitäter neben ihr. »Ist er am Leben?«

»Ja. Er war mal bei Bewusstsein und mal nicht. Sehen Sie.«

Colby lehnte sich vor. Mace. Er hatte sich nicht selbst erschossen. Die ohrenbetäubenden Schüsse mussten alle von den Waffen der Agenten gekommen sein.

Er war *tatsächlich* am Leben. Aber … »Geht es ihm gut?«

»Er ist in einem kritischen Zustand.«

Mace hob langsam eine Hand an Colbys Gesicht. Er konnte es nicht ganz erreichen, also beugte sie sich näher heran und weinte ungläubig los, als er ihre Haut berührte. Seine Unterlippe war aufgeplatzt und Blut tropfte aus seinem Mund, aber er versuchte zu sprechen.

Sie beugte sich noch näher heran, bis ihr Ohr nur noch einen Atemzug entfernt war. »Was?«

»Willst du mich heiraten?«

Sie bildete sich Sachen ein. Warum sollte er sie das fragen? Hier und jetzt? Während er um sein Leben kämpfte?

Der Sanitäter zog sie zurück. »Ma'am, bitte. Setzen Sie sich wieder hin und geben Sie uns etwas Platz zum Arbeiten.«

Colby lehnte sich zurück. Und schluchzte.

Epilog

»Warum lassen sie mich nicht zu ihm?«, schrie Colby niemandem Bestimmten zu, während sie auf dem Krankenhausflur auf und ab lief. Sie war nicht nur frustriert und wütend, sondern schlichtweg stinksauer. Sie hatte sechs Stunden gewartet – genug Zeit für die Ärzte, sie zu säubern, zu nähen und offiziell zu entlassen – und jetzt verweigerten sie ihr, Mace zu sehen.

»Wahrscheinlich, weil Sie nicht zur Familie gehören.«

Sie drehte sich zu der Stimme um. »Wer sind Sie?«

Der Mann war klein, kahl und stämmig, trug aber einen gut sitzenden, dunkelblauen Anzug und eine Brille mit dunklen Gläsern. Wer trug drinnen eine Sonnenbrille?

»Ich kann Ihnen nicht sagen, wer ich bin. Betrachten Sie mich einfach als einen besorgten Bürger.«

Besorgter Bürger. Ja, klar. Sie wusste ganz genau, dass er Mace' Boss war. Sie hatte die Schnauze voll von dieser Sherlock-Holmes-Scheiße, die sie beide ins Krankenhaus gebracht hatte. »Warum lassen sie mich nicht zu ihm rein? Ich bin schließlich seine Verlobte!« Vielleicht hatte er genug Einfluss, um sie in Mace' Zimmer zu bringen.

Der Mann hob eine Augenbraue. »Ach?«

Dann hörte Colby, wie er leise sagte: »Der Mistkerl hat mich endlich in der Hand«. Bevor sie ihn ausfragen konnte, fuhr er lauter fort: »Nun, Ms. Parks, herzlichen Glückwunsch. Und als Hochzeitsgeschenk möchte ich Ihnen Mace' Entlassungspapiere überreichen.«

Er überreichte ihr einen dicken Manila-Umschlag. Obwohl auf der Außenseite keine Schrift zu sehen war, prangte an einer Ecke ein Regierungssiegel. Sie riss ihren Blick von dem offiziell aussehenden Umschlag los, um ihr Spiegelbild in seiner Sonnenbrille zu betrachten. »Entlassungspapiere?«

»Ja, Agent Walker ist ab heute um Mitternacht offiziell im Ruhestand.«

Colby ließ sich auf einen Stuhl sinken und starrte auf den Umschlag. Sie drehte ihn ein paar Mal in der Hand, bevor sie sagte: »Im Ruhestand? Ehrenhaft, nehme ich an.«

Der Mann lachte. »In seinem Beruf gibt es keine Ehrungen, Ms. Parks. Seien Sie einfach froh, dass wir rechtzeitig da waren, um ihn am Leben zu erhalten.«

Sie zupfte an der versiegelten Kante des Umschlags. Sie blickte auf. »Darf ich?« Er legte den Kopf leicht schief, was ihr als Antwort genügte, um die Klappe aufzureißen. Als sie den Papierkram herausholte, fragte sie: »Woher wussten Sie, wo wir sind?«

Sie begann, das Anschreiben zu lesen, als sie bemerkte, dass er ihr nicht geantwortet hatte. Colby schaute auf. Er war verschwunden. Hätte sie nicht die Papiere in den Händen gehalten, hätte sie gedacht, sich ihn eingebildet zu haben.

Sie las den Brief zu Ende, bevor sie den Rest der Unterlagen durchblätterte, auf denen Einzelheiten zu seiner Rente, seinen Pensionen und eine Menge Juristensprache standen.

Eine Krankenschwester trat leise an sie heran. »Ms. Parks, Sie können ihn jetzt sehen.«

»Was? Ich dachte …«

»Mr. Smith hat uns Ihre Situation erklärt, und wir haben festgestellt, dass wir uns geirrt haben.«

Colby bedankte sich im Stillen bei *Mr. Smith*, während sie an der Krankenschwester vorbei und den Flur hinunter rannte. Sie konnte die Tür nicht schnell genug aufstoßen, um Mace' Zimmer zu betreten.

Sein Kopf wurde von einem Kissen gestützt, sein Oberkörper durch das Krankenbett in einer aufrechten Position gehalten. Hässliche schwarze Nähte zogen sich über sein Gesicht, ein Ohr, seinen Arm … Sie hörte auf zu suchen. Es gab zu viele genähte Stellen, um sie zu zählen. Er erinnerte sie an Frankenstein, wenn auch nicht so unheimlich. Seine Augen waren geschlossen, und seine Atmung war gleichmäßig. Aus seinem linken Arm ragte eine Kanüle heraus und er war mit einer Art Maschine verbunden, die etwa jede Sekunde piepste.

Sie zog einen der klobigen Stühle aus dem Krankenhauszimmer neben sein Bett und setzte sich auf die Kante. Als sie nach seiner rechten Hand griff, die nicht mit Schläuchen behaftet war, kam er ihr auf halbem Weg entgegen. Seine warmen, langen Finger umschlossen die ihren. Ihr Blick fiel auf sein Gesicht, und er sah sie aus unleserlichen, geschwollenen, lila Augen an. Er drückte ihre Finger leicht zusammen.

Ohne ihre Hand zu lösen, legte sie ihm die Unterlagen sanft auf die Brust. Er hob seinen Kopf ein wenig aus dem Kissen und fragte mit geschwollenen, geprellten Lippen: »Was ist das?«

»Deine Dienstzeit ist offiziell vorbei. Du bist im Ruhestand.«

Als er nicht antwortete, wusste sie nicht, ob das etwas Gutes oder etwas Schlechtes war. Er konnte keine Lust mehr haben, sich anschießen und verprügeln zu lassen. Wie viel konnte ein Körper aushalten? Nach dem heutigen Abend würde sie es nicht mehr ertragen können. Sie wollte nicht sagen: *Entweder ich oder deine Karriere.* Das würde sie ihm nicht antun, aber sie konnte nicht daneben stehen und sich Sorgen um ihn machen. Oder noch schlimmer, ihn für immer zu verlieren.

»Gut. Dann kann ich mich jetzt auf andere Dinge konzentrieren.«

Colby ließ ihren angehaltenen Atem los – sie hatte gar nicht bemerkt, dass sie ihn angehalten hatte, während sie auf seine Antwort gewartet hatte. Er würde seinen Job aufgeben. »Was für andere Dinge?«

»Dir ein neues Zuhause zu bauen. Irgendwo weit weg von hier. An einem sicheren Ort.« Seine Worte kamen langsam und es kostete ihn Mühe, sie herauszubringen, aber sie verstand jedes einzelne. Er drückte ihre Hand fester. »Es tut mir leid, dass dein Haus zerstört wurde, Colby.«

»Ich weiß.« Sie lächelte sanft. »Ein Haus kann ich ersetzen. Aber dich nicht.«

Er zog sie sanft zu sich heran und sie rutschte an den Rand des Krankenhausbettes, um ihn nicht zu sehr zu schütteln. »Ich weiß, wie viel es dir bedeutet hat, was für ein Zufluchtsort es für dich war.«

»Du bist alles, was ich jetzt brauche.« Sie strich mit einem Finger leicht über seine zerschlagenen, zerbrochenen Gesichtszüge. Sie legte ihren Kopf auf seine Brust und spürte, wie er sich mit seinem gleichmäßigen Atem sanft hob und senkte. »Ich liebe dich, Mace.«

Die Bewegung seiner Brust stockte unter ihrer Wange, und einen Moment später hob und senkte sie sich wieder in ihrem beruhigenden Rhythmus. Mit der freien Hand strich er ihr das Haar aus dem Gesicht. »Wie schnell kann ich hier rauskommen? Ich habe die Nase voll von Krankenhäusern.«

»Bald«, antwortete sie, aber ehrlich gesagt wusste sie es nicht. Er hatte noch viel zu heilen, bevor er ihr Zuhause bauen konnte. *Ihr gemeinsames Zuhause.*

»Wohin willst du gehen?«, fragte er.

»Gehen?«

»Ja, wo willst du unser neues Haus und unser neues Leben bauen?«, stellte er klar.

»Egal wo, Mace. Wohin immer du gehst, ich werde dir folgen.«

Er lachte leise und stöhnte dann vor Schmerz auf. »Nein, ich glaube, du hast es falsch verstanden. Ich werde dir folgen. Bis ans Ende der Welt, wenn es sein muss.«

Colby seufzte, als er seine Finger um die ihren schloss. Er hob sie zu seinem Mund und presste sie ganz leicht gegen seine Lippen.

Sie lehnte ihre Wange an seine, vorsichtig, um ihn nicht zu verletzen. Sie brauchte ihn, musste ihn an sich spüren. Sie liebte ihn und wollte ihn nie wieder loslassen.

»Du hast meine Frage nicht beantwortet«, murmelte er in ihr Ohr. Frage. Welche Frage?

Oh.

»Ja.« Sie lachte durch ihre Tränen hindurch. »Ja, ja, ja!«

Behalte ihre Website unter http://www. jeannestjames.com/ im Auge oder melde dich für ihren Newsletter an, um über ihre nächsten Veröffentlichungen informiert zu werden: http:// www.jeannestjames.com/newslettersignup (auf Englisch)

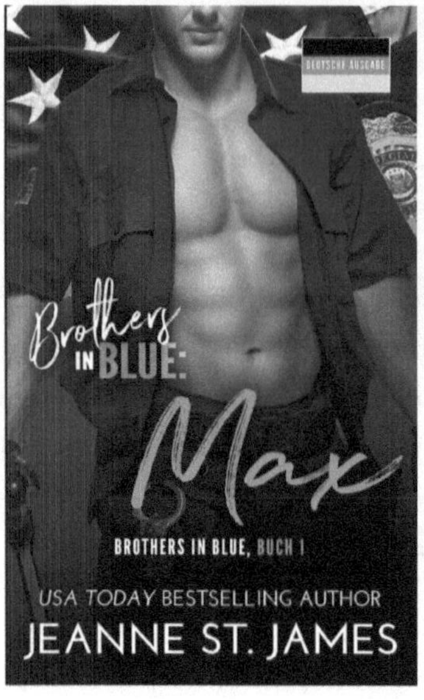

Brothers in Blue: Max (Brothers in Blue, Buch 1)

Lerne die Männer von Manning Grove kennen, drei Kleinstadtcops und Brüder. Jeder von ihnen trifft die Frau, die den Rest seines Lebens verändern wird. Dies ist die Geschichte von Max …

Großstadt-Partygirl Amanda Barber wurde die meiste Zeit ihres Lebens verwöhnt. Doch plötzlich wird das Leben für Amanda zu einer großen Herausforderung: Sie muss sich ans Kleinstadtleben anpassen, sich um ihren behinderten Bruder kümmern und ständig mit einem frustrierenden örtlichen Cop herumschlagen.

Als Cop und ehemaligem Marine ist »Verantwortung« Max Brysons zweiter Vorname. Er war noch nie in einer ernsthaften Beziehung und hat auch in naher Zukunft keine Pläne für eine solche. Er ist gern auf sich allein gestellt. Und selbst wenn er an einer ernsthaften Beziehung interessiert wäre, würde er sich sicher nicht für eine so unreife und unverantwortliche Frau wie Amanda entscheiden. Aber so sehr er sich auch bemüht, er bekommt diese sexy Amanda einfach nicht aus seinem Kopf oder seinem Herzen. Als er sieht, wie sie vor seinen Augen immer reifer wird, wächst sein Beschützerinstinkt ihr gegenüber nur noch mehr.

Herrisch und besitzergreifend sind nicht die einzigen Worte, die Amanda benutzt, um diesen frustrierenden Cop zu beschreiben. Sie kann nicht leugnen, dass der Anblick des Mannes sie zum Erbeben bringt. Aber sie hat es satt, sich von irgendjemandem kontrollieren zu lassen, und bei diesem Mann wird es nicht anders sein. Oder doch?

Hinweis: Dies ist ein kompletter Roman und kann als eigenständiges Buch gelesen werden. Kein Cliffhanger, kein Fremdgehen und mit Happy End.

Blättern Sie um und lesen Sie das erste Kapitel von Brothers in Blue: Max

Brothers in Blue: Max

Kapitel Eins

FÜNFUNDVIERZIG MINUTEN lang stand der kleine rote Mietwagen auf dem Parkplatz. Amanda Barber saß wie eingefroren auf dem Fahrersitz. Sie starrte durch die Windschutzscheibe auf das Backsteingebäude vor ihr. Der Motor des Autos war ausgeschaltet, der Schlüssel steckte noch im Zündschloss. Es hatte nicht viel gefehlt, und sie wäre umgedreht und den Weg, den sie gekommen war, zurückgefahren.

Sie las noch einmal das Schild an dem Gebäude, als ob sie damit das Unvermeidliche aufschieben könnte. Howell's Adult Day Care. *Howell's Tagesbetreuung für Erwachsene.*

Es wurde langsam dunkel. Sie konnte nicht noch länger dort sitzen. Amanda hatte dem Anwalt ihrer Stiefmutter versprochen, dass sie zwei Wochen bleiben würde. Nur zwei Wochen. Vierzehn Tage. Einen halben Monat.

Sie musste jetzt aufhören, sich wie eine Memme zu benehmen.

Okay, Schluss mit dem Zögern! Amanda schnappte sich die Schlüssel und warf sie in ihre Handtasche. Es musste erledigt werden, da ging kein Weg drumherum. Sie verließ das

Auto und betrat das Gebäude, bevor sie ihre Meinung ändern konnte.

Nachdem sich die Tür mit einem ohrenbetäubenden *Klick* hinter ihr geschlossen hatte, blickte Amanda sich um. Ein paar ältere Leute saßen strickend oder lesend da oder unterhielten sich in kleinen Gruppen. Im Hintergrund dröhnte ein Fernseher. Ein älterer Herr in einem Rollstuhl saß vor einem großen Panoramafenster und sein Kopf schwang hin und her, während er döste.

Eine Frau, die nur ein paar Jahre älter war als sie, schaute hoch und entdeckte Amanda. Mit einem Stirnrunzeln richtete sich die Frau von dem Kartentisch auf, an dem ein junger Mann saß, dem sie gerade half. Amanda war sich nicht ganz sicher, wobei der junge Mann Hilfe brauchte. Es sah aus, als hätte er gezeichnet. Die Frau beugte sich vor und flüsterte ihm etwas ins Ohr, bevor sie sich Amanda näherte.

»Kann ich Ihnen helfen?«

»Ich denke ja.«

Als Amanda nicht weitersprach, sah die Frau sie verwundert an.

Die Frau drängte: »Brauchen Sie Informationen? Oder eine Führung durch unsere Einrichtung?«

»Nein.«

Die Frau blinzelte verwirrt und legte den Kopf schief, um eine unausgesprochene Frage zu stellen. Als sie den Mund aufmachte, unterbrach Amanda sie. »Ich bin wegen Gregory Barber hier.«

Sie musste es ziemlich laut gesagt haben, denn der junge Mann am Tisch schaute von seinem Projekt weg, hob seinen Kopf und wandte sich ihnen zu. Er lachte laut und strich sich mit dem Handrücken die Haarsträhnen, die ihm in die Augen fielen, aus dem Gesicht.

Die Lippen der Frau formten sich zu einem *O*. »Sie müssen Amanda sein.«

Amanda runzelte die Stirn. Natürlich wusste die Frau, wer sie war. Sie wettete, dass ganz Manning Grove darauf gewartet hatte, dass sie auftauchte.

»Ja, ich bin hier, um Greg abzuholen.«

Amanda biss sich auf die Lippe, als der junge Mann sich mit einem schiefen Lächeln vom Tisch erhob. Im nächsten Moment rannte er auf sie zu und fuchtelte mit den Armen in der Luft herum. Amanda trat automatisch einen Schritt zurück. Am liebsten hätte sie sich umgedreht und wäre weglaufen, aber die Arme des jungen Mannes schlossen sich um sie und drückten sie zusammen, bis sie kaum noch atmen konnte.

Die Frau packte ihn an den Armen und versuchte, ihn loszureißen. »Greg! Greg! Lass sie los!«

Greg schaukelte Amanda hin und her, quetschte seinen Kopf auf ihre Brust und drückte sie noch fester an sich. Sie stöhnte vor Schmerz auf.

»Greg!«

»Donna, ist das Manda? Ist das Manda?« Seine dröhnende Stimme vibrierte in ihrer Brust.

»Greg, du wirst sie zu Tode quetschen.«

Greg ließ sie widerwillig los und trat zurück, das schiefe Grinsen auf seinem Gesicht wurde noch breiter. Ein bisschen Spucke spritzte aus seinem Mund, als er rief: »Meine Schwester Manda!«

»Ja, Greg, deine Schwester ist hier, um dich abzuholen.« Donna drehte sich zu Amanda um. »Wie Sie sich schon denken können, bin ich Donna. Ich leite diese Einrichtung.« Besorgnis überzog ihr Gesicht. »Sie sehen blass aus. Wollen Sie sich hinsetzen?«

Amanda schüttelte den Kopf. »Nein.« Sie atmete tief durch, rieb sich die Rippen und prüfte, ob sie verletzt waren. Dann schob sie ihren Rock wieder etwas weiter hinunter und rückte den Pullover zurecht, der jetzt schief unter ihrer Jacke hing. »Nein, es geht mir gut.«

»Bringen Sie Greg zurück zum Haus seiner Mutter?«

»Ja.«

»Hatten Sie schon einmal mit einer Person mit Behinderung zu tun?«

Amanda schaute Greg an, der sie mit einem breiten Grinsen im Gesicht anstarrte. »Nein.« Greg konnte nicht ruhig stehen bleiben, er zappelte herum und murmelte vor sich hin.

Donna runzelte die Stirn. »Oje.«

Das wollte Amanda jetzt nicht unbedingt hören. *Oje.* Was hatte das zu bedeuten? Sie wusste, dass es ihr über den Kopf wachsen würde. Aber »*Oje*«?

Scheiße!

»Ähm, ist er bereit zur Abfahrt?«

Donna schaute Greg an. »Ja. Er ist sehr aufgeregt, seine Schwester zu treffen, wie Sie sehen können.« Sie richtete ihre Aufmerksamkeit wieder auf Amanda und hob die Augenbrauen. »Das ist das erste Mal, oder?«

Amanda nickte. Sie wusste nicht, ob sie sich schämen oder Angst haben sollte. Die Scham verdrängte schnell ihr Gefühl der Angst. Sie hatte keinen Zweifel daran, dass Donna die Antwort auf diese Frage kannte, bevor sie sie überhaupt gestellt hatte. Amanda war sich sicher, dass die ganze Stadt die Antwort auf diese Frage kannte.

Doppelte Scheiße!

Donna legte eine Hand auf ihren Arm und sah sie mitleidig an. »Hören Sie zu! Ich werde Ihnen meine Visitenkarte geben. Wenn Sie irgendwelche Probleme oder Fragen haben, rufen Sie mich an. Greg ist ein guter Junge, man kann problemlos mit ihm arbeiten und er ist sehr umgänglich.«

Amanda schaute sich die Person an, um die es ging. Er war kein Kind mehr. Ihr Halbbruder war zweiundzwanzig Jahre alt. Zweiundzwanzig.

Alt genug, um zu trinken, zu wählen und der Armee beizutreten.

Ein Erwachsener, der sich lediglich wie ein Kind verhielt.

»Danke. Vielleicht komme ich auf Ihr Angebot zurück.«

Zum ersten Mal lächelte Donna. »Ich bin sicher, dass Sie das tun werden. Hier ist eine Broschüre über meine Einrichtung und meine Karte. Greg kommt drei Tage in der Woche hierher. Außer an Feiertagen holt ihn montags, mittwochs und freitags ein Bus kurz vor acht Uhr morgens ab. Kurz nach sechs Uhr abends bringt ihn dieser Bus wieder zurück.«

In Amandas Kopf drehte sich alles. »Okay.«

»Greg, bist du jetzt bereit zu gehen?«

»Jupp. Jupp. Jupp. Ich's bin bereit zu gehen.« Greg hüpfte vor Aufregung erst auf einem Bein, dann auf dem anderen. »Wir's gehen jetzt los!« Er lief wieder auf Amanda zu und hielt ihr seine verdrehte Hand hin.

Amanda streckte die Hand aus und ergriff sie. Sein breites Grinsen war überwältigend. Sie schenkte ihm ein schwaches Lächeln zurück. »Bist du bereit, Bud?«

»Wer ist Bud?«

Amanda schaute ihren Bruder an. Er mochte zwar nur ein Halbbruder sein, aber er war immer noch ihr Fleisch und Blut. Er gehörte zur Familie. Amanda entspannte ihre steifen Muskeln ein wenig und drückte seine Hand. »Das bist du, Bud. Du wirst mein neuer bester Kumpel, mein Buddy, sein.«

»Oh! Oh! Donna, ich's bin ein Buddy! Ich's bin Bud!« Greg fing an, sie zur Tür zu ziehen.

»Oh, warten Sie, Ms. Barber!« Amanda drehte ihren Kopf zu Donna, während sie durch den Eingang hinausgezerrt wurde. »Vergessen Sie Chaos nicht.«

»Was?« Sie hielt sich am Türrahmen fest, um Greg daran zu hindern, sie aus der Tür zu schleifen, während er sie in seinem Enthusiasmus auf dem Bürgersteig herumwirbelte.

»Chaos«, wiederholte sie, als ob damit alles erklärt wäre.

Donna ging zur Hintertür und hielt sie auf. Ein schwarz-weißer Border Collie sprang durch die Tür und umkreiste sie bellend, genauso außer Kontrolle wie Greg.

Chaos.

Welch passender Name?!

***

Die Schlüssel klimperten und die Scharniere quietschten, als Amanda die Eingangstür ihres neuen Zuhauses öffnete.

Neues Zuhause auf Zeit, erinnerte sie sich.

Nach dem langen Flug und der langweiligen, langen Fahrt in diese Mitten-im-Nirgendwo-Stadt war sie erschöpft. Sie brauchte eine ordentliche Portion Schlaf, damit sie am Morgen wieder klar denken konnte.

Sie warf einen Blick auf ihre Uhr. Sieben.

Weder Greg noch sie hatten bisher zu Abend gegessen, und trotzdem dachte sie schon daran, ins Bett zu gehen. Wie eine alte Jungfer. In Miami hatte das Nachtleben noch nicht einmal begonnen.

Chaos brauste an ihr vorbei. Der Hund musste wahrscheinlich auch gefüttert werden.

»Greg, weißt du, wie man Chaos füttert?«

Als sie keine Antwort erhielt, drehte sich Amanda zu ihm um. Er stand immer noch neben dem Auto. Er war verdächtig ruhig und still gewesen, als sie in die Nachbarschaft und zum Haus fuhren. Der aufgeregte *Junge* war verschwunden.

»Greg?«

»Ist Mama da drin?«

Selbst in der Dunkelheit und obwohl er so weit von ihr entfernt war, konnte man die Traurigkeit und Verwirrung in seinem Gesicht deutlich erkennen. Aber seine Frage ließ ihre Haare im Nacken zu Berge stehen.

»Nein, Greg, deine Mama ist weg. Komm jetzt! Ich muss dir etwas zu essen machen.«

»Mama macht gutes Essen.«

Amanda seufzte. Sie hatte keine Lust, sich jetzt damit zu befassen. Sie war nicht für ihn verantwortlich. Vor dem heutigen Tag kannte sie ihren Bruder noch nicht einmal. Sie hatte zwar gewusst, dass er existierte, aber sie lebten in verschiedenen Welten. In ihrer Welt gab es weder ihren Vater noch ihre Stiefmutter noch ihren Halbbruder. Amandas Mutter Anne hatte dafür gesorgt.

»Hey, Bud, ich bin vielleicht nicht die beste Köchin – wahrscheinlich bin ich sogar eher eine der schlechtesten –, aber ich kann eine Schüssel Suppe und ein leckeres gegrilltes Käsesandwich zubereiten.«

Sein neuer Spitzname schien ihn ein wenig aufzumuntern. Widerstrebend folgte er ihr ins Haus.

Da es im Haus stockdunkel war, fuhr Amanda mit ihrer Hand an der Wand entlang und suchte nach einem Lichtschalter. Ihre Finger fanden einen und sie knipste das Licht an. Das Haus war niedlich. Und klein. Alles schien seinen Platz zu haben, und es war wirklich ordentlich. Und trotz der Tatsache, dass ihre Stiefmutter Dolores vor über einer Woche gestorben war, schien das Haus relativ sauber zu sein.

Das Wohnzimmer zu ihrer Rechten sah gemütlich aus, mit einer großen, weichen Couch und ein paar schön geschnitzten, alten, aber schweren Holztischen – wahrscheinlich Antiquitäten. Die meisten Dekorationen an den Wänden waren gerahmte Fotos. Sie würde sie sich später genauer ansehen. Nachdem sie etwas geschlafen hatte.

Eine Sache, die Amanda schnell auffiel, war, dass es nichts Zerbrechliches gab. Keine Töpferwaren, kein Glas und nicht einmal irgendwelchen kleinen Schnickschnack.

Amanda konnte sich gut vorstellen, warum, als sie ein Krachen hörte. Sie eilte zurück in den hinteren Teil des Hauses.

Die große Küche war modern, mit hochwertigen Edelstahlgeräten und wunderschönen Granitarbeitsplatten. Ein kupferner Topfhalter hing über einer Kochinsel, die von dunklen Holzhockern umgeben war.

Und in der Mitte dieser schönen Küche stand Greg mit einem verlegenen Gesichtsausdruck. »Tut mir leid.«

Er hatte Chaos' vollen Blechnapf fallen lassen, aber das war dem Hund egal. So schnell, wie er essen konnte, saugte er alles auf, selbst die letzten kleinsten Krümel, egal wohin sie gerollt waren.

»Ist schon gut, Bud. Jetzt lass uns etwas zu essen für dich finden.«

Nachdem sie ein paar Minuten lang die Schränke durchsucht hatte, stellte sie ein schnelles Abendessen für Greg zusammen, und während er aß, erkundete sie weiter das Haus. Obwohl es klein war, war es gemütlich, so, wie sie anfangs schon vermutet hatte. Es gab ein weiteres Stockwerk, drei Schlafzimmer und zwei Bäder.

Die Küche musste einer der größten Räume im Haus sein. Der Garten war lang und schmal und wegen des Hundes ausreichend eingezäunt. Was Amanda am meisten gefiel, war der Wintergarten, der anscheinend erst kürzlich an die Terrasse im hinteren Bereich angebaut worden war.

Amanda ging zurück in die Küche, um nach Greg zu sehen. Vielleicht hätte sie ihn nicht so lange allein lassen sollen. Na ja, oder zumindest hätte sie ihm eine Serviette geben sollen. Während sie ihm half, die Tomatensuppe von seinen Klamotten abzuwischen, fragte sie ihn aus, um herauszufinden, was er selbst tun und was er nicht selbst tun konnte.

Gegen zehn Uhr abends, nachdem Greg, wie er erklärte,

eine seiner »Lieblingssendungen« gesehen hatte, ging sie mit ihm auf sein Zimmer.

»Ich sehe, du bist ein NASCAR-Fan, Greg.«

»Liebe NASCAR. Liebe Rennen! Ich's werde mal Rennfahrer.«

»Lass mich raten! Tony Stewart ist dein Lieblingsfahrer.«

Greg quietschte aufgeregt. »Woher weißt du das?«

Amanda schaute sich im Schlafzimmer um, das voll von Postern mit der Nummer vierzehn, Modellautos und Erinnerungsstücken war. Sie zog die Stewart-Tagesdecke herunter. *Hmm, woher wusste sie das nur?*

»Kannst du von hier an alles selbst übernehmen? Kannst du dich allein fürs Bett fertig machen?«

»Jupp.«

»Okay, gute Nacht, Greg.«

»Manda?«

»Ja?«

»Bekomme ich's eine Umarmung?«

»Aber sicher, Bud.« Diesmal war seine Umarmung nicht so knochenbrecherisch. »Gute Nacht, Buddy. Wir sehen uns morgen früh.«

»Nacht, Manda.«

Amanda ging wieder nach unten. Sie lief direkt zu dem weißen Umschlag, den der Anwalt ihr gegeben und den sie vorhin auf dem Küchentisch abgelegt hatte. Sie schnappte ihn sich und ging in den Wintergarten. Mit einem müden Stöhnen ließ sie sich auf das Zweiersofa sinken und riss den Briefumschlag auf. Chaos rannte hinein, sprang neben sie und rollte sich dort zusammen. Amanda strich mit einer Hand über seinen seidigen Rücken.

Sie entfaltete den Brief und begann zu lesen.

Liebe Amanda,

Ich weiß, dass wir uns nie getroffen haben, und ich bedaure das.

Daran kann nun nichts mehr geändert werden. Das Erste, was du wissen sollst, ist, dass dein Vater dich geliebt hat, egal, was du vielleicht denken magst. Er hat uns ein gutes Leben ermöglicht, und dafür bin ich dankbar. Ich habe ihn sehr geliebt.

Ich weiß, dass es ein großer Schock für dich sein muss, deinen Bruder zum ersten Mal zu sehen. Gregory ist ein guter Junge. Ich hoffe, du wirst das selbst auch erkennen.

Es war schwer für Greg, nachdem dein Vater vor zwei Jahren an einem Herzinfarkt gestorben ist. Von mir ganz zu schweigen. Ich weiß, dass es für Greg noch härter wird, wenn ich gehe. Greg hat keine Ahnung, dass bei mir Brustkrebs diagnostiziert wurde. Ich glaube, er würde es ohnehin nicht verstehen.

Wenn du das hier liest, dann hat Greg beide Elternteile verloren. Ich hoffe, dass du dir ein Herz fassen kannst, ihm zu helfen und ihn zu lieben. Ich weiß, dass er nur dein Halbbruder ist, aber er ist trotzdem dein Bruder. Du bist alles, was er hat.

Bitte schau tief in dich hinein und öffne dein Herz für ihn. Das ist keine leichte Aufgabe. Gregory kann einigermaßen auf sich selbst aufpassen, aber er braucht viel Führung. Ich habe versucht, ihn dazu zu bringen, unabhängiger zu werden, aber er wird nie in der Lage sein, allein zu leben. Er braucht dich so sehr. Ich will nicht, dass er allein in einem Heim endet.

Das Haus gehört jetzt dir, zusammen mit einem Treuhandfonds, den dein Vater und ich eingerichtet haben und aus dem du ein monatliches Einkommen erhältst, damit du Gregory versorgen kannst. Es sollte so viel sein, dass du, wenn du in Manning Grove bleibst, nicht arbeiten musst und für Greg da sein kannst, solange er dich braucht. Wenn du ihn zurück nach Miami mitnimmst (ich hoffe, dass du das nicht tust), wird es wahrscheinlich nicht lange halten.

Das hier ist eine tolle Stadt, die Menschen sind freundlich und sie kennen Gregory. Ich weiß, dass dich das vielleicht nicht überzeugt, aber ich glaube nicht, dass Gregory in einer großen Stadt glücklich wäre.

Ach, ich fange an zu schwafeln.

Amanda las sich eine Liste durch, auf der stand, welche Aufgaben Greg allein erledigen konnte und bei welchen er Hilfe brauchte. Sie zerknüllte den Brief in ihrer Hand und warf ihn quer durch den Raum. Er prallte von einer Lampe ab und landete mitten auf dem Boden.

Chaos sprang vom Sofa und holte den *Ball* zurück, bevor er ihn demonstrativ wieder in ihren Schoß fallen ließ. Sie starrte ihn und den zerknitterten, feuchten Brief an und versuchte, nicht zu schreien. Sie kämpfte dagegen an, zu weinen.

Sie wollte das nicht tun. Sie konnte das nicht tun. Diese Frau hatte kein Recht, sie um so etwas zu bitten. Sie hatte nie um einen Bruder gebeten. Es hatte sie nie gestört, dass sie ein Einzelkind war. Ihre Mutter hatte sie verwöhnt. Nicht, weil sie Amanda liebte, sondern weil sie sie kontrollieren und falls nötig, Amanda aus dem Weg haben wollte.

Chaos stupste ihre Hand an und wartete darauf, dass sie den *Ball* noch einmal werfen würde.

Als sie den schwarz-weißen Hund ansah, wurde ihr klar, dass von ihr erwartet wurde, dass sie die Verantwortung übernahm. *Sie* – Amanda Barber! Sie, die noch nie ein Haustier besessen hatte – nicht einmal einen Hamster –, war jetzt tatsächlich für ein anderes menschliches Wesen verantwortlich. Das war zu viel.

Sie würde Greg enttäuschen.

Ihr Kopf sank in ihre Hände und sie verlor die Fassung. Sie schluchzte, bis ihr Magen wehtat, ihre Nase verstopft und verschmiert war und ihre Augen geschwollen waren. Sie schniefte laut. Chaos saß zu ihren Füßen, spitzte die Ohren und neigte seinen Kopf fragend zu ihr hoch.

Sie war verängstigt.

Und allein.

Nicht einmal ihre Mutter konnte – oder wollte – ihr helfen.

Der Gedanke bestärkte sie. Sie brauchte ihre Mutter

nicht. Ihre Mutter war wütend auf sie. Sie hatte gesagt, dass Amanda es nie schaffen würde. Dass sie nicht fähig zu so etwas wäre.

Amanda würde es ihr zeigen. Sie würde besser sein als ihre Mutter. Greg war ihr Fleisch und Blut. Ihre Familie. Sie würde fürsorglich, warmherzig und liebevoll sein.

Zumindest würde sie es versuchen.

Chaos hatte das Warten satt und sprang wieder auf das Sofa neben sie. Amanda streichelte über seinen Kopf. Sie war fest entschlossen, ihrer Mutter das Gegenteil zu beweisen.

Holen Sie es sich hier: https://books2read.com/ MaxGerman

Verfügbare Bücher auf Deutsch

Made Maleen: Ein Märchen mit einem modernen Twist
Damaged

Brothers in Blue Serie
Brothers in Blue: Max (Buch 1)
Brothers in Blue: Marc (Buch 2)
Brothers in Blue: Matt (Buch 3)
(Enthält Teddys Kurzgeschichte)
Brothers in Blue: Weihnachten bei Familie Bryson (Buch 4)

Blood Fury MC Serie
Eine 12-bändige Motorradclub-Serie

Die Dare Ménage Serie
Eine 6-bändige Ménage-à-trois-Serie

Weitere Bücher folgen bald!

Wenn dir dieses Buch gefallen hat

Vielen Dank für die Lektüre. Wenn Ihnen die Geschichte gefallen hat, hinterlasse gerne eine Rezension bei deinem Lieblingsbuchhändler und/oder bei Goodreads, Amazon und Lovelybooks, damit auch andere Leser davon profitieren können. Rezensionen sind immer willkommen und schon wenige Worte können einer Indi-Autorin wie mir ungemein helfen!!

Andere Werke von Jeanne

Meine komplette Lesereihenfolge findest du hier:

https://www.jeannestjames.com/reading-order

Alleinstehende Bücher:

Made Maleen: A Modern Twist on a Fairy Tale

Damaged

Rip Cord: The Complete Trilogy

Everything About You (A Second Chance Gay Romance)

Reigniting Chase (An M/M Standalone)

Brothers in Blue Series

Eine vierbändige Serie um drei Brüder, die Kleinstadtpolizisten und ehemalige Marinesoldaten sind

The Dare Ménage Series

Eine sechs-buchige MMF, interracial ménage Serie

The Obsessed Novellas

Eine Sammlung von fünf eigenständigen BDSM-Novellen

Down & Dirty: Dirty Angels MC®

Eine zehnbändige Motorradclub-Serie

Guts & Glory: In the Shadows Security

Eine sechsbändige Serie ehemaliger Spezialeinheiten

(Ein Spin-off des Dirty Angels MC)

<u>**Blood & Bones: Blood Fury MC®**</u>

Eine zwölfbändige Motorradclub-Serie

<u>**Motorradclub-Crossover-Bücher:**</u>

<u>Crossing the Line: A DAMC/Blue Avengers MC Crossover</u>

<u>Magnum: A Dark Knights MC/Dirty Angels MC Crossover</u>

Crash: A Dirty Angels MC/Blood Fury MC Crossover

Beyond the Badge: Blue Avengers MC™

Eine sechsbändige Reihe mit Strafverfolgungsbehörden und Motorradclubs

<u>**Demnächst erhältlich!**</u>

Double D Ranch (An MMF Ménage Series)

Dirty Angels MC®: The Next Generation

<u>**Geschrieben unter dem Namen J.J. Masters:**</u>

The Royal Alpha Series

Eine fünfbändige schwule mpreg Shifter-Serie

Über den Autor

JEANNE ST. JEANNE ist eine USA-Today-, Amazon- und internationale Bestsellerautorin im Bereich Liebesromane, die gerne über starke Frauen und Alpha-Männer schreibt. Sie war erst dreizehn Jahre alt, als sie mit dem Schreiben begann. Im Jahr 2009 veröffentlichte sie dann ihren ersten Liebesroman. Inzwischen hat sie über sechzig zeitgemäße Liebesromane geschrieben. Sie schreibt M/F-, M/M- und M/M/F-Ménages, darunter auch interkulturelle Liebesromane. Sie schreibt auch paranormale M/M-Romane unter dem Namen J.J. Masters. Hast du Lust, eine Kostprobe ihrer Arbeit zu lesen? Lade hier ein kostenloses Probebuch herunter: BookHip.com/MTQQKK

Um über ihren vollen Veröffentlichungszeitplan auf dem Laufenden zu bleiben, besuche ihre Website unter www.jeannestjames.com oder melde dich für ihren Newsletter an: http://www.jeannestjames.com/newslettersignup

www.jeannestjames.com
jeanne@jeannestjames.com

Newsletter (auf Englisch): http://www.jeannestjames.com/newslettersignup
Facebook-Lesergruppe: https://www.facebook.com/groups/JeannesReviewCrew/